Von Trier
bis zur Hölle!

Zu diesem Buch…

In den unruhigen Jahren 1791, 1792 und 1793 werden Karl und sein Freund Pater Anselm, der Pater Kellner des Benediktinerklosters Johannisberg im Rheingau, in einen heimtückischen Mord verwickelt. Zu seiner Aufklärung greifen sie zu einem sehr ungewöhnlichen Mittel, das der Dichtung Dantes zu neuer Aktualität verhilft… Karl muß im Zuge der Ereignisse vom nahen Gensingen aus in die alte römische Kaiserstadt Trier und schließlich noch mit dem Pater zusammen zur Sommerresidenz des Mainzer Kurfürsten nach Aschaffenburg reisen.

Eberhard Kunkel, Jahrgang 1931.
Studium der Anglistik und Psychologie in Innsbruck, Marburg, London und Mainz.
Berufliche Arbeit als Psychologe.
1986 Veröffentlichung des satirischen Gedichtbandes „Der Geier Gogoschinsky“.
Seit 1987 Autor der Comicserie KARL.
Inzwischen sind bereits sechs historische Kriminalromane von Eberhard Kunkel erschienen, die alle vor dem historischen Hintergrund der „KARL-Zeit“, dem ausgehenden 18. Jahrhundert, spielen:

KARL – Der Tote zuwenig
KARL – Mord hat viele Kleider
KARL – Der Scharfrichter von Landau
KARL – Tote kennen keine Zeit
KARL – Würzburger Affäre
KARL – Von Trier bis zur Hölle

Krimi KARL Roman

Von Trier bis zur Hölle!

Ein historischer Roman
von
Eberhard Kunkel

mit
Illustrationen von
Michael Apitz

ak
verlag · gmbh

1. Auflage: Mai 2000

Telefon 0 61 23 / 99 00 70
Telefax 0 61 23 / 99 00 71
www.ak-verlag.de

ISBN 3-925771-30-1

Für meinen Freund
Dr. Heinz-Ludwig Jonas

Vorbemerkungen des Herausgebers

Mühsam und langwierig ist es, Karls, des Spätlesereiters, Papiere zusammenzustellen, zu ordnen und dem Publikum zu präsentieren, denn nur wenige liegen noch in dem alten Schreibtisch, den er zuletzt benutzt hat. Viele seiner Schriften sind unter die Papiere Pater Anselms, seines Freundes, geraten und einige, die mehr intime Sachverhalte betreffen, wurden von Maria, seiner Freundin, aufbewahrt und liegen nun auf dem Speicher des Leberleinschen Weingutes verborgen.

Vor einiger Zeit habe ich zwei Berichte gefunden, die in ganz unterschiedlicher Weise geschrieben sind, aber doch offenbar zusammengehören; denn sie beschäftigen sich mit demselben rätselhaften Vorfall und den Versuchen zu seiner Aufklärung, die in den Jahren 1791, 1792 und 1793 unternommen wurden.
Die mit dieser Aufklärung verbundenen Ereignisse haben damals nur wenig Aufmerksamkeit erregt, weil die Menschen durch die Auswirkungen der großen Revolution in Frankreich, den Feldzug der Koalitionstruppen der Preußen und Österreicher, die Eroberung, Belagerung und Rückeroberung von Mainz und die damit verbundene Beunruhigung durch die fremden Soldaten, so beschäftigt waren, daß sie sich über eine gewöhnliche Mordgeschichte nicht mehr besonders aufgeregt haben. Wenn sie sich allerdings mit dieser Mordgeschichte befaßt hätten, hätten sie bald bemerkt, daß sie so gewöhnlich nicht ist, sondern sehr bemerkenswerte Aspekte aufweist, die schließlich auch der Grund dafür sind, daß ich die Geschichte einem geneigten Publikum vorstellen will.

Der erste Bericht, den ich hier Teil I nennen will, ist so geschrieben, als habe Karl das Geschehen nur aus einiger Entfernung wahrgenommen, sei an den Vorfällen kaum beteiligt gewesen und kenne das meiste nur vom Hörensagen und nicht aus eigener Anschauung. Manche Lücke in seinem Wissen, die Gedanken handelnder Personen etwa, die ihm nicht mitgeteilt wurden, hat er mit viel Fantasie so ausgefüllt, wie es ihm nach dem, was er wußte, passend schien.

Er beschreibt in diesem Bericht das Geschehen so, als ob es gerade geschähe, während er noch schriebe, und rückt alles direkt in die Gegenwart. Das tut er wohl, um den Leser unmittelbar an den Ereignissen teilnehmen zu lassen und ihm das Geschehen lebendiger vor das geistige Auge zu rücken, als wenn er es in die Vergangenheit schöbe.

Das tut er aber sicher nicht uns heutigen Lesern zuliebe. Ich denke eher, er hat den Bericht für Pater Anselm in dieser Weise geschrieben, damit dieser das Rätsel des Falles leichter lösen könne, vielleicht auch, damit dieser erst richtig dazu angeregt werde, sich mit diesem Fall zu beschäftigen, denn nur allzuleicht sehen wir, was vergangen ist, als abgeschlossen an, und mühen uns nicht mehr, darin etwas Neues zu entdecken, während wir bei dem, was gerade vor unseren Augen geschieht, durchaus die Neigung verspüren, tatkräftig einzugreifen.

Vielleicht dachte er aber auch, selbst das Rätsel leichter lösen zu können, wenn er sich schreibend in das Geschehen hineinversetze und gleichsam in einer geistigen Gegenwart daran teilnehme.

Für uns heute hat diese Schilderung den Vorteil, daß wir ebenfalls dabeisein und erleben können, was sich da zwischen Johannisberg, Trier und Mainz und in den dunklen Wäldern des Hunsrücks und in der Gegend von Kreuznach begibt.

Der zweite Bericht, den ich hier Teil II nennen will, schildert das, was Karl selbst unternommen hat, das Rätsel des Mordes zu lösen. Den hat er nach der Aufklärung des Falles geschrieben und füglich in die Vergangenheit gerückt.

Den ersten Bericht hat er aber bereits geschrieben, als der Fall noch nicht abgeschlossen und aufgeklärt war, und eines ist bei der Lektüre des Berichtes in Teil I zu bedenken: Karl hat diesen Bericht nach der Aufklärung des Falles nicht mehr korrigiert, so daß manche Beschreibung, im Lichte späterer Erkenntnis gesehen, das Geschehene und vor allem die Gedanken der handelnden Personen, wie Karl sie sich ausgedacht hat, vielleicht nicht ganz zutreffend wiedergibt.

Teil I,

der eine Beschreibung seltsamer und aufregender Begebenheiten enthält, an denen

der Hofrat **Weißenberg**, Vorsitzender des Kriminalrates des Kurfürsten in Mainz,

seine Tochter **Bettina**,

ihr Verlobter Max **de Laurant**, Sekretär des Kriminalrates,

der Pfarrer Adam **Freyenthal** von Gensingen,

der Winzer Henne **Lohwin**, ebenfalls aus Gensingen,

der Freiherr Franz von **Soonsfeld**, ein junger Offizier bei den Truppen des Kurfürsten,

Karl der Spätlesereiter, dem sein treuer Hund **Grandpatte**,
ein Grand Bleu de Gascogne, zur Seite steht,

seine Freundin **Maria**,

der eifrige **Oskar**, sein Freund, und

Pater **Anselm**, der weise Kellermeister des Klosters Johannisberg im Rheingau,

beteiligt sind.

Die Begebenheiten ereignen sich in den Jahren

– 1791, dem Jahr, in dem aus Frankreich besonders häufig revolutionäre Gedanken nach Mainz und Trier kommen und dort zu Unruhen führen. Schon ein Jahr früher kam es zu ‘äußerst unanständigen Exzessen und Verheerungen’ im Kurfürstlichen Park und im Englischen Lustgarten zu Aschaffenburg.

– 1792, dem Jahr, in dem die Franzosen Speyer, Worms und Mainz erobern, und die Preußen und Österreicher nach der Kanonade von Valmy einen jammervollen Rückzug antreten müssen.
– 1793, dem Jahr, in dem die Franzosen ihren König ermorden und durch die Preußen und Österreicher wieder aus Mainz vertrieben werden.

I

Der Pfarrer von Gensingen

Nehmen wir einmal an, nur so als Gedankenspiel, ein Mensch wäre durch einen wohlgezielten Stich ins Herz ermordet worden. Viel Blut wäre aus der Wunde nicht hervorgetreten, es hätte sich lediglich auf seinem Hemd ein kleiner Blutfleck gebildet, der aber von seiner Jacke verdeckt worden wäre. Er säße auf einer Bank, und erst bei näherem Hinschauen könnte man erkennen, daß er ermordet worden wäre.
Seiner Freunde hätte sich ein trauervoller Zorn bemächtigt. Sie wollten seinen Tod rächen, und auch die Behörde sähe, aber etwas weniger dringend, die Notwendigkeit, den Mörder zu fassen und zu bestrafen.
Freunde und Behörde suchten also nach dem Mörder.

Wenn nun einer glaubt, der Mörder bliebe nach seiner Tat ruhig sitzen, wenn er glaubt, der Mörder äße wie bisher und tränke wie bisher und ginge seiner Arbeit nach wie bisher und vergnügte sich wie bisher, alles wie bisher, dann irrt er sich. Der Mörder kennt natürlich die Gefühle der Freunde und die Pflicht der Behörde. Er weiß, daß sie ihn suchen werden und kann sich denken, wer die Leute sind, die nach ihm suchen, ihn aufspüren und ins Gefängnis und zum Hochgericht schaffen wollen.
Da diese Leute aber den Mörder, wenn er geschickt gemordet hat, zunächst einmal nicht kennen, kann er sie ohne Gefahr beobachten. Er kann sich darüber freuen, wenn er sieht, daß sie Spuren verfolgen, die gar nicht seine Spuren sind, die manchmal gar keine Spuren sind, sondern nur im Kopf der Verfolger zu Spuren werden, kleine Veränderungen etwa im normalen Ablauf des Lebens, die in den Gedanken der Verfolger zu einer Spur zusammengesetzt werden.
Wenn er erkennt, daß da etwas ist, das auf ihn hinweisen könnte, kann er es wegräumen. Wenn er merkt, daß einer der Verfolger in seine Nähe kommt, kann er ihn wie eine Raubkatze aus dem Hinterhalt anspringen und ihn genauso ermorden wie sein erstes Opfer.

Der Mörder hat es also viel leichter als seine Verfolger. Er kann, wenn er umsichtig und kalten Blutes ist, den Kampf mit seinen Verfolgern leicht gewinnen.

Das alles weiß, wer ein wenig darüber nachdenkt, und da der Pfarrer von Gensingen, der hochwürdige Herr Adam Freyenthal, ein nachdenklicher Mensch ist, weiß er es auch oder besser, er könnte es wissen, wenn er nur darüber nachdächte.
Aber er denkt nicht darüber nach.
Warum sollte er auch?
Im ganzen übersichtlichen Gelände und auf den Straßen des Dorfes ist kein Mörder zu sehen, da sind nur die üblichen mehr oder weniger angeschmutzten Seelen. Die kennt er schon alle. Mörder sind keine dabei.

Der Pfarrer Freyenthal hat ganz andere Sorgen.
Er steht an diesem Frühlingstag im Jahre 1791 in seinem Garten und überlegt. Ein wunderlicher Garten ist das, rings um das Pfarrhaus gebreitet, mit Apfelbäumen und Birnbäumen, Quitten, Mirabellen und Aprikosen, Johannisbeeren und Stachelbeeren, Rosenhecken und Kräuterecken, Beeten und Wegen, vielen kiesbestreuten Wegen und einem Brunnen nahe der Gartenmauer zur Straße hin.
Der Pfarrer steht in der Nähe des Brunnens. Mittelgroß ist er, mit einer feinen Nase über den schmalen Lippen, zu denen die kindergroßen Augen nicht so recht zu passen scheinen. Ein Bauch, der ihm die rechte Würde verleihen könnte, ist allenfalls zart angedeutet.
Der Pfarrer hat sich eine grüne Schürze umgebunden, das Okuliermesser in den Gürtel gesteckt und eine Hacke in die Hand genommen. Im Winter schon hat er einen Plan gemacht, wie er in diesem Jahre seinen Garten gestalten will. Wo die Erdbeeren wachsen, wo die Johannisbeeren reifen und wo die Kräuter eine Bleibe finden sollen. Einen Platz für die Tomaten will er kennzeichnen und die Blumen vorteilhaft verteilen, damit der Garten möglichst lange und möglichst überall bunt sein möge.
So macht er es in jedem Jahr.

In jedem Jahr macht er einen neuen Plan, und in jedem Jahr gelingt es ihm auch, einen Teil seines Planes zu verwirklichen, nur läßt er natürlich alle Pflanzen, die er bereits in seinen Garten gebracht hat, dort stehen, wo er sie, früheren Plänen folgend, einmal eingepflanzt hat. Es widerstrebt ihm, eine Pflanze auszureißen. Lebendige Freunde sind ihm die Pflanzen, selbst die wilden Rosenschößlinge, die sich so frühzeitig und frech hervortun, läßt er gewähren. Er okuliert sie und verwandelt sie mit edlen Rosenaugen in Edelrosen.
Den neuen Gartenplan legt er über die alten Pläne, und weil er das schon seit einigen Jahren so gemacht hat, ist sein Garten höchst wunderlich geworden. An vielen Stellen ist er zweistöckig und an manchen gar dreistöckig ausgebildet.
Erdbeeren wachsen im Spargelbeet, und Johannisbeeren versuchen, unter dem Birnbaum ein karges Leben zu fristen. Auf den Apfelbaum, den er am meisten liebt, hat er bereits drei verschiedene Apfelsorten aufgepfropft, die da gemeinsam reifen.
Eifrig streift er nun durch seine Wildnis und sucht nach freien Plätzen, auf denen er seine neuen Pflanzenlieblinge unterbringen könnte.
Er meint, sein Garten sei ein Gleichnis des Lebens, ohne allerdings genau erklären zu können, wie er das verstanden haben möchte. Vielleicht bezieht er sich dabei auf sein eigenes Leben, in dem sich vieles nebeneinanderzwängt.
Er liebt die Malerei, war in seiner Jugend bei einem Maler in die Lehre gegangen und hatte selbst schon viele Bilder gemalt, bis er eines Tages feststellte, daß seine eigenen Bilder seinen Ansprüchen nicht zu genügen vermochten. Da fing er an, die großen Meister zu kopieren, zuerst nur mit dem Zeichenstift, um dann schließlich die Werke der Meister in derselben Technik auszuführen, die auch der von ihm jeweils ausgewählte Meister eingesetzt hatte.
Die Wände seines Pfarrhauses sind bedeckt mit den Kopien von Bildern Rembrandts, Raffaels, Watteaus, Cranachs, Dürers und anderer.
Immer, wenn es sein Beruf zuläßt, das ist leider nicht so oft, wie er gerne möchte, macht er Reisen und sucht nach Bildern, die er kopieren könnte.

Man sagt, er habe in seinem Haus einen Raum wie eine Kapelle eingerichtet. Dort habe er sich sogar in der Fresko-Malerei versucht. Zuerst habe er seine Malversuche immer wieder abgekratzt, bis er jetzt mit den Gemälden zufrieden sei. Gezeigt habe er diesen Raum noch niemandem. So gibt es einige unter seinen Schäfchen, die sagen, dieser Raum könne gar nicht existieren, weil ihn noch niemand gesehen habe. Andere behaupten, dieser Raum berge Geheimnisse, die der Pfarrer in seinem Amte erfahren habe und nicht öffentlich machen dürfe.
Die alte Trudel, die seine Wohnung notdürftig sauber hält und für ihn kocht, wenn er keine Zeit hat, selbst zu kochen, was er sehr gerne macht, und wie manche, die bei ihm gespeist haben, behaupten, mit mehr eigenen Ideen bewerkstellige als seine Gemälde, die ja nur die Vorstellungen anderer wiedergeben, die alte Trudel also brummt nur, wenn man sie nach diesem Raume fragt.

Er liebt es, zu lesen und den Lauf der Welt in Gedanken zu verfolgen und in Gedanken zu verbessern.
Am Sonntag, wenn er seine Pflichten als Pfarrer erfüllt hat, sitzt er in seinem Lehnstuhl und liest. Aber nicht nur die neueren Schriften der Aufklärer und ihrer Gegner liest er, auch Romane und die Dichtung der Welt. Mit Odysseus erleidet er den Verlust der Gefährten, kämpft mit dem Meer und kehrt heim zu der Gattin nach Ithaka. Shakespeares Gestalten kommen zu ihm ins Zimmer und leben ihr erstaunliches Leben wie leibhaftige Geister. Mitunter auch vertieft er sich in die neuesten Romane dieses vielversprechenden Geheimrates Goethe, nicht ohne dabei manchmal den Kopf zu schütteln. Immer wieder aber liest er in der 'Göttlichen Komödie' des Dante. Die Schilderung der Höllenreise hält ihn gefangen. Er gerät ins Grübeln, wenn er darüber nachdenkt, ob die Strafen, die dort die Verdammten erleiden müssen, ihren Verbrechen angemessen seien. In seinen Predigten allerdings befaßt er sich lieber mit der Aussicht auf die Freuden des Paradieses.
Und er liebt den Wein.
In seinem Garten hat er oben in der Nähe der Weinberge selbst eine Rebenzeile angelegt, wo er Reben verschiedener Sorten

gepflanzt hat, deren Trauben er nach eigenen Rezepten mischt und gemeinsam keltert. Mit Wohlgefallen betrachtet er diese Rebenzeile und denkt sich immer neue Mischungen der Rebsorten aus und nimmt zuweilen auch Trauben aus den Weinbergen des Pfarrgutes, um seiner Mischung einen besonderen Geschmack zu verleihen. Doch immer wieder muß er schmecken, daß der reine Riesling all seinen Mischungen überlegen ist.

Heute unterbricht er schon bald seine Arbeit im Garten und geht zur Bank unter dem alten Birnbaum und setzt sich dorthin, um nachzudenken.

Bereits seit einiger Zeit bemüht er sich, eine Tätigkeit zu finden, in der er seine beiden besonderen Vorlieben, den Wein und die Malerei, vereinen könnte, und er hat da auch eine Idee. Diese hat er vor einigen Tagen bei einem Besuche im Kloster Johannisberg im Rheingau dem dortigen Kellermeister, dem Pater Anselm, mitgeteilt.

Mit dem ist er seit Jahren gut befreundet. Er hat ihn während seines Studiums kennengelernt, als er einmal die Ruhe eines Klosters aufsuchte, um dort Klarheit über seine Berufung zu gewinnen. Obwohl er viel jünger ist als Pater Anselm, hat sich eine feste Freundschaft entwickelt, die der Jüngere, der es sich leichter als der Pater ermöglichen kann zu reisen, durch häufige Besuche in Johannisberg am Leben hält. Freyenthal hat noch kein graues Haar, und Pater Anselm sagt, er bezweifle, ob jemand, der so lieb sei wie der Pfarrer von Gensingen und die Welt aus einer wohltuenden Distanz freundlich betrachte, überhaupt je graue Haare bekommen könnte.

Lieb sei er, allerdings, fügt er meistens hinzu, für andere Menschen anstrengend, vielleicht gerade deshalb so anstrengend, weil er lieb sei. Denn liebe Leute könnten sehr anstrengend sein, wenn ihrem Liebsein eine gewisse schwerbewegliche Standfestigkeit oder auch Hartnäckigkeit beigemischt sei, weil man sich nicht recht traue, ihnen einen Wunsch abzuschlagen oder etwas zu sagen, was sie verletzen könnte.

Die Idee, die der Pfarrer von Gensingen da habe, mit der er gedenke, seine Liebe zum Wein und seine Liebe zur Malerei zu verbinden, sei indes nicht ganz unsinnig. Vielleicht werde es ihm gelingen, noch die Literatur hinzuzufügen, um so ein alle Künste umfassendes Kunstwerk zu schaffen; denn den Wein sieht Pater Anselm natürlich als Kunstwerk. Musiker, die das dann in Klänge hüllen könnten, fänden sich sicherlich. Da habe er keine Bedenken.

Pater Anselm schmunzelt, wenn er das sagt. Mehr aber will er von der Idee seines Freundes nicht verraten. Nur mit Karl hat er darüber gesprochen, mit Karl, den sie den Spätlesereiter nennen, weil er den Vorteil der verspäteten Traubenernte entdeckt hat. Dafür, daß er als Traubenbote zu spät aus Fulda zurückkam, wurde er von den Reben oder, wenn man so will, vom Leben belohnt, indem er die Spätlese entdecken durfte. „Ich denke", sagt Pater Anselm, „der Herrgott selbst hat den Karl sich verspäten lassen, um uns die Spätlese zu schenken."

Mit seiner 'malerischen Weinidee' also ist der Pfarrer Freyenthal beschäftigt unter dem Birnbaum im wunderlichen Garten, während die Sonne sich anschickt, hinter dem Horizonte andere Völker zu beglücken.

Nun könnte es wohl sein, daß es für den Herrn Pfarrer bekömmlicher wäre, wenn er sich in seinen Gedanken einmal damit beschäftigte, was ein Mörder so treibt, nachdem er gemordet hat, statt über eine Vermählung des Weines mit der Malerei nachzudenken.

Woher aber soll er wissen, was in Trier vor sich geht, und wie soll er, selbst wenn er dies wüßte, ahnen, welche Bedeutung es für ihn haben könnte?

II

In Trier

Zur selben Zeit etwa geschieht in Trier so etwas wie die Wiedergeburt der Lernäischen Schlange, die mit ihren neun Köpfen dem Herakles soviel Ärger gemacht hat.

Warum sieht man, wenn sich eine Menschenmenge mit vielen Beinen zornig und drohend durch die Straßen einer Stadt bewegt, nicht die einzelnen Menschen, die da laufen oder gehen oder auch zögernd mitschleichen, sondern nur ein riesiges, bedrohliches Tier, und wenn Fackeln geschwenkt werden im Zwielicht der Dämmerung, die feuerspeienden Köpfe einer Hydra, die den Tiefen der Mosel entstiegen scheint und sich nun mit fettem Bauch auf die Mauern der guten Stadt Trier zuwälzt? Da ist es nicht weiter verwunderlich, wenn es ein einzelner Wanderer, der sich in der Abendkühle vor der Stadtmauer ergeht, nicht wagt, diesem Untier entgegenzutreten, sondern eilends Schutz sucht hinter den Mauern eines Klosters.

Der junge de Laurant, Sekretär des Kriminalsenats in Mainz und zukünftiger Schwiegersohn des geheimen Rats und Hofrats Weißenberg, des Vorsitzenden dieses Senates, hat zwar schon davon gehört, daß es in Trier mitunter zu Unruhen und gar Schlägereien zwischen Handwerksburschen und Studenten komme, hat dies jedoch nicht ernst genommen. Als er nun aber dieses Untier auf sich zukommen sieht und zugleich auch hinter seinem Rücken Unruhe spürt, die sich in einzelnen Rufen und Schreien ausdrückt und in dem Geräusch vieler Schritte, überlegt er nicht lange, ob vor ihm die Handwerksburschen seien und hinter ihm vielleicht die Studenten, sondern schlüpft schnell durch die kleine, turmbewehrte Pforte in der Mauer, die den Zugang zum Kloster der Benediktiner zugleich gewährt und sichert. Das Kloster, das da vor der Stadtmauer nahe dem Moselufer liegt, erscheint ihm als feste Burg, in der er sich sicher bergen kann.

Der Pförtner hat den einsamen Spaziergänger gesehen und gedacht, dem könne es nicht wohlgeraten, wenn er zwischen die Parteien geriete, und hat die Tür ein wenig geöffnet. Hurtig

schließt er sie nun und betrachtet den jungen Mann, den er da gerettet hat. Gut sieht er aus, vornehm gekleidet, mit einer kräftigen Nase und hochgewölbten Augenbrauen über klaren, vielleicht etwas kalten Augen, die jetzt erstaunt dreinschauen. Der mutigste scheint er nicht zu sein, aber besonnen und bei aller Besonnenheit doch von schnellem Entschluß, vielleicht aber auch etwas zu besonnen.
„Das ist jetzt nicht die Zeit zum Spazieren!
Schon gar nicht zum Spazieren vor der Stadtmauer!
Immer wieder rotten sich am Abend die Handwerksburschen zusammen und gehen gegen die Studenten, von denen sie wohl auch immer wieder gereizt werden. Die Studenten sind sicher nicht unschuldig an diesen Kämpfen, die sich da in letzter Zeit oft entwickeln, manchmal sogar mitten in der Stadt.
Ihr seid wohl fremd hier, sonst wäret ihr nicht so harmlos in der Dämmerung hierher spaziert.
Leicht kann man da...“, er stutzt und sucht nach Worten, mit denen er ganz deutlich machen könnte, was er meint. Dann grinst er zaghaft, offenbar hat er ein passendes Bild gefunden, mit dem er nun die Gefahr treffend zu beschreiben gedenkt, und fährt fort: „Leicht kann man da zwischen Katze und Hund geraten und vorne zerkratzt und hinten gebissen werden oder umgekehrt.“

Er schaut auf den jungen Mann und überlegt, was er nun mit ihm beginnen solle.
„Ich danke euch!“, sagt dieser und läßt sich auf die Steinbank nieder, die da im Pfortenraum steht. Nach dem überstandenen Schreck gesprächig geworden, redet er weiter:
„Ich hätte es besser wissen müssen, bin ich doch eigens aus Mainz hierhergekommen, um meine Braut heimzuführen, weil wir von Unruhen in Trier gehört haben. Ihr Vater, der Hofrat Weißenberg, er ist der Vorsitzende des Kriminalsenats, dem auch ich angehöre, ihr Vater will sie in diesen Zeiten lieber bei sich im Hause haben.“
„Den Hofrat Weißenberg kennen wir hier gut. Er war schon oft in unserem Kloster, besonders in früheren Zeiten. Seine Familie hat unser Kloster großzügig bedacht, und seine Schwester lebt

noch in Trier. Seine Tochter, eure Braut, wird wohl im Haushalt ihrer Tante wohnen? Dort ist sie gut geschützt und sicher."
Er sieht, wie der junge Mann die Stirn kraus zieht und beeilt sich hinzuzufügen, daß er es gut verstehen könne, wenn der Vater, der nach dem Tode seiner Frau sicher sehr einsam sei, seine Tochter bei sich haben wolle.
Er merkt aber schnell, daß auch dieser Zusatz seinen Gast wenig erfreut und meint abschließend, schließlich sei sie nun alt genug, um zu heiraten.
„Ich heiße Laurant, Max de Laurant!", sagt der Gast. Wie 'Loro' hört sich das an, wenn er den Nachnamen ausspricht.
„Dann seid ihr ein Franzose?"
„Mein Großvater kam aus Frankreich. Heute lebt meine Familie in Mainz."
„Ich selbst bin nun Sekretär des Kriminalsenats geworden!", fügt er nach einer Weile stolz hinzu.
„In Mainz lebt es sich sicher geruhsamer als hier." Der Pförtner scheint an dem Kriminalsenat nicht interessiert zu sein. „Wir hier sind zu nahe an der Grenze nach Frankreich und müssen befürchten, daß der Aufruhr von dort leicht zu uns herein kommt..."
Von draußen hört man jetzt die Geräusche einer wilden Schlägerei, die sich zu einem grausigen Konzert zusammenfügen, bei dem aus einem dumpfen Rauschen, das wie in weiten Wellen an- und abschwillt, immer wieder laute Töne spitz und schrill hervorbrechen.
Die beiden Männer im Pfortenhaus lauschen.

Nach einer halben Stunde etwa entfernt sich der Lärm zur Stadt hin. Doch gerade als de Laurant schon wieder gehen will, um seine Herberge aufzusuchen, kommt das dumpfe Rauschen zurück. Dann zeigt ein helles Geschrei, daß das letzte Gefecht unmittelbar vor der Pforte stattfindet. Der Pförtner hat die Fenster mit schweren Läden verschlossen. Da können die beiden in der Pfortenstube nur aus den Geräuschen schließen, was sich draußen ereignet.
Plötzlich ist es still.
Die Nacht ist hereingebrochen.

De Laurant kann das Kloster nicht verlassen. Zu gefährlich ist es für einen einzelnen Mann, jetzt die Straße zu betreten, auch wenn das Gefecht beendet scheint. Die ganze Nacht hindurch werden sich noch kleinere Gruppen der feindlichen Heere in der Stadt herumtreiben, und besonders die, die glauben, im Kampf diesmal unterlegen zu sein, werden versuchen, ihr seelisches Gleichgewicht wiederzuerlangen, indem sie über einsame Wanderer herfallen.
Der Gast aus Mainz wird in einem der Räume übernachten müssen, die für die Gäste des Klosters bereitstehen.

Am Morgen ist alles ruhig. Auf der Straße vor dem Kloster ist nichts mehr zu sehen. Sie sieht im frühen Licht besonders leer und friedlich aus.
Bevor er das Kloster verläßt, geht de Laurant in die Kirche, dann sucht er den Prior, bei dem er sich bedanken will. Er findet ihn in der Sakristei mit Paramenten beschäftigt.

„Dank will ich euch sagen für die gastliche Aufnahme. Ihr habt mich vor manchem Unbill bewahrt. Vielleicht habt ihr mir sogar mein Leben erhalten."
„Das mag wohl sein!", erwidert der Prior, sich von seiner Arbeit aufrichtend.
„Einem Freunde des Hofrats Weißenberg sind wir gerne zu Diensten."
„Glücklich, wer in solchen Zeiten einen Ort der Stille und des Friedens findet, einen Ort, an dem er in Sicherheit die Stürme da draußen überdauern kann." De Laurant will etwas Freundliches sagen, spürt aber, daß er sich ein wenig pompös ausgedrückt hat und ist verlegen.
Der Prior schaut ihn an, als ob er erst herausfinden müßte, was diese Worte bedeuten, und sagt dann mit einem trüben Lächeln: „Der Hofrat Weißenberg... Er läßt mich daran denken, daß es hier nicht so sicher ist, wie ihr zu denken scheint. Zwei Jahre sind es her, da wurde hier aus der Sakristei eine schwere silberne Figur gestohlen. Geraubt muß ich sagen; denn der Sakristan, der gerade dabei war, die Meßgewänder zurechtzulegen, er war früh hierher gekommen und die Kirche war noch leer, der Sakristan

also wurde von einer vermummten Gestalt niedergeschlagen. Bewußtlos daliegend haben wir ihn aufgefunden. Die Figur aber war nicht mehr an ihrem Platz. Eine wertvolle Arbeit war das. Die Figur war ganz aus Silber gestaltet, groß und schwer. Sie stellte den heiligen Thomas dar, den Apostel, den sie den ungläubigen Thomas nennen, weil er an der Auferstehung des Herrn gezweifelt hat. Einen sehr modernen Heiligen könnte man ihn nennen."

Der Prior ist ins Reden gekommen. Der Raub der Heiligenfigur aus der Sakristei bewegt ihn noch immer.

„Wie ist das möglich?", fragt de Laurant, bei dem ein kriminalistisches Interesse erwacht.

„Wie kann ein Räuber hier eindringen und hoffen, ungesehen zu entkommen? Die Figur ist sicher schwer, und die Klostermauer ist hoch, und die Sakristei ist nur durch die Kirche oder den Kreuzgang zu erreichen, die beide von außen schwer zugänglich sind. Hätten es nicht mindestens zwei Räuber sein müssen, da einer allein die Figur gar nicht über die Mauer hätte schaffen können?

Wer wußte denn, daß diese silberne Figur in der Sakristei stand?"

„Das wußten alle, die Zugang zur Sakristei hatten. Man sollte meinen, das wären nicht so viele Menschen, aber wenn man bedenkt, wieviele Leute das Kloster besuchen, zur Kirche gehen, und wenn diese leer ist, leicht einmal in die Sakristei vordringen können. Wir haben ja keine Sakristeiwache eingerichtet!"

Er lacht.

Plötzlich wird er sehr ernst und überlegt. Anscheinend hat ihn sein Scherz auf einen neuen Gedanken gebracht. Dann macht er mit der Hand eine Bewegung, als wolle er etwas verscheuchen und fährt fort: „Wir haben gar keine Möglichkeit, nachträglich festzustellen, wer alles wußte, daß diese Figur irgendwo im Kloster war; denn sie wurde uns erst vor einigen Jahren geschenkt, und von dieser Schenkung können sehr viele Leute gewußt haben. Eigentlich können alle Leute in Trier davon gewußt haben. Das war schließlich kein Geheimnis."

De Laurant wiederholt seine erste Frage: „Wie aber kann einer ins Kloster gelangen, um eine Figur aus der Sakristei zu entwenden? Muß man nicht – verzeiht, wenn ich das sage – muß man nicht annehmen, daß der Dieb bereits im Kloster gewesen sein müsse?“

Daran hat der Prior auch schon gedacht: „Die Gäste, die wir damals im Kloster beherbergten, sind über jeden Verdacht erhaben, edle Männer, die, als sie von dem Raube hörten, mit uns den Verlust des Heiligen beklagten.

Und einer der Mönche?

Was sollte er dabei gewinnen? Wenn er die Figur betrachten wollte, brauchte er doch nur in die Sakristei zu gehen.

Selbst wenn er die abstruse Idee gehabt hätte, sich des Heiligen zu bemächtigen, um eine Gnade zu erzwingen - nein, das wäre zu gefährlich gewesen, wo hätte er im Kloster die Figur verbergen wollen?“ Er schüttelt den Kopf.

Er führt de Laurant nun aus der Sakristei und wendet sich zum Kreuzgang. Weitersprechend gehen sie dort auf und ab.

„Der Hofrat Weißenberg also hat euch nach Trier geschickt. Ein kluger Mann ist das, unserem Kloster schon lange auch durch seine Familie verbunden.

Ihn hat der Raub übrigens besonders hart getroffen, weil er uns diese Figur geschenkt hatte. Sie sagen, sein Vater habe in seinem Testament diese Figur dem Kloster vermacht. Weißenberg selbst hat sie uns gebracht… bevor er Trier verlassen hat. Wir haben damals alle bedauert, daß er nach Mainz gegangen ist.“

Der Prior schildert jetzt die Situation in Trier, die Unruhen, die neuen Ideen, und wie das Kloster davon beeinflußt wird. De Laurant weiß nicht viel dazu zu sagen. Er beschränkt sich darauf, sich zuweilen verständnisvoll zu räuspern. Das Gespräch wird zu einem Monolog des Priors und zieht sich hin. Offenbar spricht der Prior gern zu einem Vertrauten des Hofrats.

Schließlich kommt er auch noch auf die Heimreise seines Gastes nach Mainz zu sprechen. Die müsse wohl bedacht werden, meint der Prior. De Laurant entgegnet, ein Offizier werde die beiden Kutschen begleiten. Eine Kutsche werde das Gepäck befördern, in der anderen reise er mit seiner Braut. Sie wollten den Ausoniusweg benutzen, den alten Weg der Römer, der direkt nach Mainz führe. Er selbst, die beiden Kutscher und der Offizier, vor allem der Offizier, seien wohl in der Lage, die Braut, die Tochter Weißenbergs, ausreichend zu beschützen.

„Ich weiß nicht!“ Der Prior schüttelt bedenklich den Kopf. „Ihr wollt den Ausoniusweg benutzen? Der Ausoniusweg führt durch die Hunsrückwälder, in denen Räuber ihr Unwesen treiben. In den letzten Jahren, in denen so heftig darüber gestritten wird, ob er ausgebaut werden soll als Verbindung zwischen Frankfurt, Mainz und Trier, scheint er besonders unsicher geworden zu sein.
Ich mache mir da so meine Gedanken. Manche befürworten den Ausbau des Weges. Sie wollen eine gute Straße nach Mainz und Frankfurt, andere, Leute aus Koblenz und die Moselschiffer, sträuben sich dagegen, weil sie mancherlei Interessen geschmälert sehen. Ich weiß, daß auch unser kurfürstlicher Wegebauinspektor den Ausbau verhindern will.
Die Leute, die den Ausbau verhindern wollen, sind wie die Räuber geneigt, die Reisenden, die diesen Weg benutzen, zu beunruhigen.“
„Vielleicht bestehen da sogar geheime Verbindungen!“ Er fügt das leise hinzu, als ob sie jemand hören könnte.
„Ihr seid ja, wie ich hörte, ebenso wie Weißenberg ein Befürworter des Ausbaus. Wie verlockend wäre es da, euch die Reise zu erschweren oder gar euch zur Umkehr zu zwingen.
Ihr selbst seid in besonderer Gefahr, weil ihr die Straße ausbauen wollt, und eure Braut ist in Gefahr, weil sie die Tochter Weißenbergs ist, der ebenfalls für den Ausbau eintritt.“
De Laurant schaut ihn an. Daran hat er noch nicht gedacht.
Es kommen ihm jetzt doch Bedenken.

„Was ist da zu tun? Auf keinen Fall will ich meine Braut einer Gefahr aussetzen, die ich nicht bestehen kann. Ich will aber auch nicht vor der Reise auf dem Ausoniusweg zurückschrecken und mit dem Schiff nach Koblenz und von dort nach Mainz fahren. Das wäre schädlich für unsere Sache. Wie sollen wir weiterhin für den Ausbau dieses alten Römerweges eintreten, wenn wir selbst eine Reise auf diesem Weg vermeiden? Ich glaube zudem und hoffe, daß das Räuberunwesen auf diesem Weg und in den Wäldern des Hunsrücks ein schnelles Ende nehmen wird, wenn nur erst der Weg richtig ausgebaut ist und häufig befahren wird.“
Er überlegt.

„Vielleicht sollte ich dem Hofrat Weißenberg eine Botschaft senden, er möge sich bei dem Kurfürsten noch ein paar Soldaten zu unserem Schutze ausbitten. Ich müßte dann freilich noch etwas länger in Trier verweilen."
Sie sind stehen geblieben und schauen einander an.
„Das will ich tun,
... und um die Zeit, die ich gewinne, nützlich anzuwenden, werde ich morgen mit meiner Braut den berühmten Stein in Igel aufsuchen. An den anderen Tagen könnte ich mich mit eurer Erlaubnis noch einmal um die Aufklärung des Raubes bemühen. Ihr wißt doch sicher, daß ich dem Kriminalsenat angehöre, dessen Vorsitzender der Hofrat Weißenberg ist?"
De Laurant verabschiedet sich an der Pforte, noch einmal die feste Tür und die hohe Mauer betrachtend. Wie sollte da einer bei Tag unbemerkt eindringen, und wie könnte er bei Nacht die schwere und auch nicht kleine Figur hinausschaffen, ohne daß es jemand auffiele?
Er wird den Prior vor weiteren Nachforschungen noch um eine genaue Beschreibung der Figur bitten müssen. Dem Hofrat Weißenberg, dem zukünftigen Schwiegervater, wird er sich mit seinen Bemühungen, den Raub aufzuklären, angenehm machen können, da dieser als Stifter gleichsam auch zum Kreis der Geschädigten gehört und an der Aufklärung interessiert sein muß. Er wird in der Botschaft, die er dem Hofrat senden will, bereits auf sein Vorhaben hinweisen.

Seine Braut Bettina wohnt bei ihrer Tante in Paulin, einem kleinen Ort ganz in der Nähe der Stadt Trier.
Ob die Leute in Trier wissen, wie schön und reich ihre Stadt ist? Meistens ist es ja so, daß man die Schönheit, die man täglich sieht, gar nicht mehr erkennt. De Laurant geht staunend durch die Straßen. Es kommt ihm so vor, als mache er im wahrsten Sinne des Wortes einen Lehrgang durch die Geschichte der Kunst und Architektur. Von den Bauwerken aus der Römerzeit, den Thermen und dem Amphitheater bis zu der jüngst erst von dem bauenden Artillerieoberst Balthasar Neumann aus Würzburg errichteten Kirche St. Paulin, findet sich hier wohl aus jeder Epoche ein Baudenkmal als wertvolles Beispiel. Sie sind nicht,

wie in anderen Städten vielleicht, in vielen Schichten übereinander getürmt und nur schwer zu finden, nein, sie stehen aus allen Zeiten frei nebeneinander wie die Pflanzen im Wundergarten des Pfarrers von Gensingen, den de Laurant freilich nicht kennt, und so viele sind es, daß man leicht selbst wichtige Bauwerke übersieht. So nimmt es nicht wunder, daß ein berühmter Reisender vor lauter Kirchen und Klöstern, allein vier Benediktinerklöster stehen vor der Stadtmauer, am Dom vorübergegangen ist, ohne ihn besonders zu bemerken.

De Laurant beschließt, sich nach dem Ausflug nach Igel nun doch nicht nur dem Figurenraub zu widmen, sondern von der Römerbrücke bis St. Simeon die Stadt zu durchstreifen und auch den Dom und die anderen Klöster vor den Toren nicht zu vergessen.
Ob ihn seine Braut, die das alles wahrscheinlich gut kennt, dabei begleiten wird...?

Igel ist ein kleines Dorf, moselaufwärts gelegen auf dem Weg von Trier nach Luxemburg. Dort steht die Igeler Säule, ein römisches Monument, das man einen 'architektonisch-plastischen Obelisken' nennen könnte.

III

Eine Fahrt nach Igel

Die Farbe des frühen Morgens ist blau, ein kühles, duftiges und durchsichtiges Herbstblau. Wer wollte das ernsthaft bezweifeln, wenn es auch als Beschreibung der Farbe eines Frühlingsmorgens ein wenig paradox klingt.
Verheißungsvoll ist dieses Blau, wie der blaue Herbst in den Weinbergen. Später, wenn die Sonne kraftvoll hervortritt, verschwindet dieses Zauberblau, die Umrisse der Bäume und Häuser und selbst der Menschen werden neu bestimmt, und alles bekommt seine so verläßliche Beständigkeit, die träumerischer Hoffnung keinen Raum mehr läßt.

Am frühen Morgen fährt de Laurant mit seiner Kutsche in den geräumigen Hof der Villa, die die Schwester seines zukünftigen Schwiegervaters mit ihrer Familie bewohnt, um dort seine Braut zu einem Ausflug nach Igel abzuholen.
Die prächtige Haustür ist schon geöffnet.
Seine Braut Bettina, die liebliche, die schlanke, deren Erscheinung dem Auge wohltut, kommt die Stufen der Freitreppe hinabgelaufen, in ein zartgrünes, leichtes und zierlich geschmücktes Reisekleid gewandet, und begrüßt ihn mit einem flüchtigen Kuß auf die Wange, den er etwas herzhafter zu erwidern versucht, was ihm aber nicht so recht gelingt.
Bis dahin begibt sich alles noch fast so, wie er es sich vorgestellt hat.
Dann aber beginnt der Ärger.

Die Fahrt nach Igel verläuft durchaus nicht so, wie er sie geplant hat. Er hatte gedacht, er könnte zusammen mit seiner Braut in seiner eigenen, geschlossenen Kutsche reisen, deren Fenster, mit feinen grauen Vorhängen versehen, das Leben in der Kutsche vor neugierigen Augen völlig verborgen hätte. Bettina hätte auf der Bank neben ihm Platz genommen, und endlich hätte er einmal Gelegenheit gehabt, mit ihr ganz allein, ohne einen lästigen Zeugen zu reden.

Ihr Vater hatte ja in die Heirat eingewilligt, hatte sie vielleicht sogar vorgeschlagen, immerhin aber den Gedanken an eine Heirat gefördert. Bettina war nicht abgeneigt erschienen, und als sie sich verlobt hatten, hatte sie sich ihm sehr freundlich zugewendet und mit ihm mehrmals längere Zeit gesprochen, immer war aber ein anderer in der Nähe gewesen und hätte zuhören können, wenn er auch vielleicht nicht wirklich zugehört hatte. So waren die Gespräche immer ein wenig gezwungen gewesen, nicht so locker, daß er mit ihr auch über intimere Dinge hätte sprechen können. Er hatte sie wohl auch schon geküßt, aber immer waren das offizielle Bekundungen des Zustandes der Verlobung oder des bestehenden Verhältnisses gewesen.
Hier in Trier war ihm bewußt geworden, wie wenig er sie noch kannte. Jetzt überlegte er, ob er nach der Verlobung ihrem Aufenthalt in Trier hätte zustimmen sollen. Wenn sie in Mainz geblieben wäre, hätte er sie sicher besser kennenlernen können. Aber der Hofrat hatte gesagt, sie müsse noch lernen, wie man ein großes Haus führe, und wo könne sie das besser lernen als bei ihrer Tante in Trier, seiner Schwester, die dort kenntnisreich und mit viel Geschick einem großen Hause vorstehe?
Auf der Fahrt nach Igel hatte er versuchen wollen, seiner Braut näher zu kommen, ganz in Ehren natürlich. Auf der Reise nach Mainz hätte er dann die Bekanntschaft vollenden können.
Vielmehr als mit Frauen hat er sich bisher mit seinem Berufe befaßt und sich bemüht, das Leben, das so wild dahinwuchert, an die Paragrafen des Rechts zu binden und zurechtzustutzen, so wie der Winzer die Reben an die Stöcke bindet und zurechtschneidet. Frauen ist er dabei nur in Gedanken begegnet und hat sie oft als störend empfunden. Mit lebendigen Frauen hat er noch nicht viel zu tun gehabt, obwohl er bald in sein dreißigstes Lebensjahr eintreten wird.
Eine Frau, seine zukünftige Frau, hatte neben ihm sitzen sollen. Das war ihm ein fremdartiger und doch auch irgendwie verlockender Gedanke gewesen.

Nun kommt er also daher mit seiner geschlossenen Kutsche, die herrschaftlich hergerichtet, geputzt und poliert ist, daß die Beschläge funkeln in den ersten Strahlen der Sonne.

Die Pferde sind geschmückt, wie man Pferde zu schmücken pflegt, wenn sie an einem Triumphzug teilnehmen sollen. Er hat schon gedacht, er möchte vielleicht des Guten etwas zuviel getan haben. Nun aber freut er sich darüber, wie stattlich die Kutsche aussieht. Es muß für ein munteres Mädchen ein Vergnügen sein, in eine solche Kutsche einzusteigen.
Da weigert sie sich, da weigert Bettina sich, da weigert seine Braut sich, zu ihm einzusteigen. Es gezieme sich für sie nicht, solange sie noch nicht verheiratet seien, zu ihm in die Kutsche zu steigen. Es widerspräche den Regeln guter Sitte, wenn sie mit ihm allein in einer geschlossenen Kutsche führe.

Er will Bettina überreden, trotzdem zu ihm in die Kutsche zu steigen, aber was ihm da einfällt, nimmt sich recht kläglich aus:
„Du bist doch meine Braut!“, ruft er.
„Wir haben uns solange nicht gesehen. Wir müssen so manches besprechen, was nur uns angeht. Wir sind auch nicht in Mainz, wo uns leicht Bekannte sehen könnten. Wir sind hier in Trier, wo uns nur wenige Leute kennen. Deine Tante wird nichts dagegen haben.
Nur in Igel könnte uns jemand sehen. Aber dort kennt uns keiner, bestimmt nicht, dort wird jeder annehmen, wir seien bereits verheiratet, sofern sich überhaupt einer solche Gedanken macht!“
Sie hört ihn nicht. Sie hört gar nicht zu. Schon bei dem flüchtigen Kuß sind ihre Augen von ihm abgewendet.
So geht sie von ihm weg.
Sie geht zu einer leichten, offenen Kutsche. Bei dem schönen Wetter wolle sie die Fahrt richtig genießen, sagt sie.
Er hätte ja auch einen Platz an ihrer Seite in der offenen Kutsche begrüßt. Sie aber bietet ihm keinen Platz an. Sie bedeutet vielmehr ihrem Kutscher loszufahren, ohne besonders darauf zu achten, ob ihr Verlobter hinter ihnen herkommt.
Dem Offizier, der sie nach Igel begleiten soll, es ist derselbe, der auch ihre Heimreise bewachen soll, dem hat sie freundlich zugenickt, und Max de Laurant will es in seinem Ärger scheinen, als sei dies Zunicken vertraulicher gewesen als der Kuß, den er hatte empfangen dürfen.

Sie fährt bereits aus dem Hoftor, als sein Kutscher noch damit beschäftigt ist, die Kutsche zu wenden. Er muß den Kutscher zur Eile mahnen, damit er sie noch einholen kann. Der Offizier reitet neben ihrer Kutsche, sooft es der Weg erlaubt.
Ein junger Mann ist das. De Laurant kennt ihn flüchtig. Niederer Adel, denkt er geringschätzig, irgendein Freiherr von Soonsfeld, Franz von Soonsfeld, der Sohn eines Freiherrn, ziemlich mittellos, aber von Frau von Coudenhoven gefördert, der Nichte des Kurfürsten. Da kann noch etwas aus ihm werden.
Natürlich reitet er nur deshalb neben der Kutsche, weil er Bettina schützen soll. Ein junger Mann, wie es viele junge Männer gibt, durch nichts Besonderes ausgezeichnet außer vielleicht durch eine besinnliche Nase, an der er mit schräggestellten Augen weit entlangschauen und seiner selbst inne werden kann. Seine weiße Uniform hat er sorgfältig putzten lassen. Alles, was daran Metall ist, ist blank gerieben und glänzt und glitzert. Er will dem jungen Mädchen wohl imponieren. Dagegen, daß fremde Offiziere bereits verlobten, jungen Damen imponieren wollen, sollte ein Gesetz erlassen werden.
Sie lehnt sich weit aus ihrer Kutsche, ganz ungeniert, um mit dem Offizier reden zu können, wenn er neben ihr reitet.
Sie lacht mit ihm.

Ihre Blicke kann de Laurant nicht sehen, aber er stellt sie sich vor. Wenn der Offizier hinter ihr reitet, wendet sie sich gar zurück, nur um diesen Offizier sehen zu können. Auch dann kann de Laurant ihre Blicke nicht erkennen. Ihren Mund aber kann er sich gut vorstellen, den lachenden Mund.
Geziemt sich das?
'Warte nur', denkt de Laurant ingrimmig, 'jetzt will ich kein Aufsehen erregen. Wir sind schließlich noch auf den Schutz dieses Burschen angewiesen. Aber wenn wir erst verheiratet sind, dann soll sie sich wundern, wie ich sie freundlich, doch mit Festigkeit bezwingen werde.'
Er weiß nicht, daß sie in den letzten Wochen sehr häufig mit diesem jungen Offizier ausgeritten ist. Ihre Tante hat sich nicht darum gekümmert oder diese gemeinsamen Ausritte sogar noch gefördert. Bettina und der Offizier sind zu den freundlichen

Stellen am Moselufer geritten, die so gern von Liebespaaren besucht werden.
Wenn de Laurant das wüßte.

Bei der Ankunft in Igel ist de Laurant so verärgert, daß er am liebsten in der Kutsche bliebe, wenden ließe und zurückführe nach Trier.
Manchmal erfaßt ihn der Ärger wie ein Zwang, dann zieht er sich in sich selbst zurück und schweigt.
Diesmal gelingt es ihm, den Ärger zu bezwingen.
Er verläßt die Kutsche.
Vor dem Denkmal, der großen Römersäule von Igel, versucht de Laurant, sich Enttäuschung und Ärger nicht anmerken zu lassen. Er bietet Bettina seinen Arm und führt sie um diesen merkwürdigen Obelisken herum, ihre Aufmerksamkeit auf die verschiedenen Figuren lenkend, die da in bedeutungsvollen Reliefs zu sehen sind, indem er deren Bedeutung, soweit es ihm möglich ist, wortreich erläutert.
Sie sind an manchen Stellen nur noch schwer zu erkennen. Die vielen Jahre und Wetter, die seit der Zeit der Römer über sie hingegangen sind, haben manche Kontur verwischt und manches Relief abgewaschen und ausgelöscht.

Seinen schönen Plan hat Bettina durch ihr Verhalten zerstört. Er hatte ihr nach einer vertraulichen Unterredung in der Kutsche vor allem die beiden Figuren, Mann und Frau im Hauptfeld des Obelisken, hervorheben und den segnenden Geist zwischen ihnen, mehr zu erahnen als zu erkennen, als den Gott der Ehe erläutern wollen. So hätte er, vom Hauptfeld ausgehend, den ganzen Obelisken als ein Denkmal der guten Ehe darstellen können und leicht alles so gewendet, daß es ihre eigene Situation betroffen hätte. Nun aber hat er Mühe, überhaupt beschreibende und erklärende Worte zu finden, und fühlt sich durch die elenden Dorfhütten in der Nähe des Monumentes gestört, die er doch sonst kaum wahrgenommen hat, und weil er nicht recht weiter weiß, kommt er unwillkürlich auf seinen Besuch im Kloster zu sprechen und erzählt von dem Diebstahl oder Raub, von dem ihm der Prior Mitteilung gemacht hat, und meint, bei

Bettina endlich ein gewisses Interesse zu spüren, mehr jedenfalls, als sie dem Monument entgegenzubringen gewillt ist.
Um sie zu beeindrucken, fährt er fort, von diesem Diebstahl zu sprechen, und freut sich insgeheim, wie gut es ihm nun gelingt, das Gespräch zu leiten. Ihre Aufmerksamkeit wendet sich ihm jetzt ganz zu. Der Offizier bleibt im Hintergrund. Der hört zwar zu, sagt aber kein Wort.
De Laurant berichtet, daß im Kloster der Benediktiner eine wertvolle Figur entwendet worden sei, daß man den Dieb oder gar Räuber gesucht, aber noch nicht gefunden habe, daß man sich nicht einmal vorstellen könne, wie der Räuber in die Sakristei eingedrungen sei, und wie er das Kloster mit seiner Beute wieder habe verlassen können, ohne dabei bemerkt, angehalten und festgenommen zu werden.
Er erläutert Bettina, warum sie ein besonderes Interesse an diesem Verbrechen haben müsse, da es eine Figur betreffe, die ihre Familie, die ihr Vater selbst dem Kloster gestiftet habe.
„Ei ja“, wirft sie da ein, „er hat gedacht, die Mönche würden seine geliebte Figur auf den Hochaltar stellen.
Das wollten sie aber nicht.
Meinen Vater hat das gekränkt. Irgendwann hat er sich dann eine ähnliche Figur aus Holz schnitzen lassen und hat sie in seiner Hauskapelle auf den Altar gestellt.
Trotzdem hat er sich natürlich schrecklich aufgeregt, als er davon erfuhr, daß die Figur aus der Sakristei der Klosterkirche entwendet worden sei.“

„Ach, diese wertvolle Silberfigur!“, fügt sie nach einem kurzen Augenblick hinzu und spricht das Wort Silberfigur so behaglich aus, als sei damit das Familiensilber gemeint.

IV

Nachforschungen

Am nächsten Tag geht de Laurant noch einmal zum Kloster am Moselufer. Er geht an der Stiftskirche St. Simeon vorbei, von der erzählt wird, sie sei in ein riesiges Römertor so hineingebaut worden, daß das Tor ganz in der Kirche verschwunden sei. Von der Stadt her führt eine breite Freitreppe zu dieser Kirche hin. Es fällt schwer, sich vorzustellen, wie das Tor ausgesehen haben könnte. Da, wo jetzt die Treppenstufen sind, müßte die Toröffnung gewesen sein.

De Laurant nimmt seinen Weg durch die Stadt zur Jesuitenkirche, in der der Pater Friedrich Spee von Langenfeld begraben liegt. Das ist ein Umweg. Er macht diesen Umweg aber gern, weil er diesen Pater Spee verehrt, der in seinem Buche, der 'cautio criminalis', gleichsam als Vorkämpfer der Aufklärung tapfer gegen die grausige Torheit der Hexenprozesse zu Felde gezogen ist und versucht hat, das Recht aus der Gefangenschaft des Aberglaubens zu befreien, der dann die höchste Tapferkeit bewiesen hat, als er die Pestkranken pflegte, bis er selbst an der Pest sterben mußte. Diesem Manne möchte er nacheifern und genauso entschieden für das Recht eintreten, entschieden und ohne Rücksicht, auch ohne Rücksicht auf die eigene Gesundheit. Eigentlich, meint er, hätte die Kirche diesen Pater Friedrich längst heilig sprechen müssen.

An der Jesuitenkirche will er sich nach der Mosel hinwenden, aber noch bevor er die Kirche erreicht, beschleunigt er unwillkürlich seine Schritte; denn bedrohliche Geräusche sind in den Raum seiner Gedanken eingedrungen.

Schritte, harte Schritte, hört er plötzlich näherkommen, dazu klingen scharfe Stimmen, zornige Rufe.

Sie gelten ihm.

Er wird verfolgt.

„Eine Straße über den Hunsrück wollen sie bauen!

Die Moselschiffer wollen sie ruinieren!

Seht nur, der da ist auch einer von ihnen!

Wir lassen uns das nicht gefallen!

Dem werden wir es zeigen, dem sauberen Herren!"
Er schaut sich nicht um, geht aber noch schneller, läuft fast, hastet die Treppen hinauf und erreicht die Kirche, noch gerade ehe sie seiner habhaft werden können.
Die Kirche ist still und kühl. Dort hinein verfolgt ihn niemand.
Er kniet nieder und betet. Zuerst denkt er, er könnte gar nicht beten, weil er zu aufgeregt wäre, dann bemerkt er, wie die alten, langvertrauten Gebete, die er spricht, ihn langsam beruhigen.
Er glaubt, die Nähe des Toten zu spüren, der hier ruht.
Ist es die Tapferkeit des Paters, die ihn berührt, ihn, der selbst nicht sehr tapfer vor einigen Schritten und Rufen geflohen ist?
Hätte er nicht viel besser draußen bleiben und sich die Leute ansehen und mit ihnen reden, sie überzeugen sollen?
Woher aber wußten sie, daß er einer von denen sei, die den Ausbau der Ausoniusweges befürworten?
War er in Trier besser bekannt, als er gedacht hatte?
Lag das an seiner Verbindung mit Weißenberg?
Der Pater Spee wäre nicht geflohen. Der hätte, so meint er, mit den Leuten gesprochen, unbeugsam und entschieden.
Im Gedanken an den Pater gewinnt er Mut und Kraft.
De Laurant geht hinaus, um die Leute zur Rede zu stellen, schließlich ist er doch Sekretär des Kriminalsenats.
Aber draußen findet er niemanden mehr. Die Verfolger sind verschwunden. Zu einer längeren Belagerung fehlte ihnen wohl die Geduld. Vielleicht wollten sie ihn nur schrecken, vielleicht auch ihm Schwierigkeiten auf seiner Reise ankündigen.
Im Kloster wird er sogleich zum Prior geführt, der in seiner geräumigen Zelle am Schreibtisch sitzt, offenbar mit Dokumenten beschäftigt. Der Prior schiebt die Dokumente zur Seite und wendet sich seinem Gaste zu.
De Laurant hat sich einige Fragen zurechtgelegt und so notiert, daß er die Antworten leicht einfügen kann.
Zuerst möchte er wissen, wie die Figur ausgesehen habe.
„Es war eine Figur des heiligen Thomas", sagt der Prior, „des Apostels Thomas, nicht des Aquinaten, auch nicht des heiligen Thomas von Canterbury.
Wenn es der Aquinate, also Thomas von Aquin, gewesen wäre, hätte ihm der Bildhauer eine Taube beigegeben. Dem Heiligen

aus Canterbury hätte er das Modell einer Kirche in die Hand gegeben. Unsere Figur jedoch hatte als kennzeichnende Beigabe ein Winkelmaß, womit der Bildhauer zeigen wollte, daß es sich um den Apostel handelt, der ein Baumeister gewesen sein soll."
Der Prior hat sich auf die Unterredung gut vorbereitet und will noch weiter über die verschiedenen Arten der Darstellung des heiligen Thomas reden, des Apostels, der auch der Zweifler genannt wird. Vielleicht haben sie ihn ja deshalb nicht auf den Altar stellen wollen, weil er ein Zweifler ist, denkt de Laurant.
Er unterbricht den Prior sehr freundlich und fragt ihn nach dem Wert der Figur.
„Was ist das, der Wert eines Gegenstandes? In dieser Welt, hat mir jemand erklärt, bemißt sich der Wert eines Gegenstandes nach der Menge der Leute, die ihn haben wollen, danach, wie sehr ihn diese verlangen, und danach, wieviele Leute ihn haben und bereit sind, sich von ihm zu trennen. Es gibt aber auch Dinge, die keiner haben will, die aber für mich unendlich wertvoll sind.
In der nächsten Welt ist es einfacher, da bemißt sich der Wert nach dem Wohlgefallen Gottes. Ich denke, eine solche Figur kann wie ein Gebet sein sowohl für den Künstler als auch für den Betrachter.
Aber das wollt ihr ja wohl nicht wissen."
Offenbar hat er über den Wert der Figur noch nicht nachgedacht. Er hält einige Minuten inne, wie um sich die Figur noch einmal vorzustellen: „Das war eine schwere Figur, vielleicht sogar massives Silber, vielleicht aber auch hohl und mit einer festen Masse gefüllt. Wir haben sie zwar nicht gewogen, weil wir aber überlegten, ob wir sie auf den Altar stellen sollten, haben wir sie gemessen.
Sie maß etwa drei Fuß. Für den Altar wäre sie groß genug gewesen, aber da gab es andere Gründe…"
Der Prior schweigt, die Gründe will er nicht nennen, und weil de Laurant dazu bereits seine eigenen Gedanken hat, fragt er auch nicht nach.
„Der Dieb hatte ganz schön zu schleppen an dieser Figur!"
„Dann muß sie doch auch wertvoll gewesen sein?"
„Allein der Wert des Silbers war sicher hoch!", meint der Prior.

Das kann er beurteilen; denn er weiß, daß Silber wertvoll ist, und daß die Figur groß war. Selbst wenn sie hohl war, muß sie eine ganze Menge Silber enthalten haben.
„Und als Kunstwerk?"
„Davon verstehe ich nicht viel. Die Figur war kompliziert gearbeitet. Die Falten des Gewandes fielen ganz natürlich und zeichneten den Körper, indem sie ihn verhüllten. Die Haare waren so fein ausgebildet, daß man den Eindruck hatte, man könnte sie zählen.
Nur den Eindruck!", verbessert er sich.
„Zählen konnte man sie natürlich nicht. Irgendjemand hat mir auch gesagt, unsere Figur sei eine seltene Darstellung des heiligen Thomas gewesen. Man finde nur selten Figuren dieses Heiligen als Einzelfiguren. Meist werde er nur mit den anderen Aposteln gemeinsam dargesellt, in der Reihe der Apostel sozusagen. Das wird wahrscheinlich den Wert der Figur noch einmal erhöhen, ihre Seltenheit, meine ich."
„Das müßte es aber auch erschweren, diese Figur zu verkaufen!", überlegt de Laurant.
„Zumindest hier in der Nähe wäre ein Verkäufer Gefahr gelaufen, gleich als Dieb erkannt zu werden, weil wahrscheinlich nur solche Leute bereit gewesen wären, die Figur zu kaufen, die mit solchen Figuren vertraut gewesen wären, und die hätten diese Figur sogleich erkannt."
„Vielleicht hat der Dieb die Figur eingeschmolzen und sich mit dem Verkauf des Silbers begnügt."
De Laurant macht sich Notizen und kommt dann zu seiner letzten Frage:
„Wie war es an der Pforte?
Wer kam an diesem Tage in das Kloster hinein, und wer hat es verlassen?"
„Ich habe diese Frage vorausgesehen und mit dem Pförtner gesprochen.
Einige Gäste haben das Kloster verlassen. Teilweise hatten sie Diener, die nicht im Kloster wohnten. Die kamen herein und trugen das Gepäck hinaus..."
Der Prior zögert und schaut vor sich auf den Schreibtisch, dann hebt er den Kopf und sagt:

„Ich muß gestehen, daß wir gar nicht genau wissen, wann die Figur aus der Sakristei verschwunden ist.
Das mag seltsam erscheinen bei einer so wertvollen Figur, aber wir hatten wohl alle ein schlechtes Gewissen, weil ...
Nein, nicht gerade ein schlechtes Gewissen, aber es war uns unwohl bei dem Gedanken, daß wir ihr einen Platz auf dem Altar verweigert hatten, zumal Thomas doch gerade wegen seines Zweifels und der Antwort Christi auf seinen Zweifel ein so wichtiger Heiliger ist.
Weil wir uns da nicht wohlfühlten, haben wir die Figur wahrscheinlich so aufgestellt, daß sie nicht gleich jedem auffiel, der in die Sakristei kam oder der in der Sakristei zu tun hatte. Sie stand oben auf einem Paramentenschrank in einer hohen Nische, halb verdeckt von einem Holzkreuz.
Trotzdem wurde ihr Verschwinden vielleicht auch sofort entdeckt, wir können uns dessen aber nicht sicher sein.
Vielleicht hat ja auch der Dieb damit gerechnet, daß ihr Verschwinden nicht sogleich entdeckt würde."
De Laurant ist verwirrt.
„Ihr habt doch gesagt, der Sakristan sei niedergeschlagen worden. Ihr wißt doch, wann das war. Dann wißt ihr auch, wann die Figur geraubt wurde."
„So einfach ist das nicht. Der Sakristan hat zwar in der Sakristei gelegen und später gesagt, er sei niedergeschlagen worden. Das ist aber bereits des öfteren geschehen, und wir können nicht ausschließen, daß es der Meßwein war, der ihn niedergeschlagen hat."
De Laurant fragt nicht weiter nach. Er wundert sich nur, daß ihm der Prior das nicht gleich gesagt hat. Vielleicht hatte er nur die Geschichte dramatischer erzählen wollen, als sie war, und nun, erkennend, daß einer versuchen wollte, den Raub aufzuklären, bequemte er sich zu genaueren Angaben. Vielleicht hatte er aber auch nur den Sakristan schützen wollen.

„Wenn der genaue Zeitpunkt nicht feststeht, dann müßten wir eigentlich alle Gäste überprüfen, die in diesen Tagen im Kloster waren."
„Das wäre ein ziemlich hoffnungsloses Unterfangen.

Hofrat Weißenberg war einer dieser Gäste. Er hatte einen jungen Offizier bei sich, der blieb aber nicht im Kloster. Er wohnte irgendwo in der Stadt und kam nur am Morgen, um Weißenberg abzuholen.
An den Pfarrer von Gensingen, Herrn Freyenthal, erinnere ich mich noch. Der ist zwar an Kunstwerken interessiert, kümmert sich aber mehr um Gemälde, die er manchmal sehr schön kopiert, meistens weil er die Kopie seiner Sammlung hinzufügen will. Manchmal kopiert er aber auch im Auftrag eines Freundes. Er kopiert auch weltliche Bilder, sogar Bilder von Rubens mit recht freizügigen Damen..."
Der Prior verzieht seine Lippen zu einem feinen Lächeln, als ob ihn das amüsiere, sagt aber: „Ich meine, das müsse man mißbilligen."
De Laurant erkennt, daß er von dem Prior nichts Nützliches mehr erfahren wird. Merkwürdig erscheint ihm, daß ihm der Prior die beiden Gäste genannt hat, die am wenigsten für den Diebstahl in Frage kommen und dann abgelenkt hat von seiner Frage.
Oder sollten diese beiden als Beispiele für alle Gäste gelten?
Wollte der Prior vielleicht sagen, alle seine Gäste seien so unverdächtig wie diese beiden?

Auf dem Weg zu seiner Herberge kommt ihm der Gedanke, es sei nicht ausgeschlossen, daß einer von außen, einer, der kein Gast gewesen sei, den Diebstahl in Auftrag gegeben haben könnte.
Wenn keiner der Gäste in Frage käme für den Diebstahl, und die Diener, die die Möglichkeit hatten, von sich aus wohl nicht auf den Gedanken gekommen wären, diese Figur zu entwenden, dann könnte doch ein kunstverständiger Kaufmann mit guten Beziehungen zu Kaufleuten in fremden Ländern von dieser Figur gewußt haben und einen der Diener dazu überredet haben, den Diebstahl für ihn durchzuführen.
Er ist davon überzeugt, daß die Figur nicht gestohlen worden sei, um sie einzuschmelzen, zum Teil wohl, weil er das Gefühl hat, der Heilige hätte seine Figur irgendwie davor bewahrt, eingeschmolzen zu werden, als ob der Heilige so einfach in das welt-

liche Geschehen eingreifen könnte oder wollte, zum Teil auch, weil er meint, selbst ein Dieb müsse davor zurückschrecken, die Figur eines Heiligen zu zerstören, als ob ein Dieb, der eine Sakristei bestiehlt, Ehrfurcht vor einer Figur haben müßte.
Bei genauerer Überlegung ist ihm natürlich klar, daß sein Gefühl und seine Meinung die Figur nicht retten können, aber er will einfach nicht daran glauben, daß sie zerstört sein könnte.

Er denkt an seine Braut und dann an die Schwester des Hofrats Weißenberg, und er überlegt, was die Schwester wohl von der Schenkung an das Kloster gehalten haben könnte.
Stand die Schenkung wirklich als letzter Wunsch im Testament des Vaters?
War die ganze Familie mit der Stiftung einverstanden gewesen, oder hätte die Schwester vielleicht die Figur gerne behalten?
Wohin führen ihn diese Gedanken?
Weißenberg hat ihm gegenüber den Diebstahl nie erwähnt, dessen ist er sich sicher.

V

Durch die dunklen Wälder des Hunsrücks

Ein paar Tage später treffen drei Soldaten aus Mainz in Trier ein. Sie sollen als Begleitmannschaft zusammen mit dem jungen Offizier, dem Freiherrn von Soonsfeld, de Laurant und seine Braut sicher durch die Wälder des Hunsrücks geleiten.
Nach seinen Erfahrungen auf der Fahrt nach Igel denkt de Laurant nun, es wäre vielleicht zuträglicher gewesen, mit seiner Braut auf dem Schiffe die Mosel hinab zu fahren und dann gemächlich von Koblenz den Rhein hinauf geschleppt zu werden. Da hätten sie auf eine Begleitmannschaft, besonders auf den Offizier, ganz verzichten können, und die vielen romantischen Orte, zuerst an der Mosel und dann am Rhein, hätten ihm Gelegenheit geboten, in freundlichen Gesprächen seiner Braut näher zu kommen. Er hätte mit ihr am Rande des Schiffes stehen und hinüber zum Ufer schauen können, und die langsam wechselnden Szenen, die Menschen am Ufer, die Weinberge und Wälder und hoch auf den Felsen die Burgen hätten die Gefühle des Mädchens bewegt und dann...
Jetzt kann er nicht mehr zurück. Er muß den Ausoniusweg benutzen, und er will ihn benutzen, weil er für seinen Ausbau eintritt. Alles andere erschiene ihm wie Fahnenflucht.
Weil es eine lange und beschwerliche Reise sein wird, müssen sie ganz früh losfahren.
Glücklicherweise waren die letzten Tage ohne Regen. Die Wege sind also fest, und es besteht nicht die Gefahr, im am wenigsten geeigneten Augenblick etwa, wenn gerade ein paar Räuber aus dem Dickicht brechen, mit den Rädern der Kutsche im Schlamm zu versinken.

Diesmal ist die Farbe des Morgens noch ein tiefdunkles Grau, wenn das überhaupt eine Farbe genannt werden kann.
Die Villa der Tante erscheint wie ein riesiger schwarzer Kasten, nur aus dem Hofe dringen ein paar Lichtschimmer hervor, und am Tor leuchtet eine Laterne. Dankbar sieht de Laurant die Laterne am Tor, zeigt sie ihm doch, daß man ihn erwartet.

Bettinas Kutsche steht schon bereit, mit vier Pferden bespannt. Eine geschlossene Kutsche ist es diesmal. Koffer, Schachteln und Taschen sind hoch auf ihr Dach getürmt, und einer der Diener ist soeben damit beschäftigt, sie mit Schnüren und Riemen zu befestigen. De Laurant denkt, daß ihre kleine Reisegruppe so noch interessanter sei für Räuber, als wenn das Gepäck im Inneren der Kutsche geborgen wäre.

Die drei Soldaten und der ihm bereits bekannte Offizier halten neben der Kutsche. De Laurant beschleichen leise Zweifel, ob diese kleine Mannschaft wohl einer wilden Räuberschar standhalten könnte. Er beruhigt sich mit dem Gedanken daran, was Disziplin und Ordnung gegen einen ungeordnet vorstürmenden Angreifer ausrichten können.

Sie fahren los.

Bettinas Kutsche fährt zuerst durch das Hoftor und weist dann den Weg durch die dunklen, menschenleeren Straßen.

Zurückschauend sieht de Laurant, wie die Laterne am Tor gelöscht wird, da fühlt er sich ausgestoßen wie einer, der in einem Boot ins dunkle Meer hinausgetragen wird.

Sie fahren an der Paulinkirche vorbei, die 1674 von den Franzosen zerstört worden war und erst kürzlich wieder aufgebaut worden ist, ganz modern, nach Plänen des bekannten Würzburger Baumeisters Balthasar Neumann. De Laurant unterdrückt den Wunsch anzuhalten, in die Kirche zu gehen und für eine gute Fahrt zu beten. Es ist ohnehin noch zu früh. Die Kirche ist sicher noch zugesperrt.

In Trier hat man de Laurant davor gewarnt, die Reise auf dem rechten Ufer der Mosel zu beginnen, da der Weg dort wegen vieler Bäche und Täler, die er durchschneide, sehr beschwerlich sei. Schon der Ruwer stelle ein gewisses Hindernis dar. Auf der linken Seite der Mosel komme er bestimmt schneller voran, wenn er sich vom Ufer entfernt halte und über Hetzerath und Klausen zur Mosel hinfahre und dort übersetze. Eine Fähre werde er am Moselufer leicht finden können. Hinter Munzerfeld (Monzelfeld) könne er bei Wederath schon die alte Römerstraße erreichen, die ihn dann nach Bingen und Mainz führen werde. Der Kurfürst Klemens Wenzeslaus habe auch diesen Weg genommen, als er zum ersten Mal nach Trier gekommen sei.

Sie fahren über die alte Römerbrücke aufs linke Ufer und wenden sich dort moselabwärts nach Schweich.
Bei guter Fahrt erreichen sie Hetzerath, fahren weiter nach Klausen und schließlich hinab zur Mosel. Sie wollen ein gutes Stück Weges oberhalb von Kues den Fluß erneut überqueren.
Sie gelangen wohlbehalten zum Ufer, dort aber gibt es Schwierigkeiten.
Sie finden zwar eine Fähre, die Fähre ist aber nicht bereit.
Der Fährmann behauptet, er könne es nicht wagen, mit seiner Fähre die beiden Kutschen über den Fluß zu setzen. Einen vernünftigen Grund dafür weiß er nicht anzugeben. Nach einem aufgeregten Gespräch mit dem Offizier und einem heftigen Wortwechsel mit de Laurant geht er einfach weg.
Ein paar Männer kommen und betrachten aus einiger Entfernung die Reisenden. Auch sie sind nicht bereit, die Überfahrt zu bewerkstelligen.
Der Fährmann bleibt verschwunden.
De Laurant steigt aus seiner Kutsche und überprüft zusammen mit dem Offizier die Fähre. Einen Mangel können sie nicht feststellen, die Fähre ist groß genug, die zwei Kutschen und die Begleitmannschaft zu tragen.
Die Männer sind lachend wieder weggegangen.
Die Kutschen und ihre Begleiter stehen allein am Ufer.
De Laurant kommt der Verdacht, daß dies eine der Ungelegenheiten sei, die ihm die Gegner des Ausoniusweges bereiten wollten. Sie wollen ihm zeigen, daß er diesen Weg noch nicht einmal erreichen kann, wenn sie ihn nicht über den Fluß lassen. Er denkt, man habe ihn vielleicht sogar mit Absicht an diese Stelle am Moselufer gewiesen, um ihm ein Hindernis in den Weg legen zu können. Die Fähre samt ihrem widerwilligen Fährmann wäre dann Teil eines Planes, ihn von der Fahrt über den Hunsrück abzuhalten.
Der Offizier schlägt vor, einen Umweg über Kues zu machen und dort den Fluß zu überqueren. Gerade das will de Laurant vermeiden, er will sich nicht zu einem Umweg zwingen lassen. Er will seinen Gegnern zeigen, daß er über den Fluß setzen kann, wo es ihm beliebt. Er hat den Fährmann entdeckt, der in der Nähe geblieben ist, um aus sicherem Versteck zu beobachten,

wie sich die Reisenden verhalten werden. De Laurant gibt zwei Soldaten unauffällig einen Wink, sich des unwilligen Fährmanns zu versichern. Sie zwingen den Fährmann und ein paar der mittlerweile neugierig wieder näher gekommenen Männer mit ihren Waffen, die Fähre zu bedienen. So kommen sie endlich doch noch über den Fluß, aber sie haben viel Zeit verloren. Sie werden nun den Hunsrück nicht mehr bei Tageslicht überqueren können.
De Laurant beschließt, in Munzerfeld nicht nur die Pferde zu wechseln, sondern auch zu übernachten, sich früh zur Ruhe zu begeben und am anderen Morgen früh loszufahren.
Bettina scheint das gleichgültig zu sein, anscheinend wäre sie auch in die Nacht hinein und unterm Sternenhimmel durch die Hunsrückwälder gefahren, wenn de Laurant das so entschieden hätte. Weil sie ihm willfahren möchte, oder weil sie dem Schutze dieses Offiziers vertraut? De Laurant ist sich nicht sicher, welche dieser beiden Möglichkeiten zutrifft.
In der Herberge kommt es noch einmal zu einem Streit wegen der Fahrt in zwei Kutschen. De Laurant meint, es sei klüger, wenn Bettina in seiner Kutsche führe, dann könnten die vielen Koffer und Kisten in der anderen Kutsche vor Räuberblicken verborgen werden. Bettina fragt ihn, ob er denn wirklich so furchtsam sei. Dann geht sie auf ihr Zimmer.
Sie wird nicht mit ihm in einer Kutsche fahren.
Der nächste Tag beginnt gleich mit einem kleinen Hindernis. Bettina hat in ihrem Zimmer etwas vergessen, einen kleinen goldgerahmten Spiegel wohl, ohne den sie nicht sein möchte, bemerkt das aber erst ein gutes Stück Weges hinter Munzerfeld. Sie hält ihre Kutsche an und lehnt sich über den Schlag hinaus, um mit dem Offizier zu sprechen. De Laurant in der hinteren Kutsche kann nicht viel hören von dem, was da geredet wird. Er versucht, die Gesten zu deuten.
Der Offizier erbietet sich offenbar zurückzureiten, um den Spiegel zu holen. Die Kutschen sollen einstweilen langsam weiterfahren. Er wird sie mit seinem guten Pferd leicht einholen können.
De Laurant überlegt noch, ob er da nicht eingreifen sollte, schließlich ist er der Leiter der Reisegruppe, da reitet der Offizier

schon an ihm verbei und ruft, er werde schnell wieder zurücksein. De Laurant fühlt sich erneut brüskiert.
Noch ist es dunkel, nur ganz langsam beginnt sich im Osten der Saum des Horizontes zu verfärben. Vor ihnen ist eine freie Ackerfläche, durch die der Weg trotz der Dunkelheit gut erkennbar hindurchführt.
Eine kleine Weile später, de Laurant meint, der Offizier müsse nun bald zurückkommen, da sieht er schräg vor sich, an einem Gehöft abseits des Weges, Fackeln aufleuchten und dunkle Schatten auf die beiden Kutschen zulaufen, nein, nicht auf beide Kutschen, um Bettinas Kutsche scheinen sie sich nicht zu kümmern.
Bettinas Kutsche fährt weiter. Die drei Soldaten reiten vor ihr her. Sie haben anscheinend noch nichts bemerkt.
De Laurants Kutsche bleibt stehen.
Warum fährt der Kutscher nicht weiter?
Jetzt haben die Schatten die Kutsche erreicht. Sie wollen hinauf auf den Kutschbock. Der Kutscher verteidigt sich von oben mit der Peitsche. Da kommen endlich die drei Soldaten zurückgaloppiert. Sie drängen sich mit den Pferden gegen die dunklen Gestalten.
Warum benutzen sie ihre Waffen nicht?
Sind sie im Einvernehmen mit den Angreifern?
Einer der dunklen Kerle, ein großer, ungeschlachter Mann schwingt sich auf das Trittbrett.
Er zerrt am Schlag.
Keiner sieht, ob er ihn zu öffnen vermag.
De Laurant verhält sich ganz still.
Da kommt endlich der Offizier. Mit der blanken Waffe drischt er den Menschen vom Kutschschlag. Der stolpert, fällt, rafft sich auf und verschwindet nach dem Gehöft hin.
Es verfolgt ihn niemand.
Die anderen Angreifer haben sich zerstreut.
Die Kutsche de Laurants setzt sich wieder in Bewegung. Jetzt reitet einer der Soldaten als Nachhut hinter dieser Kutsche.
Der Kutscher treibt die Pferde an, denn Bettinas Kutsche ist weit voraus. Es sieht so aus, als ob sie von dem Hinterhalt und dem Überfall nicht viel bemerkt hätte.

Diesmal war der Überfall ganz ohne Geschrei und Rufe abgelaufen, trotzdem muß man vermuten, daß das dieselben Leute waren, die de Laurant bis zur Jesuitenkirche verfolgt haben. Wahrscheinlich hatten sie auch Kunde von seiner Heimreise bekommen, die über den Ausoniusweg führen sollte, sie wußten aber wohl nichts von den drei Soldaten, die aus Mainz gekommen waren, um den Offizier zu unterstützen.
Auf der Weiterfahrt ist von de Laurant nichts zu sehen und zu hören. Auch wenn einmal gerastet wird, zeigt er sich nicht.
Alle denken, er hocke verschreckt in einer Ecke seines Kutschengehäuses und werde sich wohl melden, wenn ihm etwas fehle oder wenn er einen Befehl geben wolle.
Vielleicht aber ist er auch nur verärgert und schmollt oder überlegt, was er unternehmen könnte, um seinem Ärger Luft zu machen.
Keiner traut sich, ihn zu stören. Sie alle sind darauf bedacht, die Fahrt durch die berüchtigten Wälder zu beschleunigen und schnell zu vollenden.
Sie sind nun schon ein paar Stunden unterwegs.
Die Sonne scheint, und kaum ein Lüftchen ist zu verspüren.
Die Wälder sind stumm.
Manchmal sehen die Bäume, so unbewegt dastehend, aus wie die Kulissen auf einem Theater. Wenn die Sonne ein paar Strahlen durch das Astgewirr zwischen die Bäume wirft, treten die Stämme besonders deutlich hervor. Hinter einem jeden könnte ein Räuber verborgen sein, denkt Bettina mit einem leichten Schauder und schaut sich um nach dem Offizier, der ruhig schräg hinter ihrer Kutsche reitet. Weil sich aber über den langen Tag hin in all den Wäldern, die sie durchfahren, kein Räuber zeigen will, denkt sie schließlich, diese bösen und blutigen Hunsrückräuber seien eine Erfindung, um Reisende zu erschrecken, und wie die Nachteulen und der wilde Jäger die Kinder in der Abenddämmerung nach Hause scheuchen sollen, so sollten die Hunsrückräuber den Reisenden die Fahrt auf dem Ausoniusweg verleiden.
So ist sie auch nicht besorgt, als der riesige Ast einer Eiche, der quer über den Weg ragt, die Reise plötzlich unterbricht. Die Eiche muß schon sehr alt sein, denn zwei Männer müßten ihre

Arme gewaltig recken, wenn sie ihren Stamm umspannen wollten. Der Ast ist so dick, daß er die beiden Männer tragen könnte, und fast wagerecht schwebt er über dem Weg. Umfahren kann man ihn nicht, weil jenseits des Weges gegenüber der alten Eiche ein tiefer Graben verläuft und einen Ausweg versperrt. Eine normale Kutsche könnte wohl leicht unter dem Aste hindurchfahren, die Koffer, Kisten und Taschen und pyramidalisch übereinandergetürmten Schachteln auf Bettinas Kutsche machen diesen Ast aber für ihre Kutsche zu einem unüberwindlichen Hindernis.
Alles muß abgepackt und auf der anderen Seite des Hindernisses wieder aufgepackt werden. Das ist gar nicht so einfach und wird wahrscheinlich, auch wenn die Soldaten schnell und fleißig arbeiten, eine halbe Stunde in Anspruch nehmen.
Der Offizier geht zur Kutsche de Laurants, die in einiger Entfernung hinter Bettinas Kutsche angehalten hat.
Der Kutscher, der die Lage sogleich richtig erkannt und die Dauer des Aufenthaltes abgeschätzt hat, spannt die Pferde aus und führt sie zu einem nahebei vorüberfließenden Bach.
Der Offizier kommt zurück und berichtet, de Laurant schlafe. Er habe durch das Fenster geschaut und habe ihn ganz friedlich schlafen sehen.
Wahrscheinlich vom frühen Aufstehen und der Aufregung bei dem Überfall hinter Munzerfeld und nicht zuletzt auch durch die lange Reise ermüdet, sei er eingeschlafen.
Die Soldaten sind bereits mit dem Lösen der festen Verschnürung und dem Abladen beschäftigt. Sie versuchen zwar, das ganz leise zu bewerkstelligen, um de Laurant nicht aufzuwecken. Ihre Arbeit wird aber durch den Versuch, leise zu sein, deutlich verlangsamt.
Der Kutscher, der Bettinas Kutsche lenkt, folgt dem Beispiel seines Kollegen und führt seine Pferde ebenfalls zum Bach.
Bettina will nicht in der Kutsche sitzen und warten, bis es weitergeht, und weil sie bisher keinen Räuber gesehen hat, hat sie auch keine Angst vor Räubern und will, auf den Schutz des Offiziers vertrauend, ein wenig auf und ab gehen und vielleicht eine seitwärts gelegene Blumenwiese besuchen, die man, zwischen den Stämmen hindurchschauend, sehen kann.

Ihre Beine schmerzen sie, weil sie so lange gesessen hat. Das sagt sie und schaut den Offizier bittend an.
Der Offizier hilft ihr aus der Kutsche und reicht ihr dann seinen Arm, um mit ihr auf dem Wege ein Stück weit zu gehen in der Richtung, in der sie in kurzer Zeit weiterfahren werden.
Er will ihr erklären, daß es nicht klug sei, jetzt gemeinsam die Reisegesellschaft zu verlassen. Was wäre wohl, wenn ihr Verlobter aufwachte und sähe, wie sie mit einem Fremden durch den Wald spazierte?
Da sagt sie: „Er könnte doch nur auf den richtigen Gedanken kommen, daß ich dich liebe, daß wir uns lieben!"
Sie schaut ihn an und lacht.
„Ich will ihn nicht heiraten. Vielleicht löst er ja die Verlobung, wenn er uns zusammensieht. Das wäre doch das beste, was uns geschehen könnte. Eigentlich hätte er schon nach der Fahrt nach Igel so schlau sein können."
„Und dein Vater?"
Statt einer Antwort zieht sie ihn tiefer in den Wald hinein. Die Soldaten achten nicht auf die beiden, und die Kutscher können von ihrem niedriger gelegenen Standpunkt am Bache die beiden gar nicht sehen.
Zur Wiese zieht sie ihn hin. Sie findet einen verborgenen Fleck hinter einer Schwarzdornhecke. Den haben offenbar schon andere benutzt, denn das Gras ist niedergetrampelt. Das fällt ihnen aber nicht weiter auf. Bettina sieht nur den Offizier, und er sieht nur ihre schlanke Gestalt, ihr helles Haar, ihre freie Stirn und ihre Augen, immer wieder ihre Augen, die bitten und versprechen...
Er küßt sie.
Ein halbe Stunde ist eine lange Zeit.
Sie kommen gerade zur rechten Zeit zurück. Bettinas Kutsche steht jenseits des Hindernisses. Das Gepäck ist wieder aufgeladen und festgeschnürt. Einer der Soldaten sagt, de Laurant schlafe wohl noch. Er habe nichts von sich hören lassen.
Sie fahren weiter.

Es ist dunkel geworden. Der Hofrat Weißenberg geht im Flur seines Hauses auf und ab, immer wieder einmal schaut er aus der

Tür. Im Hof ist alles still. Man könnte meinen, in dem großen Hause lebe niemand außer diesem Mann.
Weißenberg ist unruhig.
Er meint, die Kutschen müßten längst angekommen sein, weiß aber, daß auf solchen Reisen leicht Verzögerungen eintreten können, Verzögerungen durch Hindernisse auf dem Weg, durch ein gebrochenes Rad, durch umgestürzte Bäume und natürlich durch absichtlich gefällte Bäume, wenn sich Räuber eine solche Baumsperre zunutze machen wollen. Wenn ein Baum geschickt gefällt wird, können die beiden Kutschen auch voneinander getrennt werden. Sie können auch von einem Teil der Wachmannschaft getrennt werden, wenn etwa die Soldaten ein Stück vorausreiten und nur der Offizier bei den Kutschen bleibt.

Mit der Dämmerung sind Wolken von Westen herangezogen, zuerst dünne Fetzen, dann dickere Wolkenballen, jetzt schieben sich weit über den Himmel gedehnte schwarze Wolkenmassen langsam nach Osten, die verdecken den Mond, der bereits heraufgekommen ist. Nur selten reißen die Wolken auf und geben dem Mondlicht freie Bahn, dann ist für kurze Zeit alles mit Silber überzogen. Ein Diener hat im Hof die Laternen angezündet.
Alles ist zum Empfang bereit.
Mitternacht.
Weißenberg weiß, daß die Köchin noch mit den Mägden am Herd steht, daß Männer in der Nähe der großen Treppe zum Haus warten, die Bettinas Gepäck abladen und ins Haus bringen werden.
Trotzdem ist alles ruhig. Keiner wagt, laut zu reden, um ihn nicht zu stören. Sie wissen, wie leicht er zornig werden kann, wenn er warten muß.
Unheimlich wird die Spannung, nur schwer zu ertragen.
Da endlich.
Er hört das Geholper der Kutschen auf dem Pflaster und die Rufe der Kutscher, die die Pferde zum letzten Mal anspornen.
Die Kutschen kommen in den Hof.
Die Soldaten bleiben draußen. Nur der Offizier kommt vor die Treppe geritten und salutiert zu dem Hofrat hin, der nun oben

an der Tür steht, dann wendet er sein Pferd, nickt zu Bettinas Kutsche hinüber und reitet hinaus. Sein Dienst ist beendet. Die Soldaten folgen ihm zu ihrem Quartier.
Bettina springt aus der Kutsche, ohne auf den Diener zu achten, der herbeieilt, um ihr zu helfen. Sie läuft zu ihrem Vater, der die Treppe herabkommt, umarmt ihn und beginnt gleich auf ihn einzureden.
Er wehrt ab.
„Du wirst Hunger haben, mein Kind!
Nach dem Essen haben wir Zeit, dann kannst du in Ruhe erzählen. Ich freue mich schon darauf."
Auch er liebt die Ordnung.
Die Kutscher spannen die Pferde aus.
In der anderen Kutsche rührt sich nichts.
„Der schläft wohl wieder!" Bettina lacht und winkt zu de Laurants Kutsche hin.
„Hinter Munzerfeld haben sie ihn erschreckt, diesen großen Helden. Seitdem ist er immer wieder eingeschlafen. Während der ganzen Fahrt ist er in der Kutsche geblieben, selbst beim Pferdewechsel. Nicht einmal zum Essen kam er aus seinem Gehäuse. Sicher hat er allein getafelt, mühsam sein silbernes Tablett auf den Knien im Gleichgewicht haltend.
Vielleicht ist ihm auch schlecht geworden von dem Rumpeln und Schwanken der Kutsche.
Vielleicht hat er auch zuviel getrunken.
Unseren Aufenthalt im Wald, den hat er gut verschlafen und jetzt ist er wieder eingeschlafen."
Sie hat ihren Vater bei der Hand genommen und will ihn ins Haus ziehen, der macht sich aber los und geht mit langen Schritten zu der Kutsche hin, die da reglos steht.
Die Pferde sind ausgespannt.
Die Männer sind mit Bettinas Kutsche beschäftigt.
Weißenberg steht nun an der Kutsche. Er klopft an den Schlag, öffnet den Schlag und beugt sich vor, um besser sehen zu können, was sein zukünftiger Schwiegersohn da macht.
Der sitzt in der Kutsche, regungslos, in sich zusammengesunken. Obwohl nur wenig Licht von den Laternen in die Kutsche fällt, sieht der Hofrat sofort, daß da ein Toter sitzt.

VI

Die Suche nach dem Mörder

Bettina sitzt in der Küche, ißt einen wunderbaren, frischen Apfelpfannkuchen und erzählt der Köchin von ihrem Leben bei der Tante in Trier. Die alte, dicke, gutmütige Köchin, die genauso ist, wie alte, dicke, gutmütige Köchinnen oft sind, eben weise, gemütlich und verständnisvoll, hat bei ihr die Stelle der Mutter eingenommen, mit dem wichtigen Unterschied, daß sie bei ihr über alles reden kann, ohne befürchten zu müssen, daß es ihr Vater sogleich erführe. Sogar über ihre Liebe zu dem jungen Offizier, dem Freiherrn von Soonsfeld, kann sie reden und über ihre Abneigung gegen den ihr angetragenen Bräutigam.
Von dessen Tod hat sie noch nichts gehört.

Weißenberg steht an der Kutsche und überlegt. Seine erste Regung war, laut nach seiner Tochter zu rufen oder ins Haus zu eilen und ihr den Tod ihres Bräutigams mitzuteilen. Er weiß aber, daß das falsch wäre, damit könnte er nur Verwirrung stiften. Auch darf er jetzt nicht als Vater, er muß als Vorsitzender des Kriminalsenats handeln.
Er darf die Leiche nicht verlassen.
Ehe etwas verändert wird, muß er sich einprägen, wie er den Toten aufgefunden hat, wo er in der Kutsche saß, und wie er da saß, ganz in eine Ecke gelehnt nahe dem geschlossenen Fenster, den Kopf nach vorne hängend dergestalt, daß man von der tödlichen Wunde nichts sehen konnte, aber doch so, daß man über seinen Tod nicht in Zweifel sein konnte. Der Hofrat ruft, ein Diener solle eine Laterne bringen. Dann steigt er in die Kutsche und hebt den Kopf des Toten ein wenig hoch und kann nun sehen, daß sein Hemd über dem Herzen ein Loch aufweist, das wohl von einem Stich herrührt. Der Diener hält die Laterne vor das Fenster der Kutsche. In dem schwachen Licht, das durch das Fenster dringt, kann Weißenberg von Blut nicht viel sehen.
Weißenberg steigt wieder aus der Kutsche.
Er ruft nun alle Diener zusammen und unterrichtet sie über den Tod de Laurants und sagt, was nun zu tun sei. Dann stellt er sich

auf die Freitreppe wie ein General in der Schlacht und dirigiert Diener und Mägde.
Ein niederer, langer Tisch muß in die geräumige Halle gestellt werden, die sich in einem Nebengebäude befindet. Die Leiche muß vorsichtig aus der Kutsche geborgen und auf diesen Tisch gelegt werden. Dann muß sie bewacht werden, bis der Arzt kommt, zu dem Weißenberg sofort einen Boten abgeschickt hat. Laternen, Kerzen und Öllichter müssen herbeigeschafft werden, die Halle so vollständig zu erleuchten, daß keine geheimnisvollen Ecken bleiben, in denen sich Unheil verbergen könnte. Die Mägde müssen die Halle fegen und alle Gegenstände, die da stehen, sorgfältig säubern. Es sieht so aus, als glaube der Hofrat, große Helligkeit und Sauberkeit in diesem Raume könnten helfen, den Mordfall aufzuklären.

Er hat keine Zweifel daran, daß es sich um einen Mord handelt, denn seine erste oberflächliche Untersuchung des Leichnams auf dem Tisch hat nur bestätigt, was er in der Kutsche schon gesehen hat. De Laurant wurde durch einen wohlgezielten Stich ins Herz getötet. Viel Blut ist dabei nicht hervorgetreten, vielleicht wurde es aber auch vom dunklen Stoff der Jacke aufgesogen. Das will er so genau nicht untersuchen.
An einen Selbstmord denkt er gar nicht. Welchen Grund sollte ein junger Mann haben, sich umzubringen, wenn er im Begriffe ist, die Tochter eines so bedeutenden Mannes zu heiraten?

Noch ehe die Kutsche in den Schuppen geschoben wird, muß sie eingehend geprüft werden. Weißenberg selbst wird das tun, da er keinem seiner Diener zutraut, dabei sorgfältig genug zu Werke zu gehen.
Er geht zur Kutsche. Die Lampe in der Kutsche will Weißenberg nicht anzünden. Dabei könnte er ungewollt etwas verändern, was für die Aufklärung des Verbrechens wichtig sein könnte. Also müssen nun zwei Mägde mit Laternen kommen und ihm leuchten. Das ist nicht einfach, weil er sehr ungeduldig ist und meint, sie müßten selbst sehen, wo er gerade suchen wolle, und ihre Lampen entsprechend halten. Das können sie natürlich nicht. So kommt es, daß er immer wieder da sucht, wohin sie

gerade nicht leuchten. Schimpfend gibt er ihnen dann seine Anweisungen. Sie erschrecken und zittern, und die Laternen in ihren Händen zittern mit, und je mehr er schimpft und die armen Mädchen anfaucht, desto schreckhafter zittern die Laternen, und ihre Lichtstrahlen flattern über den Innenraum der Kutsche hin, über Polsterbank und Fußboden, und desto schwerer wird es für den Hofrat, etwas zu sehen und zu erkennen.
Aber da gibt es nicht viel zu sehen, eigentlich gibt es da gar nichts Ungewöhnliches zu sehen, wenn man nicht ungewöhnlich nennen will, daß da nichts Ungewöhnliches ist.
Blut ist nicht zu sehen. Offenbar ist kein Blut auf die Polster geflossen.
Eine Waffe ist nicht zu finden, weder ein Dolch noch ein dolchartiges Messer. Offenbar hat der Mörder die Mordwaffe mitgenommen.
Aber hat Bettina nicht gesagt, de Laurant sei während der ganzen Fahrt in der Kutsche geblieben?
Warum ist er in der Kutsche geblieben?
War da vielleicht ein Streit?
De Laurant hat ja immer leicht Anstoß genommen und war beleidigt. Oft hat er sich dann ganz in sich zurückgezogen.
Weißenberg hat wohl bemerkt, daß die Brautleute in verschiedenen Kutschen saßen.
Dazu will er jetzt nichts sagen.
Aber wenn de Laurant in der Kutsche geblieben ist während der Fahrt, dann hat er in der Kutsche auch gegessen und getrunken…
Dann hat er sicher in der Kutsche gegessen und getrunken.
Wein hat er getrunken…
Er trinkt immer Wein zum Essen…
Dann müßten wenigstens eine leere Flasche und zwei oder drei volle oder vielleicht auch zwei leere Flaschen und gar keine volle in der Kutsche zu finden sein.
Fleisch und Brot hat er gegessen…
Selbst wenn er alles gegessen hat, was er von Trier mitgenommen hat, das silberne Tablett, die silbernen Messer und Gabeln und der Korb, in dem alles verwahrt war, müßten sich noch in der Kutsche befinden. Die hat er doch sicher nicht nach der Mahlzeit aus dem Fenster geworfen.

Er hat gerne gut gegessen und immer Besteck und Teller aus wertvollem Material gewählt. Silber war ihm am liebsten, manchmal auch Silberbesteck mit goldenen Griffen.
„Es schmeckt mir nur", pflegte er zu sagen, „wenn ich zum guten Mahl auch wohlgestaltete und wertvolle Messer und Gabeln benutzen kann."
Nichts von alledem ist in der Kutsche verblieben. In seinem Hof, denkt der Hofrat, kann nichts außer dem Toten aus der Kutsche entfernt worden sein. Er ist sich sicher, daß er die Kutsche seit ihrer Einfahrt in den Hof immer im Auge behalten hat. Es ist ihm gleich seltsam vorgekommen, daß sich in dieser Kutsche nichts gerührt hat. Er hatte erwartet, daß de Laurant aussteigen werde, um seiner Braut aus der Kutsche zu helfen. Seltsam, daß diese eine solche Hilfe gar nicht erwartet hat. 'Es ist doch seltsam', denkt er jetzt wieder, 'daß sie nicht zusammen in einer Kutsche gefahren sind und das Gepäck in der anderen verstaut haben.
Sehr seltsam ist das schon. Ob sich da in Trier etwas Unvorhergesehens ereignet hat?'
Seine Tochter wird ihm das erklären müssen.
Aber das hat Zeit.
Jetzt wird er ihr zuerst den Tod ihres Bräutigams mitteilen und sie sogleich zu den Umständen der Reise befragen müssen, solange sie diese noch frisch in ihrem Bewußtsein hat und keine Zeit hatte, über die Bedeutung einzelner Geschehnisse nachzudenken und damit das, was sie wahrgenommen hat, zu verfälschen.
Er kann sie leichter befragen, als er befürchtet hat.
Ihre Reaktion zeigt viel Schreck und eher wenig Trauer.
Mit einem Mord an ihrem Bräutigam hat sie sicher nicht gerechnet. Bereitwillig schildert sie die ganze Fahrt: Den Überfall in der Nähe von Munzerfeld, bei dem sich der Offizier so hervorragend bewährt hat, von dem sie allerdings nicht viel mitbekommen hat, weil ihre Kutsche weitergefahren ist. Sie berichtet von dem Aufenthalt durch den weit über den Fahrweg greifenden Ast und das hochgetürmte Gepäck und auch von der Aussage des Offiziers über den schlafenden de Laurant. Sie schildert, wie die Kutscher die Pferde ausgespannt haben, wie die

Soldaten das Gepäck auf- und abgeladen haben und schließlich, nach einigem Zögern sagt sie auch, daß sie kurz mit dem Offizier auf- und abgegangen sei, um ihre vom langen Sitzen steifen Glieder durch diese Bewegung zu lockern.
Sie schildert diesen Spaziergang deutlich knapper als die anderen Vorkommnisse, weckt damit aber trotzdem den Unmut des Vaters, der sie doch schon häufig vor diesem Offizier gewarnt hat, diesem armen Schlucker. Eifrig erläutert er ihr auch jetzt wieder die Vorzüge des jungen de Laurant, den er nicht nur in seiner Tätigkeit als Sekretär des Kriminalsenats als einen ordentlichen, besonnenen und verständigen Menschen kennengelernt hat, von dem er auch weiß, daß er über genügend Mittel verfügt, um zehn solcher armen, adligen Schlucker wie den Offizier aufkaufen zu können. Er zählt einige der Güter auf, die de Laurant entweder schon besitzt oder noch erben wird, bis er daran denkt, daß dieser ja nun tot sei und als gute Partie nicht mehr in Frage komme.
Es ärgert ihn, daß er das auch nur für einen kurzen Augenblick vergessen konnte. Der Ärger unterbricht seinen Redefluß.
Er weiß nicht weiter und befiehlt seiner Tochter, sofort ins Bett zu gehen.

Inzwischen ist der Arzt gekommen, ein Arzt, dem der Hofrat vertrauen kann, den er seit Jahren in Fragen der Gesundheit zu Rate zieht. Er hat seine Untersuchung beendet.
Leider kann Weißenberg von dem Arzt nicht mehr erfahren, als er bereits weiß oder vermutet. Der Tod, so sagt der Arzt, müsse eine gute Weile zurückliegen, aber Genaues könne er nicht dazu sagen. Vielleicht sei de Laurant erst um die Mittagszeit, vielleicht schon früher, vielleicht aber auch erst am Nachmittag gestorben. Für jede dieser Annahmen kann der Arzt ein paar Gründe ins Feld führen, die sich allesamt plausibel anhören. Er spricht von Leichenstarre, die eingetreten sei, und Totenflecken, die noch nicht zu sehen seien.
Dann erwähnt er die Wunde. Die Waffe müsse ein langes, nicht allzubreites Dolchmesser gewesen sein, das das Herz genau getroffen habe. Spuren eines Kampfes habe er nicht finden können.

Vor dem Stich sei de Laurant wahrscheinlich zu erschrocken gewesen, um sich noch wehren zu können, vielleicht habe ihn aber auch einer festgehalten, dann seien zwei an dem Mord beteiligt gewesen.
Nach dem Stich sei er anscheinend unmittelbar gestorben. Ein Schrei sei vielleicht noch möglich gewesen. Auch wenn er noch kurz gelebt habe, habe er wahrscheinlich nicht mehr die Kraft gehabt, dem Angreifer, den man ja wohl einen Mörder nennen müsse, einen Schaden zuzufügen, den man jetzt noch sehen und an dem man den Mörder erkennen könnte.
Der Hofrat lädt den Arzt etwas unsicher und zögernd zu einem Glase Wein ins Haus. Die feste Stimme, die seine Knechte und Mägde in Ehrfurcht erzittern läßt, hat ihn jetzt verlassen. Dem Arzt gegenüber wirkt er eher verlegen und ungewiß. Der murmelt etwas von einem Kranken, den er noch besuchen müsse, spricht dem Hofrat sein Beileid aus und geht.
Jetzt fällt Weißenberg ein, daß er die Eltern de Laurants von dem Tode ihres Sohnes unterrichten müsse. Er ist dem Schicksal dankbar, daß er das nicht persönlich tun muß. Die Eltern wohnen in der Nähe von Gensingen. Da kann er natürlich nicht hinfahren. Da muß er einen Boten senden.
Obwohl es nun schon sehr spät geworden ist, schickt er einen Boten los, unmittelbar nachdem ihn der Arzt verlassen hat.
Erst dann kann er an seinen Schreibtisch, um ein Protokoll sowohl über den Toten, seine Entdeckung in der Kutsche und die Stellung, die er auf dem Polster eingenommen hat, als auch über die Fahrt und die Durchsuchung der leeren Kutsche anzulegen. Bei der Betrachtung des Toten in der Halle ist ihm noch aufgefallen, daß das Medaillon fehlt, das der Tote immer bei sich trug an einer schweren goldenen Kette. Er macht eine Liste der Gegenstände, von denen er annehmen muß, daß sie fehlen.

Ehe er zu Bett geht, überlegt er, was er nun über den Tod des de Laurant und die Fahrt von Trier nach Mainz weiß, welche Möglichkeiten es da für einen Mord gibt, und was von dem, was er weiß, auf den Mörder hinweisen könnte.
Der Mord muß auf der Fahrt von Munzerfeld nach Mainz begangen worden sein, denn in Munzerfeld hatte de Laurant

noch gelebt und hatte gesund und munter die Kutsche bestiegen. Zwei Gelegenheiten gab es auf der Fahrt, die einen Mord begünstigen konnten, der Überfall nach der Abfahrt am Morgen noch in der Nähe von Munzerfeld und der durch den langen Ast erzwungene Aufenthalt im Wald.

Um nun feststellen zu können, bei welcher dieser beiden Gelegenheiten der Mord wahrscheinlich durchgeführt wurde, muß Weißenberg überlegen, wie günstig sich die Gelegenheiten jeweils einem Mord darboten und wie wahrscheinlich eine frühzeitige Entdeckung des Mordes war. Die Wahrscheinlichkeit einer frühen Entdeckung spräche gegen einen Mord in der Nähe von Munzerfeld.

Für den Kerl, der sich auf das Trittbrett der Kutsche schwang, wäre es sicher möglich gewesen, den armen de Laurant, der ganz ohne Waffen in der Kutsche saß, mit einem kühnen Stich durchs offene Fenster ins Herz zu treffen, wenn das Fenster tatsächlich offen gewesen wäre und wenn der Ermordete gerade an diesem Fenster gesessen hätte. Der Mörder hätte das Fenster nach dem Mord aber auch leicht schließen können. In dem Durcheinander, das durch den Überfall entstanden war, hätte wahrscheinlich niemand den Mord bemerkt, selbst wenn de Laurant nicht sofort tot gewesen wäre.

Die Tatsache, daß das Fenster bei der Ankunft in Mainz geschlossen war, hilft also nicht weiter.

Aber hätten die beiden Kutschen mit ihrer Begleitmannschaft einen ganzen Tag durch die Wälder fahren können, ohne daß jemand bemerkt hätte, daß ein Toter in der hinteren Kutsche saß, auch der Kutscher nicht?

Und wohin ist der Korb verschwunden, in dem de Laurant sein Essen mit sich geführt hatte?

Vielleicht aber hatte er gar keinen Korb mit Brot, Fleisch und Wein mitgenommen und hatte beabsichtigt, von den Vorräten zu essen, die Bettina mit sich führte. An das Essen mußte man nur denken, wenn er bis zu dem Hindernis im Wald noch lebend in der Kutsche gesessen hatte; denn dann hatte er bestimmt, wie es seine Gewohnheit war, in der Kutsche etwas gegessen. Die Tatsache, daß kein Korb in der Kutsche gefunden wurde, spricht also für einen frühzeitigen Mord, die Wahrscheinlichkeit, daß

der Tote sicher schon früher entdeckt worden wäre, spricht dagegen.
Der Aufenthalt im Wald war für den Mord weniger günstig. Wie wahrscheinlich ist es, daß gerade zu dem Zeitpunkt dieses Aufenthaltes ein mörderischer Räuber in die Nähe der Kutsche gekommen sein könnte und gedacht haben könnte, in der Kutsche befinde sich ein Korb mit teurem Silberbesteck und ein goldenes Medaillon an einer schweren goldenen Kette?
Wäre er nicht durch die Soldaten abgeschreckt worden?
Wäre er wirklich abgeschreckt worden?
Die Soldaten waren doch abgelenkt durch ihre Arbeit. Selbst einen Schrei hätten sie wahrscheinlich nicht gehört, auch wenn sie versuchten, leise zu Werke zu gehen, weil sie durch ihre Arbeit abgelenkt waren. Schließlich hätte der Mörder einen Schrei leicht mit einem Tuch ersticken können.

Hatte der Offizier nicht seine Pflicht vernachlässigt, indem er mit Bettina durch den Wald ging, statt sich um die Sicherheit der Kutschen zu kümmern?
Hätte er nicht Bettina ihren Wunsch abschlagen müssen?
Warum mußte der Räuber den schafenden Mann in der Kutsche umbringen? Er hätte doch einfach den Korb nehmen können..., aber das Medaillon? Da wäre der Schläfer wahrscheinlich aufgewacht, und der Räuber hätte ihn töten müssen, um nicht von den Soldaten gefaßt zu werden. War es nicht vielleicht so?
Vielleicht ist de Laurant aber auch gar nicht aufgewacht, konnte gar nicht aufwachen, weil er bereits tot war. Dann war er bei dem Überfall bei Munzerfeld ermordet und bei dem Aufenthalt im Wald nur noch bestohlen worden.
Wahrscheinlicher aber ist, daß de Laurant im Wald ermordet wurde, weil es wahrscheinlicher ist, daß sein Tod auf der wesentlich kürzeren Strecke vom Aufenthalt im Wald bis Mainz nicht entdeckt wurde, als auf der langen Strecke von Munzerfeld bis Mainz, zumal sie es nach dem Aufenthalt im Wald alle eilig hatten und auf die hintere Kutsche nicht mehr so achteten, schon gar nicht nach Einbruch der Dunkelheit.
'Das sind nun viele Möglichkeiten', denkt Weißenberg. 'Ich werde alle aufschreiben und schreibend ordnen müssen. Am

wahrscheinlichsten ist wohl, daß ein Räuber den schlafenden de Laurant beraubt hat und dann getötet hat, als er aufwachte.'

Er weiß, daß die Eltern de Laurants schon am Abend des nächsten Tages eintreffen können, und möchte das Rätsel um den Tod des jungen Mannes bis dahin geklärt haben.
Er will noch unbedingt die verschiedenen Möglichkeiten und Wahrscheinlichkeiten schriftlich fixieren, dann merkt er aber, wie müde er ist, schiebt seine Papiere zusammen und wendet sich zu seinem Schlafzimmer.
Den Offizier und die Soldaten hat er für den frühen Morgen zum Verhör bestellt. Für den Kriminalsenat hat er eine Sitzung für den übernächsten Abend anberaumt.
Der Schlaf des Hofrats Weißenberg ist kurz und unruhig, die mörderischen Möglichkeiten verfolgen ihn bis in seine Träume. Er befragt im Traum den Offizier, die Kutscher und die Soldaten. Alle sehen ihn so an, als ob sie genau Bescheid wüßten, sie sagen aber nichts. Er erfährt nicht mehr, als er schon von Bettina erfahren hat.
So soll es ihm beim wirklichen Verhör nicht ergehen, denkt er in der Frühe.
Sie müssen ihm alles sagen, was sie wissen.
Am Morgen ißt er fast nichts und vermeidet sogar den Besuch in seiner Hauskapelle, obwohl er doch eigentlich den Segen Gottes für diesen Tag erbitten müßte.
Er sitzt aufrecht und gespannt vor einem leeren Bogen Papier, als der Offizier hereinkommt und vor seinem Schreibtisch stehen bleibt.
Soll er ihn dort stehen lassen? Nein, das wäre nicht gut, dann schaute der Offizier auf ihn hinab. Auf einem ganz niedrigen Stuhl müßte er diesen Offizier sitzen lassen, dann könnte er auf diesen Offizier hinabschauen, der sich erkühnt, um seine Tochter zu werben. Das brächte diesen gleich in die Lage des Unterlegenen. Weißenberg ärgert sich, daß er das noch nicht bedacht hat. Er hätte längst einen niedrigen Stuhl für solche Gelegenheiten anschaffen sollen. Manchmal wäre es dann wohl auch angebracht, Bettina auf diesen Stuhl zu setzen, dann müßte sie mit ihren Funkelaugen zu ihm aufschauen.

Der Stuhl, der jetzt vor seinem Schreibtisch steht, ist besonders bequem, er hat sogar zwei Armlehnen. Es ist ein Stuhl für angenehme Besucher und freundschaftliche Gespräche.
Der Offizier räuspert sich.
Weißenberg bittet ihn freundlich, auf dem Stuhl vor seinem Schreibtisch Platz zu nehmen. Es hat keinen Sinn, unfreundlich zu sein. Aber auch die Freundlichkeit hätte besser gewirkt, wenn sie von oben herab gekommen wäre.

Der Offizier ist aufgeregt, er macht sich sicher Vorwürfe, daß er die hintere Kutsche nicht besser beobachtet hat.
Das ist jetzt zu spät.
Der Hofrat lächelt bitter.
Er überlegt, wie er das Gespräch beginnen solle. Vorwürfe sind jetzt nicht am Platz, die würden den Offizier nur dazu zwingen, sich zu verteidigen, dann würde er gar nichts erfahren.
Er muß ganz sachliche Fragen stellen.
Besser noch ist es, eine freundliche Atmosphäre zu schaffen. So beginnt er, wenn es ihm auch schwerfällt, mit einem Lob. Er lobt den Offizier dafür, daß er, wie er von Bettina gehört habe, so schnell und so tapfer gegen den Angreifer in Munzerfeld vorgegangen sei, und fragt dann, wie lange dieser wohl auf dem Trittbrett gestanden habe. Ob dieser gewalttätige Mensch Gelegenheit gehabt habe, in die Kutsche zu greifen und de Laurant zu erstechen, und ob vielleicht auf der anderen Seite der Kutsche noch ein Angreifer gewesen sein könnte, den der Offizier nicht habe wahrnehmen können?
„Ich kam“, sagt der Offizier, „eben als dieser große Mann sich auf das Trittbrett schwang – oder doch ganz kurz danach.
Er hatte noch Mühe, sich festzuhalten, da war ich schon heran und habe ihn von der Kutsche hinuntergejagt.
Ich dachte dann, auf der anderen Seite der Kutsche könnte noch einer einen Angriff wagen, und bin, statt den ersten Angreifer zu verfolgen, auf die andere Seite der Kutsche geritten. Dort aber fand ich niemanden!“
Was soll er auch anderes sagen, ohne sich Vorwürfen auszusetzen?
Aber ob das die Wahrheit ist?

Weißenberg möchte am liebsten das Verhör abbrechen, weil er doch bei jeder Antwort überlegen muß, wieviel Wahrheit sie enthalten könnte, wenn sie überhaupt Ähnlichkeit mit der Wahrheit hätte, und er muß bedenken, was die Wahrheit verfälschen könnte. Trotzdem fragt er weiter. Er muß zu einem Ergebnis kommen.

„Als die Kutschen wegen des Astes angehalten haben, habt ihr nach dem Herrn de Laurant gesehen und dann meiner Tochter und wohl auch den Soldaten gesagt, er schliefe.

Warum habt ihr in die Kutsche hineingeschaut?"

„Es kam mir seltsam vor, daß ich so lange nichts von de Laurant gehört hatte. Auch bei dem Aufenthalt in Simmern hat er sich nicht sehen lassen.

Ich kann aber einem reisenden Herren, zu dessen Bewachung ich abkommandiert bin, keine Vorschriften machen. Wenn er während der ganzen Reise in der Kutsche zu bleiben beliebt, ist das seine Sache. Ich kann das zwar seltsam finden, aber...

Bei dem Hindernis im Wald dachte ich, es sei vielleicht doch besser, einmal nach ihm zu schauen, weil er bei der Gelegenheit Befehle für mich hätte haben können.

Er saß in der Ecke und schlief."

„Seid ihr euch dessen ganz sicher? Könnte er da nicht bereits tot gewesen sein?"

„Ich habe schon oft Tote gesehen. Die sehen ganz anders aus. Er schlief!"

„Und ihr seid euch da ganz sicher?" Der Hofrat wiederholt seine Frage und sieht den Offizier starr an.

„Ganz sicher? Wie kann man jemals ganz sicher sein? Da müßte man schon ein Arzt sein, und auch die irren sich zuweilen."

Weißenberg kommt diese Antwort übertrieben vor, fast ein wenig unverschämt, auch was der Offizier vorher gesagt hat, gefällt ihm nicht, ohne daß er genau sagen könnte, ob es die Worte sind, mit denen er sich von dem reisenden Herren distanziert, zu dessen Bewachung er kommandiert wurde, oder ob es die Art ist, wie der Offizier die Worte ausspricht.

Er schaut ihn an, ohne etwas zu fragen.

Dem Offizier wird unbehaglich zumute.

„Ich war mir in dem Augenblick, in dem ich zu ihm hineingeschaut habe, sicher, daß er schliefe, sonst hätte ich etwas unternommen. Dann hätte ich ihn vielleicht aufgeweckt."
„Und was bedeutet das?", fragt Weißenberg und gibt selbst die Antwort: „Das bedeutet, daß der Mord während des Aufenthaltes bei diesem Baum oder nach dem Aufenthalt geschehen sein muß."
Der Offizier wartet auf die nächste Frage.
„Waren in der Nähe des Baumes, der da auf den Weg hinausgriff und die Kutsche aufhielt, Spuren von anderen Leuten?
Waren da Spuren von Leuten, die sich dort zur Zeit eures Verweilens herumgetrieben haben könnten?"
Der Offizier überlegt, dann sagt er langsam und bedächtig: „Im Grase habe ich Spuren gesehen, die wahrscheinlich erst vor kurzem gemacht waren. Allerdings war es trocken, da richtet sich das Gras nicht so schnell wieder auf, also können sie auch schon älter gewesen sein – diese Spuren.
Ich habe nicht gedacht, sie könnten von Räubern herrühren. Daran habe ich nicht gedacht, gestern nicht. Jetzt denke ich natürlich, sie könnten von Räubern herrühren.
Aber", fährt er dann erleichtert fort, „die Räuber müßten uns begegnet sein, wenn sie zur Kutsche gegangen wären."
Der Hofrat läßt das 'uns', das sich ja wohl auf Bettina bezieht, ohne einen Komentar und meint: „Die wären euch doch nur dann begegnet, wenn sie keinen Umweg gemacht hätten. Vielleicht war es nur ein Räuber. Der hätte sich leicht verbergen können. Der hat vielleicht im Gebüsch gelauert und darauf gewartet, daß ein hochbeladener Wagen käme und stehen bleiben müßte, und daß er dann etwas ergattern könnte."
Der Offizier schaut jetzt sehr unglücklich drein.
Weißenberg kommt zum Ende des Verhörs und fragt nach dem Essenskorb.
Den habe er nicht gesehen, aber auch nicht sehen können, sagt der Offizier. Wenn der Korb direkt unter dem Fenster der Kutsche gestanden hätte, hätte er ihn nicht sehen können. Aber er wisse, daß ein solcher Korb in der Kutsche gewesen sei.
Wie er ausgesehen habe, und was darin gewesen sei?
Das wisse er nicht.

Die Soldaten sind verlegen. Sie stehen vor dem Schreibtisch. Trotz einer einladenden Handbewegung des Hofrats wagt es keiner, sich hinzusetzen. Da steht allerdings auch nur ein Stuhl. Sie müßten sich aus dem Zimmer noch zwei weitere Stühle heranholen.
Der Hofrat sieht sich so weit über diesen Leuten stehend, daß er eine künstliche Überlegenheit durch eine erhöhte Position hinter dem Schreibtisch nicht für notwendig hält.
Er wartet eine Weile, auf das vor ihm liegende Blatt schauend. Das steigert ihre Verlegenheit.
Dann lehnt er sich zurück, um ihnen in die Augen schauen zu können, und beginnt das Verhör.
Die Soldaten sagen nichts, was ihm helfen könnte, den Mörder zu finden. Sie haben nichts gesehen, den Herrn de Laurant nicht, Bettina nicht, den Offizier nicht und einen Räuber oder Wegelagerer schon gar nicht. Nach dem Überfall in Munzerfeld ist immer einer der Soldaten hinter der Kutsche de Laurants hergeritten.

Durch den Ast, der über den Weg ragte, wurden die Kutschen aufgehalten. Sie mußten stehen bleiben.
Die Kutscher haben die Pferde zum nahebei vorüberfließenden Bach geführt. Die Soldaten haben, den Befehl des Offiziers befolgend, das Gepäck ab- und dann hinter dem Ast wieder aufgeladen. Das war viel Arbeit, die auch noch schnell erledigt werden sollte. Auf die Kutsche des Herrn Sekretärs hat dabei niemand geachtet.
Ob sie gesehen hätten, daß der Offizier zur Kutsche gegangen sei?
Natürlich hätten sie das gesehen, wie man eben so etwas sieht, das man nicht unbedingt sehen möchte und auch nicht sehen muß, nicht so genau, ohne auf Einzelheiten zu achten. Der Offizier sei wohl auf das Trittbrett gestiegen. Darüber, ob er auch den Schlag aufgemacht habe, können sie sich nicht einigen.
Einer hat wenigstens bei einer Rast in der Nähe von Klausen den Korb gesehen. Wie Weißenberg dachte, handelte es sich um einen Korb mit Speisen, mit einem silbernen Tablett, Servietten, verschiedenen Messern und Gabeln, großen und kleinen, die

waren alle mehrfach vorhanden. Der Soldat hat sich gewundert, daß er mehr als ein Messer und sogar auch Gabeln sah. Ein Messer mit einem silbernen Griff wäre ihm vornehm genug gewesen, weil man zum Essen von Brot und Fleisch doch höchstens ein Messer und die Finger brauche. Weil es ihm so wunderlich erschienen sei, daß da so viele Bestecke gewesen seien, habe er genau hingeschaut und könne dem Hofrat nun ziemlich gut beschreiben, was er gesehen habe.
Er zeigt mit den Fingern an, wie groß etwa die Messer und Gabeln waren und weiß, daß da mindestens vier Paare von jedem Besteck waren, wahrscheinlich mehr. Einen veritablen kleinen Silberschatz hat de Laurant da mit sich geführt.
Der Soldat ist stolz auf seine Beschreibung, die anderen scheinen erleichtert, daß wenigstens einer von ihnen dem Hofrat zu Diensten sein konnte.
Der scheucht sie jetzt hinaus.

Weißenberg kann jetzt seine Liste der fehlenden Dinge genauer schreiben. Wenn auch keiner das Medaillon erwähnt hat, so weiß er doch sicher, daß dieses fehlt. De Laurant hat es immer getragen wie einen Talisman. Freiwillig hätte er sich nie von ihm getrennt. Es muß ihm geraubt worden sein.
Das Medaillon hat Weißenberg oft gesehen. Es fällt ihm leicht, es zu beschreiben. Das Medaillon ist ganz aus Gold gefertigt, rund, und hat einen Durchmesser von etwa 3 Zoll. Auf der Vorderseite ist ein Bildnis der Göttin des Rechts und der Ordnung, Themis, zu sehen mit der grimmigen Inschrift: 'fiat justitia, pereat mundus'. Recht muß werden, und wenn die Welt darüber zu Grunde ginge. Das war der Wahlspruch des Ermordeten, und so handelte er auch. Rücksichtslos verfocht er, was Recht und Gesetz verlangen, oder zumindest das, von dem er dachte, daß sie es verlangten. Weißenberg fertigt eine kleine Skizze der Themis und der Umschrift an und erinnert sich dabei, daß de Laurant einmal gesagt hat, selbst seinen Vater würde er nicht schonen, wenn es Recht und Gesetz geböten. Auf der Rückseite des Medaillons befindet sich ein Schwert, ein großes, etwas stilisiertes Schwert, das umso eindrucksvoller ist, als es sich ganz allein als Relief erhöht von einer ebenen Fläche abhebt, keine

Schrift und auch kein anderer Gegenstand stören den Eindruck, der auf diese Weise eher noch grimmiger ist, als der Eindruck, den die Vorderseite macht; denn Themis ist immerhin als wohlgestaltete Frau ausgebildet.
Das Schwert ist allein und gnadenlos.
Wenn er jetzt so darüber nachdenkt, wird es dem Hofrat fragwürdig, ob de Laurant wirklich der richtige Mann für seine lebenslustige Tochter gewesen wäre.
Wie soll er sich nun der Liste der fehlenden Gegenstände am wirkungsvollsten bedienen?
Soll er sie in einer Zeitung abdrucken lassen? Das vielleicht auch, aber das hat keine Eile.
Man müßte, überlegt Weißenberg, diese Liste den Leuten in die Hand geben, die am ehesten mit dem Diebesgut in Berührung kommen könnten.
Es besteht immerhin die geringe Chance, daß nicht ein erfahrener und geübter Räuber, sondern ein 'Räuber aus Gelegenheit' den Korb und das Medaillon geraubt hat. Solche Räuber kennen gewöhnlich keine Hehler. Die wollen sich aber des Schatzes, den sie da an sich gebracht haben, so schnell wie möglich entledigen. Zu diesem Zweck könnten sie einen Juwelier aufsuchen, einen Juwelier in einer Stadt, in einer großen Stadt, vielleicht sogar in Mainz. Der Hofrat läßt die Liste von seinem Schreiber mehrfach abschreiben. Die Skizze des Medaillons vervielfältigt er selbst. Die Abschriften schickt er durch Boten umgehend an alle Juweliere und Goldschmiede in der Stadt und der näheren Umgebung.

Am nächsten Tage schon, die Eltern de Laurant sind wider Erwarten noch nicht eingetroffen, kommt einer dieser wohlgekleideten und wohltemperierten Herren, die durch den Umgang mit edlen Steinen und Metallen selbst zu edlen Leuten geworden sind, und bringt ihm den Silberschatz, genauer gesagt, er läßt sich von einem Bediensteten den Korb mit dem Silber hinterhertragen. Er bedeutet diesem, den Korb vor den Hofrat auf den Schreibtisch zu stellen und sich dann zu entfernen.
„Ein sehr ärmlich gekleideter Mensch, ein junger Mann", so berichtet der Juwelier, „hat mir dieses Silber gebracht und wollte

es verkaufen. Ich habe ihn gefragt, wie er denn an diesen Korb gekommen sei, und erwartet, er werde sagen, den habe er von einer alten Tante geerbt, oder das sei der letzte Rest des Tafelsilbers seiner verarmten Familie.
Das hat er aber nicht gesagt.
Er hat gesagt, den Korb habe er im Wald gefunden. Der habe unweit eines Baumes gestanden, der durch einen sperrigen Ast des öfteren zu hoch beladene Kutschen aufhalte. Er habe so dagestanden, als ob man ihn habe finden sollen, ganz offen auf dem Weg. Wenn er nämlich vergessen worden wäre, dann hätte er sicher nicht so offen dagestanden.
Er habe zuerst gedacht, das könnte eine Falle sein, habe aber niemanden in der Nähe des Baumes gesehen. Er habe den Weg dann in der Richtung auf Bingen zu verfolgt, Lichter einer Kutsche aber nicht sehen können, auch dort nicht, wo er den Weg von einer Anhöhe aus eine weitere Strecke habe überblicken können.
So sei die Kutsche, aus der der Korb gekommen sei, wahrscheinlich in Richtung Trier unterwegs gewesen. Das könne aber auch nicht sein, da er selbst aus der Richtung nach Trier gekommen sei und die Kutsche hätte sehen müssen. So denke er nun, die Kutsche sei schon vor längerer Zeit dort vorbeigekommen, und es habe einer den Korb einfach ausgeladen und stehen lassen, vielleicht habe er das sogar deshalb gemacht, weil die Bestecke auf der Reise benutzt worden seien. Von vornehmen Leuten sei man ja solcherlei gewohnt.
Da habe er gedacht, er dürfe sich in den Besitz des verlassenen Korbes setzen, und jetzt wolle er ihn verkaufen.
Das hat er gesagt.
Ich habe mir den Korb geben lassen und gesagt, ich wolle den Wert des Silbers prüfen und dann den Wert der Bestecke, der Teller und des Tabletts berechnen. Er solle am Nachmittag wiederkommen, dann wolle ich ihm geben, was ich für gerecht hielte.
Er war so vertrauensvoll, daß er mir den Korb gelassen hat, ohne eine Empfangsbestätigung zu verlangen."
„So naiv", murmelt der Hofrat, „ein Mörder, der an das Gute im Menschen glaubt!"

Er betrachtet den Juwelier mißtrauisch und dann sagt er laut: „... und das Medaillon?"
„Medaillon? Ein Medaillon hatte er nicht, zumindest hat er es mir nicht zum Kauf angeboten!"
Weißenberg ist enttäuscht und spürt, daß seine Enttäuschung in seiner Miene sichtbar wird. Er will Zeit gewinnen. Er steht auf und geht zum Schrank und holt zwei Gläser. Eine Flasche Wein steht neben dem Schreibtisch.
Er bittet den Juwelier, sich an den kleinen Tisch zu setzen, der ebenfalls im Raum steht, öffnet die Flasche und schenkt ihm und auch sich selbst ein Glas ein. Er nickt ihm zu. Dann trinken sie, ohne etwas zu sagen. Der Juwelier scheint verwundert.

Weißenberg ruft nach seinem Schreiber und läßt den Offizier und die Soldaten, die die Kutschen begleitet haben, herbeirufen. Dem Juwelier, der noch immer nicht weiß, worum es eigentlich geht, erklärt er umständlich, was auf der Reise vorgefallen sei und wie de Laurant ermordet worden sei.
Der Offizier und die Soldaten sollten nun durch Ergreifen des Mörders versuchen, ein wenig von dem wieder gutzumachen, was sie durch ihre unzureichende Wachsamkeit versäumt hätten.
„Wie ein Mörder sah der arme Mann nicht aus. Ich bin eher geneigt, seine Geschichte zu glauben!", gibt der Juwelier zu bedenken.
Der Hofrat geht auf diesen Einwurf nicht ein und hält den Juwelier mit freundlichen, aber nichtssagenden Reden fest, bis die Soldaten kommen. Der Soldat, der so gut über das Silber Bescheid weiß, kann den Korb wiedererkennen.
Der Hofrat macht den Offizier mit dem Juwelier bekannt und sagt: „Ihr werdet mit diesem Herren gehen. Heute Nachmittag wird der Mörder de Laurants zu ihm kommen.
Er wird ihn euch zeigen.
Ihr werdet den Mörder ergreifen und das goldene Medaillon samt der goldenen Kette bei ihm finden. Vergeßt nicht die goldene Kette, die zu dem Medaillon gehört."

Der Mörder wird gefaßt. Lohwin heißt er, Henne Lohwin. Er stammt aus Gensingen. Es stellt sich bald heraus, daß er ein

Winzer ist, aber nur wenige Weinberge sein eigen nennen kann. Wenn die Ernte schlecht war, muß er sich verschulden, so gering sind seine Einkünfte.
Das goldene Medaillon und die Kette werden bei ihm gefunden. Bei einem kurzen, strengen Verhör gesteht der junge Mann, den Weißenberg für den Mörder hält, daß er in der Nähe des Baumes gerastet habe. Zwar habe der Mond geschienen, Kutschen habe er aber nicht gesehen.
Er kenne den Platz. Da müßten Kutschen oft anhalten und ihr Gepäck abladen. Manchmal bleibe etwas liegen. Nach der Rast habe er nachgesehen, ob da nichts liege.
Da habe er den Korb gefunden.
Der habe so dagestanden, daß man gesehen habe, er sei zurückgelassen und nicht vergessen worden. Deshalb habe er geglaubt, er könne ihn in Besitz nehmen.
Das Medaillon habe er gefunden an einem Aste neben dem Weg hängend, an seiner goldenen Kette hängend. Das habe bestimmt einer hingehängt, dem es nicht mehr gefallen habe.

Natürlich glaubt ihm niemand, weil die Geschichte so gut zu der paßt, die er dem Juwelier erzählt hat, daß jeder meint, die müßte er sich ausgedacht haben. Nur eine erfundene Geschichte könnte man so erzählen, daß sie sich immer gleich bliebe.
Der Juwelier sagt nichts dazu. Er denkt: ‘Wenn er nun eine andere Geschichte erzählt hätte, hätten sie ihm deshalb nicht geglaubt, weil sie anders gewesen wäre als die, die er mir erzählt hat. Sie hätten gesagt, er verwickle sich in Widersprüche.’

Der Kriminalsenat wird keine Schwierigkeiten haben, zu einem Urteil über den Mörder seines Sekretärs zu gelangen.
Hofrat Weißenberg kann den Eltern de Laurant den Mörder ihres Sohnes präsentieren und ihnen in Aussicht stellen, daß dieser seiner gerechten Strafe nicht entgehen wird, und versuchen, sie damit zu trösten.
Wenn das ein Trost sein kann.
Weißenberg selbst ist erleichtert, daß er diesen Mörder so schnell gefaßt hat, einen sehr passenden Mörder, mit dem man nicht viel Ärger haben wird.

Er hat bereits befürchtet, er müßte ein Verfahren gegen den jungen Offizier einleiten; denn so ganz unverdächtig war dieser nicht, da er der letzte war, der den Ermordeten lebend, wenn auch nur schlafend gesehen hatte. Ein Verfahren gegen den Offizier wäre sehr unangenehm geworden. Wenn er auch arm war, so war er doch von Adel.
Da hätte auch Bettina…

Hier könnte der Bericht über diesen Mordfall nun abgeschlossen werden, denn was jetzt noch kommt, ist leicht vorauszusehen. Der überführte Mörder wird zum Tode verurteilt werden.
Also könnte der Bericht beendet werden, wenn nicht dieser überführte Mörder vor seinem Tode hätte beichten wollen und zwar nicht bei irgendeinem Geistlichen in Mainz, sondern bei dem Pfarrer seiner Heimatgemeinde Gensingen, dem guten Pfarrer Freyenthal. Diesen Wunsch kann man ihm nicht gut abschlagen.
Hofrat Weißenberg kommt dieser Wunsch, wie er sagt, sogar entgegen, denn in der Zeit des Aufschubs, so meint er, könne er noch einmal alles nachprüfen, was er herausgefunden habe, dann könne ihm keiner den Vorwurf machen, er habe sich von Rachegedanken leiten lassen.

VII

Die Beichte

Jetzt ist etwa eine Woche vergangen. Viel ist in dieser Woche nicht geschehen. Die Eltern des Ermordeten sind bereits wieder nach Hause gereist. Sie hatten noch erfahren können, daß der Mörder seine Tat sühnen werde. Der Hofrat hatte sich im Kriminalsenat für ein schnelles Urteil eingesetzt, und weil er die Ermittlungen schon trefflich geführt hatte, unmittelbar nachdem ihm der Tod seines zukünftigen Schwiegersohns bewußt geworden war, und weil er den Mörder noch dabei angetroffen hatte, wie er seinen Raub verwerten wollte, konnte er dem Senat die Tat in eindrucksvoller Weise erklären und alle Mitglieder von der Schuld des Lohwin überzeugen. Wenn man die Verwertung des Raubes in einer Einheit mit Raub und Mord sah, konnte man den Festgenommenen sogar als einen auf frischer Tat Ertappten betrachten, und so konnten ihn all sein Leugnen und seine lächerlichen Beteuerungen, er habe die goldene Kette im Wald gefunden, nicht vor dem Todesurteil bewahren.
Wenn auch der Juwelier, als er von diesem Urteil hörte, den Kopf schüttelte und meinte, er habe dem armen jungen Mann geglaubt, daß er unschuldig sei, und wenn er gewußt hätte, was daraus entstehen werde, hätte er vielleicht diesen Korb mit Silber...
Ja, was hätte er tun können? Vielleicht hätte er gar nichts machen sollen, so wie er auch jetzt gar nichts machen kann, als der Sache ihren Lauf zu lassen. Schließlich könnte ein Einspruch seinerseits den Mann nicht retten.
Beweise hat er keine.
Sein Eindruck ist kein Beweis. Er könnte sich höchstens selbst noch verdächtig machen; denn jeder würde fragen, was er für ein Interesse daran hätte, diesen Mann zu retten.
Da macht er lieber nichts.
Nun ist Lohwin im Gefängnis und wartet darauf, daß dieses Urteil bald vollstreckt werden wird.
Er hat allerdings darum gebeten, vor seinem Tode noch einmal beichten zu dürfen. Das wurde ihm gestattet, einmal aus christlicher Gesinnung und dann auch, weil die meisten der Senatsmit-

glieder in dem so dringenden Wunsche zu beichten mit einer gewissen Erleichterung ein Eingeständnis der großen Schuld dieses Menschen sahen.
Er will jedoch nicht bei irgendeinem Pfarrer beichten, sondern bei seinem Pfarrer, dem Pfarrer seiner Heimatgemeinde. Auch dies ist ihm gewährt worden, obwohl seine Begründung dieses Wunsches, er habe so vieles über den Unglauben der Geistlichen in der Stadt gehört, daß er nicht wisse, zu welchem er Vertrauen haben könne, obwohl also diese Begründung den Unmut einiger Senatsmitglieder geweckt hat.
Der Pfarrer wird allerdings zu Hause nicht angetroffen.
Pfarrer Freyenthal hat in Bingen einen guten Bekannten, der ihn samt seinem Pferd immer gern nach Rüdesheim übersetzt, weil er dann eine Ausrede hat, nach Rüdesheim zu fahren und dort auch einmal etwas länger zu verweilen, selbst bis in den späten Abend hinein. So kann der Pfarrer seinen Freund, den Pater Anselm im Kloster Johannisberg, ohne viel Mühe besuchen. Er macht das oft und spricht mit ihm natürlich nicht nur über religiöse Fragen, sondern auch über die neuen Ideen, die von Frankreich herüberkommen, und streitet mit ihm über die Strafen, die Dante den Verdammten in seiner Hölle zudiktiert hat, ob sie nicht zu schrecklich seien, und sucht nach vernünftigen Gründen, diese Strafen abzumildern, oder gar im Lichte der neuen Vernunft eine mildere Hölle zu denken. Vor allem aber reden sie über den Wein und wie man die Gabe des Herrgotts am besten genießen solle. Diesmal hat er ein Bild mitgebracht, das er in einem Museum kopiert hat. 'Der Frühling' heißt es, und gemalt wurde es von einem gewissen Sandro Botticelli. Viel zartes Grün ist da zu sehen und hohe Frauengestalten in duftigen Gewändern, Blüten und goldene Früchte in den Zweigen der Bäume. In Florenz hat Freyenthal das Bild gefunden, und er meint, es passe wunderbar zu einem feingliedrigen Riesling mit freundlicher Säure, ja solch ein Riesling schmecke ihm erst dann richtig, wenn er, während er ihn trinke, sich ganz in die Stimmung dieses Bildes versenke.
Noch ein zweites Bild hat er mitgebracht, das hat er selbst einem Bild des Malers Schütz nachempfunden, eine Rheinlandschaft bei Nacht. Der Mond steht hell in den Wolken und wirft ein

unwirkliches, blaugrünes Licht über Wasser und Land, die Schiffer arbeiten, als ob es mitten am Tage wäre. Im Vordergrund neigen sich riesige Bäume dem Fluß zu. Einige Leute haben da ein Feuer angefacht, das mit rötlichen Farben dem blutleeren Licht des Mondes entgegenwirkt. Wahrscheinlich braten sie an dem Feuer einen gerade gefangenen Fisch. „Dazu trinke ich am liebsten einen Sylvaner, einen reifen Wein mit einer reichen Fülle des Geschmacks."
Eine Flasche dieses Weines hat er gleich mitgebracht, Pater Anselm holt Riesling, zwei Flaschen, nachdem er das Bild Botticellis lange betrachtet hat, und bringt auch selbst noch gleich einen Sylvaner mit, und dann probieren sie die Weine, sprechen über die Bilder, streiten sich darüber, welcher Wein nun besser zu welchem Bilde passe und verbringen einen sehr angenehmen Nachmittag mit einer Tätigkeit, die ihnen keine Arbeit ist, die man aber, den Begriff der Arbeit recht weit fassend, noch als Arbeit bezeichnen kann, bis zwei Soldaten des Mainzer Kurfürsten an die Klosterpforte trommeln, eingelassen werden, nach dem Pfarrer Freyenthal fragen und dann unvermittelt in das bilderfrohe Weinidyll einbrechen. Einer dieser Soldaten ist sogar ein Offizier.

Sie grüßen die beiden geistlichen Herren höflich und entschuldigen sich für die Störung, die sie verursachen. „Aber", so sagt der Offizier, „unser Anliegen duldet keinen Aufschub! In Mainz ist ein Gefangener, der hat den Sekretär des Kriminalsenats ermordet. Er ist bereits verurteilt, zum Tode verurteilt. Seine Hinrichtung ist aufgeschoben worden, weil er noch beichten will, aber nicht bei irgendeinem Pfarrer, sondern bei dem Pfarrer seiner Heimatgemeinde. Der aber seid ihr, Herr Pfarrer Freyenthal, denn seine Heimatgemeinde ist Gensingen. Hofrat Weißenberg, der Vorsitzende des Kriminalsenats hat uns gebeten, den Herrn Pfarrer zu holen."
„Und welcher Mann aus meiner Pfarrei hat einen Mord begangen?"
Der Soldat geht einen Schritt auf den Pfarrer zu und sagt: „Er nennt sich Henne Lohwin und hat bekundet, er lebe schon seit seiner Kindheit in eurer Gemeinde, ja er sei dort geboren!"

Pater Anselm findet es seltsam, daß der Soldat das sagt. Er müßte doch die Antwort dem Offizier überlassen. Der Offizier steht da, als ob ihn das nichts anginge.
Freyenthal erschrickt.
„Henne Lohwin? Aus Gensingen? Der Winzer?
Das kann ich nicht glauben! Das muß ein Irrtum sein!
Den kenne ich gut.
Das ist ein ehrlicher Mann.“
Er verstummt.
Der Soldat sieht ihn spöttisch an.
„Auch einer, der fleißig in die Kirche geht, kann ein Mörder sein.“
Der Pfarrer sagt nur: „Ja, ja, so, so. Kann ein Mörder sein, kann ein Mörder sein!“
„Kann ein Mörder sein!“ Der Soldat wiederholt die Worte und grinst.
„Ich muß sofort nach Mainz!“
Freyenthal hat sich schon erhoben. Er hat das Bild, das er noch in der Hand hielt, hingelegt und wendet sich zur Tür.
Dem Offizier ist das Gespräch unangenehm.
Er will ebenfalls schnell weg.
Unruhe eines plötzlichen, unvorhergesehenen Aufbruchs.
Karl, den sie den Spätlesereiter nennen, kommt in diesem Augenblick. Er erfährt nicht, worum es geht. Er sieht nur den Pfarrer von Gensingen mit einem Offizier und einem Soldaten durch den langen Flur eilen. Pater Anselm bittet den Pförtner, des Pfarrers Pferd zu holen.

Ein Bote muß nach Gensingen gesandt werden, um dort den Leuten zu erklären, warum der Pfarrer ein oder zwei Tage ausbleiben werde.
Karl wird das übernehmen und auch den Freund des Pfarrers in Rüdesheim finden, der ihn über den Fluß setzen wird.
Bevor Karl geht, um für sich ein Pferd zu holen, spricht er mit Pater Anselm. Dieser fragt ihn, ob es ihm nicht merkwürdig vorkomme, daß gleich ein Offizier und ein Soldat geschickt worden seien, nur um den Pfarrer von Gensingen wegen einer Beichte nach Mainz zu bitten. Es sei doch die Pflicht eines jeden Pfarrers, zu einem Mann aus seiner Pfarrei zu kommen, wenn

dieser beichten wolle, und ganz besonders, wenn er unter solchen Umständen beichten wolle.
Als Bote hätte ein einfacher Soldat doch ausgereicht, wenn er mit einem Schreiben versehen worden wäre, das seine Botschaft bestätigt hätte.
So habe es doch fast den Anschein, als ob der Pfarrer von Gensingen als Gefangener nach Mainz geführt werde.
„Oder“, sagt Karl, „als ob er auf seinem Wege des Schutzes bedürfte.“
Pater Anselm schaut ihn an. „Hast du einen besonderen Grund für diese Meinung?“
„Nein, es kam mir nur so in den Sinn, ganz ohne einen Grund. Wenn er ein Gefangener wäre, dann dächte doch gleich jeder, er könnte, wenn er frei wäre, andere Menschen in Gefahr bringen. Nun ist aber der Pfarrer von Gensingen zwar manchmal ein bißchen anstrengend, aber ansonsten ein sehr harmloser Mann. Da könnte es doch auch umgekehrt sein. Da könnte es sein, daß er vor anderen Menschen geschützt werden müßte.“
Pater Anselm hat sein Glas erhoben und schaut es an, als ob er den Wein probieren wollte. Karl sieht aber, daß er gar nicht an den Wein denkt. Sein Blick geht an dem Glas vorbei hinüber auf die andere Rheinseite, zum Rochusberg hin, und kommt dann zurück und wendet sich zu den Bildern, die der Pfarrer hat liegenlassen.
„Ein harmloser Mann!“ murmelt er.
„Denkst du wirklich, er sei harmlos?
Ich weiß nicht!
Ich kenne ihn doch jetzt schon seit einigen Jahren. Als harmlos möchte ich ihn nicht bezeichnen.
Vielleicht wollen sie auch verhindern, daß er noch einmal zurück nach Gensingen reitet, bevor er nach Mainz kommt. Vielleicht soll er mit niemandem sprechen, vor allem nicht dort mit Freunden dieses Henne Lohwin. Aber was das zur Folge haben könnte, wenn er mit Leuten in Gensingen spräche, was er da erfahren könnte…?“
„Ich weiß nicht, wahrscheinlich sehen wir beide Gespenster. Wahrscheinlich waren in der Gegend von Mainz wieder Unruhen, und da schien es dem Hofrat besser und höflicher,

zwei Männer zu schicken, die den geistlichen Herren schützen könnten, wenn dies nötig sein sollte.“

Der Hofrat in Mainz begrüßt den Pfarrer Freyenthal sehr freundlich und bietet ihm an, in seinem Hause zu wohnen. Er mustert ihn eingehend während des Abendessens und scheint zufrieden mit dem, was er in den Zügen des anderen lesen kann. Einem Gespräch über den des Mordes überführten Lohwin weicht er aus. Diese Sache ist für ihn abgeschlossen. Mehr, als einen Pfarrer aus Gensingen herbeizurufen, kann er für ihn nicht tun.
Als Freyenthal, eine Gesprächspause nutzend, erläutern will, wie lange und wie gut er den Lohwin kenne, und wie wenig er verstehen könne, daß dieser eines Mordes überführt sein solle, schaut er ihn an, als ob er ihn jetzt erst richtig sähe, und weist ihn dann knapp auf die Gründe hin, die den Kriminalsenat von der Schuld des Mörders überzeugt hätten.
Er steht sodann schnell vom Tisch auf und bedauert, sich nicht um seinen Gast kümmern zu können, weil er am Abend noch zu einer Sitzung des Kriminalsenats gehen müsse.
Der Pfarrer erhebt sich ebenfalls und sagt, er sei ermüdet von dem langen Ritt, und zieht sich auf sein Zimmer zurück.

In der Frühe des nächsten Morgens kommt der Offizier, um Freyenthal abzuholen. Sie gehen am Dom vorbei zur Liebfrauenkirche. Der Offizier bedeutet dem Pfarrer, einen der dort aufgestellten Beichtstühle zu betreten und auf den Mörder zu warten.
Lohwin wird von zwei Soldaten gebracht. Er trägt die Arme vor der Brust. Seine Handgelenke sind zusammengebunden. So kann er zwar die Hände falten zum Gebet, aber nicht entfliehen, zumal sich die beiden Soldaten in der Nähe des Beichtstuhls aufgestellt haben, nur gerade soweit entfernt, daß sie eine geflüsterte Beichte nicht hören können. Ihr Verhalten verrät Ungeduld. Sie zeigen, daß sie den Verurteilten möglichst bald in sein Gefängnis zurückführen wollen.
Ein längeres Gespräch mit seinem Beichtkind ist dem Pfarrer auf diese Weise nicht möglich.
Er hört die Beichte und kann nur wenige Fragen stellen, wenn er etwas nicht verstanden hat.

Nach seiner Gewohnheit spricht er die Worte am Ende der Beichte recht laut und deutlich: „Ego te absolvo a peccatis tuis in nomine patris et filii et spiritus sancti.“ (Ich löse dich von deinen Sünden im Namen des Vaters, des Sohnes und des heiligen Geistes.)
Er ist noch nicht richtig bei ‘nomine patris’ angelangt, da stehen die Soldaten schon neben dem Beichtstuhl und greifen nach dem Lohwin.
Pfarrer Freyenthal sieht, daß es zwecklos wäre, sich zu beschweren.
Nach der Beichte ist Freyenthal, noch mehr als vorher schon, überzeugt davon, daß Lohwin niemanden ermordet hat. Auf dem Rückweg zum Hause des Hofrats Weißenberg muß er mit jemandem über diesen armen Menschen sprechen. Er muß erklären, daß er ihn für unschuldig hält, und wie lange er ihn schon kennt, und wie er ihn immer als einen herzensguten Mann gekannt hat, der gewißlich zu einem Morde nicht fähig wäre, unter keiner Bedingung, und er erzählt davon, wie Lohwin als kleiner Junge schon seine Kameraden davon abgehalten habe, Vogelnester auszuheben, und anderes mehr.
Der Offizier läßt das alles über sich ergehen.
Als er sich von dem Pfarrer verabschiedet, sagt er zu ihm:
„Mir scheint, sie sind ein herzensguter Mann, aber dieser Lohwin…“
Er schüttelt den Kopf und geht die Straße hinunter. Freyenthal wendet sich zum Haus und geht auf die Suche nach dem Hofrat. Der läßt sich entschuldigen. Der Hofrat habe nach Aschaffenburg reisen müssen zur Sommerresidenz des Erzbischofs. Wichtige politische Angelegenheiten seien dort zu besprechen, der Fürstenbund und die Auswirkungen der Emser Punktationen, mit der die rheinischen Bischöfe den Papst in seine Schranken zu weisen gedächten. So sagt es der Sekretär. Der preußische Gesandte vom Stein und Frau von Coudenhoven seien mit ihm gefahren.
Bei so wichtigen Angelegenheiten kann sich der Hofrat freilich nicht um die Sorgen eines Landpfarrers kümmern, der in seiner Pfarrei einen Mörder haben soll, der dies aber nicht glaubt und gute Gründe dafür hat, die er aber nun gar nicht anführen kann oder darf.

Freyenthal holt sein Pferd.
Er hofft, daß er noch eine Frist von ein paar Tagen hat, die er nutzen kann, um Lohwin zu helfen.
Er hofft, daß der Mörder nicht zu Tode gebracht wird, bevor der Hofrat aus Aschaffenburg zurück ist. Er weiß nicht viel über die Rechtspflege, aber er meint, der Vorsitzende des Kriminalsenats müßte eigentlich anwesend sein, wenn ein verurteilter Mörder seine Strafe erleiden müsse.
Was er nun unternehmen soll, will er zuerst mit Pater Anselm besprechen. Er trifft ihn im Keller des Klosters bei der Prüfung des neuen Weines. Schon Karl der Große hat seinen Kellermeistern aufgetragen, die neuen Weine nach der Gärung fleißig zu prüfen, um die rechte Zeit für den Abstich herauszufinden.
Nach der Gärung schweben Hefe und andere feste Stoffe im Wein, die nicht in der Kelter zurückgeblieben sind und auch durch die Vorklärung noch nicht entfernt werden konnten. Sie trüben den Wein und müssen vom Wein getrennt werden.
Da sie schwerer sind als der Wein, setzen sie sich nach einer Weile auf dem Faßboden zur Ruhe. Dann ist die rechte Zeit für den Abstich gekommen. Der Winzer schlägt einen Hahn ins Faß und läßt den klaren Wein über den auf dem Faßboden sitzenden trübenden Stoffen abfließen in ein anderes Faß, das frisch gereinigt zu seiner Aufnahme bereitsteht.

In dem riesigen Keller des Klosters herrscht die schwarze Nacht. Sie erscheint hier besonders schwarz und dicht, als ob sie sich vor dem hellen Tag hierhin zurück- und fest zusammengezogen hätte. Nur in einer Ecke brennen ein paar Kerzen und erleuchten einen kleinen Kreis vor den Fässern. Pater Anselm und Karl stehen im Licht. Sie haben sich ein paar Proben aus den Fässern gezogen und prüfen nun Geschmack und Aussehen des Weines. Anselm hält gerade ein Glas ins Kerzenlicht, um zu sehen, wie weit sich der Wein geklärt hat, da kommt Pfarrer Freyenthal durch den Gang zwischen den Fässern. Man hört an seinen Schritten, daß er unsicher und tastend vorangeht, als ob er befürchte, gegen etwas zu stoßen, das da im Dunkeln stehen könnte. Die Schritte werden aber fester und sicherer, je näher er dem Licht kommt.

Aus einiger Entfernung schon ruft er: „Ich weiß jetzt, wo er war. Er kann den Mord gar nicht ausgeführt haben! Ich hätte das gleich in Mainz sagen sollen, auch wenn der Hofrat nach Aschaffenburg gefahren ist. Da hätte ich einen anderen Herren des Kriminalsenats aufsuchen sollen. Dem hätte ich das erklären sollen."
Jetzt steht er bei den beiden Freunden, die sich erstaunt zu ihm umgewendet haben.
„Ich brauche einen Rat", sagt er eifrig. „Der Henne, ich meine, der Lohwin hat bei mir gebeichtet...und er hat gesagt...ich meine, er hat nicht gesagt...ich meine, ich habe ihn dann gefragt, und da hat er gesagt, das hat er mir gesagt, als ich ihn dann gefragt habe, da hat er es mir gesagt...
Ich meine, ich könnte ihn retten, wenn ich...
Also, ich weiß jetzt, wo er war...
Er kann gar nicht an dem Baum gewesen sein!"
Pater Anselm überlegt.
„Und woher weißt du das?"
„Er hat es mir gebeichtet.
Er hat etwas ganz anderes gebeichtet, als ich erwartet habe.
Da habe ich ihn gefragt. Da hat er mir genau erklärt, wo er da gewesen ist. Er hat mir auch erklärt, warum er das keinem sagen will."
„Und du willst das nun sagen?"
„Natürlich, denn wenn ich ihn retten will, dann muß ich das doch sagen, dann muß ich das dem Hofrat Weißenberg sagen."
„Und das Beichtgeheimnis?"
„Das kann doch keine Bedeutung haben, wenn es ein Leben gilt!"
Pater Anselm hat sein Glas hingestellt und sich gegen das Faß gelehnt, als ob er nun einer Stütze bedürfte.
„Ich wundere mich, daß du so denkst.
Auf dem Altar deiner Kirche in Gensingen steht doch eine Figur des heiligen Johannes von Nepomuk.
Der war da ganz anderer Ansicht!"
Freyenthal ist eine Weile still, dann sagt er: „Das siehst du ganz falsch. Das, was Nepomuk getan hat, ist gerade das Gegenteil von dem, was ich tun will. Er wollte das Beichtgeheimnis wahren, um einen Schaden von seinem Beichtkind abzuwehren.

Ich muß das Geheimnis brechen, um einen Schaden abzuwenden. Man muß immer überlegen, was geschieht, wenn man etwas tut oder nicht tut. Auf den Erfolg kommt es an!"
„Der Erfolg ist es also, der entscheidet!"
„Ja, der Zweck, der Erfolg...", bestätigt Freyenthal.
Pater Anselm furcht seine Stirn. Offenbar versucht er, sich an etwas zu erinnen, dann sagt er ganz langsam: „Wenn ihn auch die Tat anklagt, so muß ihn der Erfolg doch entschuldigen!"
„Genau das meine ich!" Freyenthal lehnt sich zufrieden zurück gegen den Faßboden.
Pater Anselm lächelt etwas spitz: „Ich habe aber noch nichts davon gehört, daß Niccolo Machiavelli unter die Kirchenlehrer aufgenommen worden wäre. Machiavelli hat das gesagt!"
Freyenthal bleibt ruhig. „Wenn Machiavelli etwas gesagt hat, was richtig ist, wird es ja nicht dadurch falsch, daß er es gesagt hat."
Pater Anselm hatte wohl geglaubt, er könnte den Pfarrer von Gensingen mit einem kurzen Hinweis auf Machiavelli davon überzeugen, daß er auf dem falschen Wege sei. Jetzt merkt er, daß es einer längeren Ausführung bedarf.
„Also gut, dann nehmen wir einmal an, eine Tat werde dadurch gut, daß sie einen guten Zweck verfolge, in deinem Fall die Rettung des Lebens eines Unschuldigen. Selbst wenn es dir gelänge, durch den Bruch des Beichtgeheimnisses das Leben des Lohwin zu retten, und wenn er wirklich unschuldig wäre, dann wirst du mir doch zugestehen, daß deine Tat nicht nur diese Folge hätte, sondern noch eine Reihe anderer Folgen.
Zunächst einmal scheint der Lohwin ja selbst nicht sagen zu wollen, wo er zu der Zeit war, als der Mord geschah. Wahrscheinlich nimmt er Rücksicht auf denjenigen, mit dem er zusammen war. Vielleicht war er mit einer Frau zusammen, und es gibt jemanden, der das nicht wissen darf.
Warum darf der es nicht wissen?"
Freyenthal will ihn unterbrechen.
Pater Anselm winkt ihm zu schweigen.
„Wahrscheinlich", fährt er fort, „darf er es nicht wissen, weil, wenn er es wüßte, der Frau eine Gefahr drohte. Wenn das nicht so wäre, könnte der Lohwin doch selbst sagen, wo er war. So könnte es sein, daß der Lohwin dir wenig Dank wüßte, wenn du

es sagtest, selbst wenn du ihn damit retten könntest. Was ja gar nicht sicher ist!
Aber da ist noch mehr.
Wenn du das Beichtgeheimnis brichst, wird dir der Lohwin nicht mehr vertrauen können, ja, er wird sich fragen, ob er überhaupt darauf vertrauen kann, daß das Beichtgeheimnis gewahrt wird, und er wird nach einer Weile auch an der Beichte, am Sakrament der Beichte selbst zu zweifeln beginnen und schließlich seinen Glauben verlieren.
Diese Folge aber wird weitere Folgen haben, viele Folgen, die wir unmöglich überschauen können.
Ähnliches gilt für die, die von diesem Bruch des Beichtgeheimnisses erfahren.
Und bedenke, welches Beispiel du gibst!
Willst du jetzt immer noch sagen, deine Tat werde nur einem guten Zwecke dienen?"
Pater Anselm wartet auf eine Antwort.
Da Freyenthal schweigt, fährt er fort.
„Wenn der Zweck entscheiden soll, ob eine Tat gut oder schlecht ist, dann kannst du dich auf nichts mehr verlassen; denn dem einen wird als guter Zweck erscheinen, was der andere verabscheut, und für einen wird diese und für einen anderen eine ganz andere Folge deines Tuns im Vordergrund stehen.
Der eine wird nur die Rettung des Unschuldigen sehen, vorausgesetzt, daß er wirklich unschuldig ist, und der andere wird nur den Schaden sehen, der durch diesen Bruch des Vertrauens entsteht. Schließlich macht jeder, was ihm gut zu sein dünkt, und dein schöner Grundsatz begründet am Ende eine allgemeine Willkür."
Eine ganze Weile sagt keiner etwas. Sie stehen nur einfach da und schauen sich an.
Dann nimmt der Pater eines der leeren Gläser, füllt es bedächtig mit Wein und gibt es dem Gast. „Hilf uns ein wenig bei der Arbeit, koste von dem Wein und sage uns deine Meinung. Wir werden gerne deinen Rat hören, denn wir wissen beide, daß du eine reiche Erfahrung besitzt."
Karl ist aus dem Schatten herausgetreten. Er wundert sich, daß der Pfarrer auf die Worte des Paters nichts erwidert. Er fragt sich,

ob er sich so schnell hat überzeugen lassen, denkt dann aber, dem Pfarrer sei wohl schon selbst seine Absicht, das Beichtgeheimnis zu brechen, unheimlich gewesen, und deshalb sei er zu Pater Anselm gekommen. Vielleicht habe er ja nur hören wollen, daß er das Beichtgeheimnis auch unter so schlimmen Umständen nicht brechen dürfe.

Die Worte, die noch gesprochen werden, beziehen sich nur auf die Güte des Weines und darauf, wann es notwendig sein werde, ihn abzustechen. Eine gemütliche Weinprobe, bei der die Gedanken freundliche Kreise ziehen, ist das jetzt nicht mehr.

Der Pfarrer wendet sich auch bald zum Gehen. Er erklärt, daß er nun doch zurück müsse. Er sei bereits zwei Tage fern von seiner Pfarrei. Dort werde man ihn sicher erwarten.

Er geht.

Karl hört, daß er noch vor der Treppe stehen bleibt und vorsichtig zurückgeht.

Er kommt nicht ganz bis zu dem Faß, an dem Pater Anselm und Karl stehen, sondern stellt sich so, daß ihn das Kerzenlicht gerade noch mit einem schwachen Schimmer erreicht.

„Natürlich darf ich nichts von dem sagen, was mir Lohwin in der Beichte anvertraut hat. Aber was er mir nicht gesagt hat, das darf ich doch wohl sagen!“

„Wie meinst du das?“, fragt Pater Anselm.

„Wenn einer einen Mord begangen hat und verlangt, zur Beichte gehen zu können, dann muß man doch erwarten, daß er eben diesen Mord beichten will, weil er sein Gewissen bedrückt. Es wäre doch völlig sinnlos und unvernünftig, kurz vor dem Tode zu beichten und die Tat zu verschweigen, die am meisten das Gewissen bedrückt. Wenn er also die Tat nicht beichtet, so kann man daraus doch folgern, daß er sie nicht begangen hat.“

Er tritt etwas näher: „Und das, was er in der Beichte nicht gesagt hat, darf ich doch wohl sagen. Das Beichtgeheimnis kann ja nicht etwas betreffen, was in der Beichte gar nicht gesagt wurde!“

Pater Anselm hat sein Glas auf den Faßrand gestellt und schiebt es nun ein wenig zurück, damit es nicht abgleiten kann.

‘Er will Zeit gewinnen für seine Antwort’, denkt Karl.

„Auch wenn du etwas sagst, das nicht gesagt wurde, sagst du etwas, was du aus der Beichte weißt. Nur aus der Beichte kannst

du wissen, was bei der Beichte nicht gesagt wurde."
'Das ist jetzt aber sehr spitzfindig', denkt Karl.
Er sieht, daß Freyenthal unwillig den Kopf schüttelt. Mit dieser Antwort ist er nicht zufrieden.
Pater Anselm hat sich nun wieder ganz dem Pfarrer zugewendet und steht zwischen ihm und der Kerze, so daß der Pfarrer ganz im Dunkeln steht. Karl kann den Eindruck, den des Paters Worte machen, nicht mehr beobachten.
„Ich will aber noch einmal auf deine Argumente eingehen und überlegen, welche Folgen es hätte, wenn du sagtest, was nicht gesagt wurde.
Also wenn du nun hingingest und sagtest, der Lohwin, so heißt er doch, habe nichts über den Mord gesagt, schon gar nicht, daß er ihn selbst begangen hätte, dann fragt doch jeder, warum er von dem Mord nichts gesagt hat."

Pater Anselm hält einen Moment lang inne und fährt dann fort:
„Jeder, der mit dieser Sache zu tun hatte, dachte doch, der Lohwin wollte beichten, weil er sich vor seinem Tode von der schweren Schuld, die er durch den Mord auf sich geladen hätte, befreien wollte. Wenn aber nun einer kommt und sagt, er habe den Mord gar nicht gebeichtet, dann wird sich jeder fragen, warum er denn dann so dringend habe beichten wollen.
Das meinst du doch auch?
Dann muß doch eine andere schwerwiegende Last seine Seele bedrücken, eine andere Tat, von der er glaubt, daß er sie unbedingt noch beichten müsse. Wenn sich einer aller Sünden ledig glaubt, braucht er ja nicht zu beichten.
Auch dem wirst du doch zustimmen?
Wenn das aber so ist, dann wird jeder, und ganz besonders die Männer im Kriminalsenat werden annehmen, der Lohwin hätte eine schlimme Tat vollbracht, die er vor ihnen verbergen wollte. Sie werden dann unverzüglich Nachforschungen anstellen, die dem Lohwin sehr unerwünscht sein könnten.
Sie werden die Nachforschungen anstellen, ganz gleich, ob sie dir glauben, daß er nichts gesagt hat, oder nicht.
Diese unerwünschten Folgen, die deine Aussage hätte, würden ziemlich sicher eintreten.

„Die erwünschte Folge, die Rettung des Lohwin aber, wäre sehr ungewiß!"
Sie stehen einander gegenüber und schweigen.
Dann sagt Pater Anselm: „Das Beichtgeheimnis umfaßt alles, was während der Beichte gesagt wurde, und auch alles, was hätte gesagt werden können, aber nicht gesagt wurde!"
„Ich danke dir!"
Mehr sagt der Pfarrer von Gensingen nicht. Er wendet sich und geht langsam zur Treppe hin.

„Seine Bilder wird er wieder vergessen, die liegen oben am Eingang zum Saal!"
Karl will ihm nachgehen.
Pater Anselm hält ihn zurück:
„Laß ihn gehen!"
„Vielleicht hat er von uns Hilfe erwartet, nicht nur eine Predigt über das Beichtgeheimnis."
Karl ist ein wenig ärgerlich.
„Und wie hätten wir ihm helfen sollen?", fragt Pater Anselm.
„Wir hatten doch gerade genug Ärger und Aufregung bei dieser Affäre in Würzburg, bei der wir als Kriminalisten gewirkt haben, obwohl wir keine Fachleute sind. Das war gefährlich und hätte leicht übel enden können.
Wir müssen schließlich darauf vertrauen, daß die Behörden Mordtaten mit der nötigen Sorgfalt behandeln und die Mörder finden. Der Hofrat Weißenberg hat einen guten Ruf. Er ist nicht nur wegen seiner Gerechtigkeit, sondern auch wegen seiner Milde bekannt geworden. Ich denke, das ist ein Mann, dem wir diesen Mordfall mit gutem Gewissen überlassen können.
Ich bin froh, daß uns Freyenthal nicht gebeten hat, uns da einzumischen. Ich hätte ihm die Bitte abschlagen müssen, und du weißt, wie schwer es ist, ihm etwas abzuschlagen.
Ich fürchte ohnehin, daß er bald wiederkommen wird."

VIII

Lediglich Vermutungen

Könnten politische Beweggründe zu dem Mord an de Laurant geführt haben, wenn dieser Lohwin unschuldig wäre?
Können 'Weibergeschichten' politische Beweggründe sein für einen Mord?
Wenn die Frauen, die dabei eine Rolle spielen, politischen Einfluß haben, kann man sicher von politischen Beweggründen sprechen.
Kann der Straßenbau ein Beweggrund sein für einen Mord?
Wenn widerstreitende Interessen im Spiel sind, die mit viel Geld zu tun haben, kann sich da ganz leicht ein Grund für einen Mord finden.
Kann ein Fürstenbund ein Beweggrund sein für einen Mord?
Wenn er gegen andere Fürsten gerichtet ist, ist auch das sehr wohl möglich. Der Bund, den die Fürsten in Mainz und Trier anstreben, ist eine preußische Erfindung und gegen den Kaiser in Wien gerichtet.
Und wenn Weibergeschichten, Straßenbau und ein Fürstenbund miteinander verflochten sind, wie ist es dann...?
Einige Tage später kommt ein in jeder Hinsicht gewichtiger Weinhändler aus Mainz in Karls Institut für Traubenkunde in Geisenheim. Jakob Hehlheim heißt er, und man sagt, er habe ein Schandmaul. Immerhin ist sein Mund so breit ausgefallen, daß es nicht schwerfällt zu glauben, da könne viel Eßbares hineingehen, und auch vieles, darunter auch Schwer- oder Unverdauliches, herauskommen.
Er kauft Wein in Geisenheim und schätzt dabei wohl Karls Rat, dem er auch schon so manchen guten Tropfen abgekauft hat. Zuweilen kauft er sogar Wein für den kurfürstlich-erzbischöflichen Hof in Mainz, so kommt es vielleicht, daß er sich einbildet, bei Hofe gut Bescheid zu wissen.
Karl wundert sich ein wenig über seinen Besuch, weil Hehlmann erst vor ein paar Wochen in Geisenheim war und bei ihm Weine geprüft hat. Eigentlich kommt der Weinhändler höchstens zweimal im Jahr, aber dann nicht zweimal in so kurzer Zeit.

Jetzt sitzt er mit Karl in einer Ecke des Raumes, den Karl für Weinproben hergerichtet hat. Da steht ein länglicher Tisch mit dunklen Stühlen, deren Lehnen mit Schnitzwerk verziert sind, mit wohlausgeführten Trauben und Weinlaub. Der Tisch ist für Proben mit mehreren Leuten gedacht. Karl und Hehlmann sitzen an einer Ecke des Tisches, an der Ecke unter dem Fenster. Maria, Karls Freundin, wirkt in der Küche, um dem Gast eine kleine Mahlzeit zu bieten. Auf dem Tisch sind mehrere Flaschen mit Proben aufgestellt.

Hehlmann scheint sich nicht recht auf die Proben konzentrieren zu können. Er sagt etwas zu einem Wein, vergißt aber anscheinend sogleich, was er gesagt hat; denn er wiederholt es mit denselben Worten noch ein- oder zweimal und wirkt mehr wie ein Automat als wie ein lebendiger, geschwätziger Weinhändler. Offenbar will er etwas ganz anderes sagen und weiß nur nicht, wie er seine Rede beginnen soll.

Plötzlich stellt er sein Glas auf den Tisch, beugt sich vor, schaut Karl in die Augen und sagt: „Hast du den Max de Laurant gekannt, den Sekretär des Kriminalsenats in Mainz?"

Karl schüttelt den Kopf.

„Der ist ermordet worden. Davon hast du ja sicher gehört!"

Karl denkt: 'Wieso soll ich davon gehört haben?

Was geht uns hier in Geisenheim der Sekretär des Mainzer Kriminalsenats an? Wie sollen wir erfahren, daß dieser auf einer Reise von Trier nach Mainz in den finstern Wäldern des Hunsrücks ermordet wurde, obwohl mehrere Soldaten zu seinem Schutze aufgeboten waren? Wer hat diesem Weinhändler erzählt, daß der Pfarrer von Gensingen uns davon unterrichtet hat?'

„Der ist ermordet worden!", fährt der Weinhändler fort.

„Den Mörder haben sie schon gefunden. Lohwein oder Lohwin heißt er. Sie sagen, er habe den de Laurant erstochen, weil er dessen goldene Halskette habe rauben wollen."

Er hebt den Kopf ein wenig und kneift das rechte Auge zu um anzuzeigen, daß er von dieser Geschichte nicht viel hält.

„Das soll glauben, wer Lust hat.

Wie soll der Lohwin denn gewußt haben, daß in der Kutsche einer sitzt, der eine goldene Kette am Hals hat?

Da steckt etwas anderes dahinter.

Davon sprechen sie aber nicht, das soll vertuscht werden."
Er unterbricht sich und klopft mit seinem dicken Zeigefinger auf den Tisch.
„Es kann ja sein, daß der Lohwin den de Laurant umgebracht hat. Das hat er aber nicht wegen der Halskette gemacht. Die hat er vielleicht zur Belohnung mitgenommen. Ich meine, als einen Sold des Mordes hat er sie genommen.
Ob er noch einen anderen Sold bekommen hat?"
Er lehnt sich zurück und betrachtet das Glas, das vor ihm auf dem Tisch steht.
„Wenn du mich fragst, so sage ich, es stecken Weibergeschichten dahinter. Da sind immer Weibergeschichten, wenn so etwas geschieht.
Oder Geld, oder Geld, viel Geld...!"
Er wartet eine Weile, da Karl aber nichts sagt, fährt er fort:
„Am Hof in Mainz sind zwei Frauen, die vor allen anderen ausgezeichnet sind, eine Frau von Coudenhoven und eine Baronin von Ferrette.
Weißt du, was der Graf von Schlick gesagt hat, der österreichische Gesandte? Er hat gesagt, die Baronin von Ferrette und die Frau von Coudenhoven, diese beiden Damen 'vermöchten viel auf den Kurfürsten'. Das muß man sich einmal vorstellen, da muß man sich ein Bild davon machen: sie vermögen viel auf den Kurfürsten.
Und was er weiter gesagt hat: 'Weil sie aber mitunter nicht mit- sondern gegeneinander arbeiten, so stehen Hofintriguen oft der Politik im Wege.' Es gibt also Hofintriguen. Da kann man sich so manches denken und vorstellen."
Er lacht in seinen dicken Bauch hinein.
„Es wird aber besser sein, wenn man sich's gar nicht vorstellt.
Da könnte man ja rot werden, wenn man sich das vorstellt.
Der Freiherr vom Stein, das ist der preußische Gesandte, der hat gesagt, man müsse an diesem Hof die Frauen an der Hand haben, wenn man reüssieren wolle."
Maria kommt.
Sie ist offenbar ärgerlich. Sie hat alles mitgehört, was der Hehlmann gesagt hat.
„Weibergeschichten?", ruft sie.
„Warum sollen kluge Frauen nicht den Kurfürsten beraten?

Gibt es vielleicht keine klugen Frauen, die das könnten?
Wenn da Männer die Berater sind, sagt keiner etwas.
Kaum ist da eine Frau, meinen die Leute, es ginge dort so zu, wie bei ihnen zu Hause, wie es vielleicht dort zuginge, wenn sie selbst der Kurfürst wären. Aber deshalb sind sie ja nicht Kurfürst.
Daß eine Frau ihrer Klugheit wegen einen hohen Herrn beraten darf, das wollen sie nicht einsehen, da stellen sie sich lieber etwas vor, wobei man rot werden könnte, besonders wenn es sich auch noch um eine schöne Frau handelt."
Sie bleibt vor dem Weinhändler stehen und schaut auf ihn hinab.
Karl ist das unangenehm, aber er denkt, wenn er jetzt etwas sagte, könnte er die Situation nur noch peinlicher machen.
Hehlmann grinst verlegen und murmelt: „Die Baronin von Ferrette ist schön und noch jung genug. Das hat der Freiherr vom Stein auch gesagt."
„Der sollte sich schämen und sich lieber um seine Politik kümmern."
Maria läßt sich nicht ablenken.
„Aber das ist doch Politik. Die Frau von Coudenhoven, die auch noch ganz gut aussieht, obwohl sie eine Witwe ist und viele Kinder hat, die tritt bei ihrem Onkel für den Fürstenbund ein. Der Kurfürst ist ihr Onkel!
Der Fürstenbund ist eine preußische Angelegenheit und gegen die Interessen der Österreicher gerichtet. Da muß sich der vom Stein mit ihr verbünden."
„Und was hat das alles mit dem Mord zu tun?", fragt Maria.
„Warum erzählt ihr uns das alles, wonach wir gar nicht gefragt haben?"
„Ich habe gedacht, das interessierte euch, wo doch der Freyenthal, der Pfarrer von Gensingen, der dem Lohwin die Beichte abgenommen hat, vor kurzem bei euch war. Man sagt, er sei gleich, nachdem er von Mainz weggeritten sei, in das Kloster Johannisberg gekommen und habe dort einen Pater namens Anselm besucht, der mit Karl befreundet sei."
Woher weiß er das wohl? Einer muß dem Pfarrer nach Johannisberg gefolgt sein und in Mainz darüber berichtet haben. Aber wer ist dem Pfarrer gefolgt, und wem hat er berichtet, und was will der Hehlmann nun von Karl erfahren?

„Er hatte, als er so schnell nach Mainz gerufen wurde, im Kloster einige Bilder liegen gelassen, die er auf dem Rückweg abholen wollte.“
Karl hat das gesagt, ohne viel zu überlegen, und merkt gleich, daß das ein Fehler war, denn jetzt lacht der Hehlmann.
„Ihr braucht mir nicht zu erklären, warum der Freyenthal bei euch war. Ich wollte euch nur aus alter Freundschaft einiges von dem erzählen, was hinter diesem Mord stecken könnte.
Aus alter Freundschaft wollte ich das tun. Damit ihr seht, daß das alles nicht so einfach ist, wie es vielleicht aussieht.
Von dem Straßenbau zwischen Trier und Mainz habe ich noch gar nicht gesprochen. Da könnte es sich um viel Geld handeln, nicht nur um das Geld der Schiffer auf der Mosel und das Geld der Leute in Koblenz, die an dem Umweg verdienen, den die Trierer nehmen müssen, wenn sie nach Mainz wollen.
Überlegt einmal, was eine Straße kosten würde, und wer von dieser Straße profitieren könnte.
Da wenigstens war euer de Laurant ganz sicher mitbeteiligt. Der wollte die Straße gebaut haben, und wenn Mainz und Trier gemeinsam in dem Fürtstenbund wären, dann wäre eine solche schnellere Verbindung doch eigentlich ziemlich nützlich. Vielleicht wäre dann ein Gegner des Fürstenbundes auch gegen den Ausbau dieses Ausoniusweges.
Und wenn die klugen Beraterinnen hinsichtlich des Weges und des Bundes nicht einer Meinung wären? Ich weiß nicht, was die Baronin denkt. Aber es könnte doch sein, daß sie da andere Gedanken hat als die Coudenhoven...
Und wenn es jetzt einen gäbe, der dem Lohwin, der schon so gut wie tot ist, noch helfen wollte und, ohne diese hohen Damen und Herren und ihre Beziehungen zu einander zu kennen, anfinge, irgendwo Nachforschungen anzustellen, nur um dem Lohwin zu helfen, der so dumm war, den Korb mit Silber und die Goldkette im Wald zu finden und einfach mitzunehmen und dann auch noch zu einem Juwelier zu gehen, wenn es wirklich so einen gäbe, dann könnte man dem doch nur raten, brav zu Hause zu bleiben, und die Dinge, die er nicht ändern kann, hinzunehmen.“
Er schaut nur nach Karl hin, ganz starr, als ob er ihn mit den Augen zwingen wollte, ihm zu Willen zu sein.

„Mit solchen Nachforschungen könnte sich einer nur selbst unglücklich machen!“
Dann hebt er sein Glas und ruft:
„Ein fröhliches Hoch auf die beiden lustigen Witwen, die so klug sind, daß sie einen Erzbischof und Kurfürsten beraten dürfen! Wie glücklich muß der sein, wenn er gleich zwei Berater hat, die so wohlgeformt und angenehm anzuschauen sind! Ein Rat aus solchem Munde wiegt doch viel mehr, als ein Rat aus dem engen Mund eines Gelehrten.“
Er leert sein Glas mit einem Zug, erhebt sich und reicht Karl die Hand zum Abschied.
Im Weggehen begriffen, murmelt er noch: „Ich kenne dich und deinen Freund im Kloster. Es wäre kein Fehler, wenn ihr über das nachdächtet, was ich gesagt habe.“
„Da gibt es übrigens noch eine ganz andere Möglichkeit“, hebt er wieder an und redet weiter, während er hinausgeht.
„Ein junger Offizier interessiert sich für das Töchterlein des Weißenberg, das den Max de Laurant heiraten wollte oder sollte, ein Freiherr von Soonsfeld. Der hat die beiden auf der Reise durch den Hunsrück begleitet. Wie ich gehört habe, soll er in die Kleine richtig verliebt sein.
Der hätte doch auch…“
Was der auch hätte, hört Karl nicht mehr, denn der Weinhändler hat sich, immer weiter redend, schon zu weit von seinem Institut entfernt.
Maria ist wieder in die Küche gegangen, sie hat die letzten Worte des Hehlmann nicht mehr gehört.
Töpfe und Teller klappern. Ein deutliches Zeichen dafür, daß sie ärgerlich ist.
„Immer dasselbe!“, schimpft sie, als Karl in die Küche kommt.
„Kaum sind irgendwo einmal Frauen, die etwas erreicht haben, die bei Hofe Einfluß haben, weil sie wach, klug und mutig sind, ja, auch mutig sind, dann wird ihnen alles mögliche angedichtet. Es kann doch gar nicht sein, daß sie ihren Einfluß nur ihrer Klugheit zu verdanken haben.
Da muß es nicht mit rechten Dingen zugehen. Da muß man dem Erzbischof gleich zwei Geliebte unterschieben. Das ist ja auch so angenehm. Wenn sogar der Erzbischof eine Geliebte hat, dann

kann man sich doch auch selbst etwas erlauben und muß nicht alles so ernst nehmen.
Pfui Teufel, da haben wir einen armseligen Gast gehabt.
Ich bin froh, daß er wieder weg ist."
Sie wendet sich wieder ihrer Arbeit zu.
„Und warum, meinst du, ist er überhaupt hierhergekommen?", fragt Karl.
„Er wollte doch keinen Wein kaufen. Von Wein war überhaupt nicht die Rede!"
„Ich weiß nicht, warum er gekommen ist. Vielleicht war er ohnehin in der Nähe und wollte nur seinen Hofklatsch bei uns loswerden, dieses üble Gerede."
„Meinst du wirklich?
Zum Schluß hat er noch gesagt, Pater Anselm und ich sollten über das, was er gesagt habe, nachdenken.
Und was hat er gesagt?
Er hat so manches angedeutet, darunter auch Weibergeschichten, worüber du dich geärgert hast. Ich glaube aber nicht, daß er deshalb gekommen ist.
Er hat uns davor warnen wollen, uns in diese Mordgeschichte einzumischen."
Maria dreht sich um und schaut ihn fragend an.
„Viele Leute können sich noch daran erinnern, was im vorigen Jahr im Biebricher Park geschehen ist, und daß ich nach Würzburg gereist bin, um den Mord aufzuklären, und daß Pater Anselm mir dabei geholfen hat. Da liegt es doch nahe, damit zu rechnen, daß wir uns auch um die Aufklärung dieses Mordes bemühen könnten, zumal wir den Pfarrer Freyenthal gut kennen, der aus seinem Glauben an die Unschuld des Lohwin keinen Hehl gemacht hat.
Offenbar wäre es einigen dieser Leute unbequem, wenn wir uns da einmischten.
Ob aber der Hehlmann geschickt wurde, um uns zu warnen, oder ob er uns warnen wollte, weil er uns mag und Schaden von uns fern halten will, oder ob er selbst ein Interesse daran hat, daß da nicht so genau nachgeforscht wird, daß weiß ich freilich nicht."
„Du willst dich doch da nicht einmischen?"
„Das wollte ich nicht, aber jetzt, da mich einer gewarnt hat…"

„Karl, denk an diese Würzburger Affäre. Das war gerade gefährlich genug. Da mußt du nicht schon wieder…“
„Mach dir keine Sorgen. Ich habe gar keine Zeit für so etwas, und“, das brummt er so nachdenklich vor sich hin, ohne Maria anzusehen, „ich bin auch gar nicht davon überzeugt, daß der Lohwin den Sekretär des Mainzer Kriminalsenats nicht umgebracht hat. Was der Hehlmann da bezüglich der Goldkette gesagt hat, das ist doch Unsinn.
Wenn einer eine vornehme Kutsche im Wald stehen sieht und bemerkt, daß die Wache nicht auf die Kutsche achtet, sondern mit einer anderen Kutsche beschäftigt ist, dann kann er schon auf den Gedanken kommen, in der Kutsche könnten ein paar wertvolle Dinge liegen, vielleicht Geld oder Schmuck in einem handlichen Kästchen, als leichte Beute für den, der da den Mut hat, schnell zuzugreifen. Dann muß er nicht vorher wissen, daß da in der Kutsche einer sitzt und schläft, der eine Goldkette um den Hals hat, um die Tür zu öffnen und einmal nachzuschauen.
Wenn er aber in die Kutsche hineinschaut und da einen Mann sieht, der schläft, dann wird er versuchen, die Tür leise wieder zu schließen und schnell zu verschwinden. Nur wenn der Schläfer aufwacht, dann muß er etwas unternehmen, um nicht festgenommen zu werden.
Dann könnte es doch sein, daß er, statt zu fliehen, ganz in die Kutsche hineinsteigt und den überraschten, noch schlaftrunkenen Mann ersticht und seine Halskette als wohlverdiente Beute mitnimmt.
Dann hat er aus Angst gemordet.
Das ist natürlich auch ein Mord, aber eine andere Art Mord, als wenn er in die Kutsche gestiegen wäre gleich mit der Absicht, den de Laurant zu ermorden und sich seiner Halskette zu bemächtigen.
Ob der Pfarrer Freyenthal daran gedacht hat?
Vielleicht paßt ein Mord aus Angst besser zu dem Lohwin, sodaß der Gedanke daran auch von Pfarrer Freyenthal nicht gleich zurückgewiesen würde.“
In der Zwischenzeit hat Maria das Geschirr gespült und abgetrocknet und ist nun dabei, die Teller in den Schrank zu räumen.
„Du könntest wenigstens die Gläser ins Regal stellen!“, sagt sie.

IX

Ein gefährlicher Entschluß

Zwei Tage später:
Oskar, Karls Freund, der im Kloster Johannisberg als Winzer arbeitet, steht in den Weinbergen, die nahe dem Hang liegen, der nach Schloß Vollrads hin geneigt ist. Er kann von seinem Platz aus leicht den Weg überschauen, der von Oestrich nach Johannisberg führt. Weil er sich gerade von der schweren Arbeit des Hackens ein wenig ausruht, sein Kinn über der rechten Hand auf den Hackenstiel gestützt, sieht er einen Reiter von Oestrich her kommen, dem nach einer kleinen Weile zwei andere Reiter folgen. Der erste Reiter will offenbar zum Kloster hin. Die beiden anderen folgen ihm, aber so vorsichtig, daß Oskar der Gedanke kommt, sie wollten von dem ersten Reiter vielleicht nicht gesehen werden. Das mißfällt ihm, und er beschließt nun seinerseits, mit Grandpatte, Karls klugem Hund, hinter den beiden Reitern herzugehen. Das kann er tun, ohne aufzufallen, obwohl er seine Hacke nicht geschultert hat, sondern sie mehr wie eine Waffe in der Hand trägt, denn ein junger Mann, der mit einer Hacke in der Hand aus den Weinbergen kommt, ist um die Mittagszeit wahrhaftig kein ungewöhnlicher Anblick in der Nähe des Klosters Johannisberg, unabhängig davon, wie er seine Hacke trägt.

Die Arbeit in den Weinbergen ist mühsam. Man muß nur einmal überlegen, wie oft einer die Hacke hochschwingen, in die Erde senken und dann mit den Zinken die Schollen umreißen muß, bis er auch nur eine Zeile eines mittelgroßen Weinbergs durchgehackt hat, dann sieht man gleich, daß ein Winzer allein unmöglich alle Weinberge des Klosters und der Winzer des Dorfes mit der Hacke bedienen kann. Da müssen viele kommen und die gleiche Arbeit tun, da müssen also viele mit Hacken unterwegs sein, sodaß ein einzelner gar nicht auffallen kann, sofern er nur eine Hacke trägt. Trotzdem müht sich Oskar, hinter den Reitern soweit zurückzubleiben, daß er sie noch gerade verfolgen kann, sie ihn aber nur schwerlich entdecken können.

Unweit des Klosters steigen die beiden von den Pferden und gehen langsam, die Pferde am Zaum mit sich führend, auf die Klostermauer zu, nicht auf die Pforte, sondern auf eine Stelle an der Klostermauer, die zwar in der Nähe der Pforte liegt, aber von dieser durch ein Gebüsch getrennt ist. Die Mauer weist da eine schadhafte Stelle auf, die es einem Draußenstehenden, wenn er sich ein wenig reckt, ermöglicht, in den Klosterhof zu sehen. Die Pferde, das fällt Oskar auf, kommen aus einer edleren Behausung als die Reiter. Sie tragen sorgsam geputztes Zaumzeug, ihr Fell ist gestriegelt und glatt. Wohlgenährt und fein sind die Pferde, während die Reiter aussehen, als seien sie von niedrigem Stande, vertraut mit den hohlen Augen des Hungers. Ihre Kleidung ist sehr schlicht, und von ihren Gesichtern ist nicht viel zu erkennen, denn sie sind hinter wilden Bärten verborgen.
Der längere der beiden hat sich an die Mauer gedrückt und späht durch die Lücke.
Der andere, neugierig, fragt: „Kannst du ihn sehen?“
Oskar hat sich so nahe herangearbeitet, daß er auch hören kann, was der Lange zurückzischt.
„Natürlich kann ich ihn sehen. Arglos ist er. Ein älterer Mönch begrüßt ihn jetzt. Er geht mit ihm in das Klostergebäude hinein. Ein junger Mann ist dabei.“
„Das wird dieser Karl sein, von dem wir schon gehört haben. Das ist aber alles nicht so schlimm, solange dieser lästige Pfarrer aus Gensingen nicht weiß...“
„Still, da kommt einer zur Mauer hin!“
Der Lange duckt sich.
Eine Weile bleiben sie ruhig an der Mauer hocken, dann versucht der Lange noch einmal ganz vorsichtig durch die Lücke zu schauen.
„Jetzt ist er weg. Der Freyenthal, der Mönch und dieser Karl sind auch nicht mehr zu sehen. Die sind jetzt im Haus. Heute kommt der Freyenthal nicht mehr nach Mainz. Ich glaube, wir können zurückreiten.“

Oskar zieht sich vorsichtig zurück und stellt sich hinter eine dicke Eiche, die am Rande des Weges steht. Sie kommen ganz nah an ihm vorüber. Er hört sie lachen.

„Wenn die wüßten, daß ihr Mörder heute fliehen wollte!“, sagt der eine.
„Und wie der fliehen wollte“, sagt der andere und lacht. „Deshalb ist er jetzt auch tot.“
„Der Mörder!“ sagt der erste wieder. „Ein schöner Mörder, ein gelegener Mörder, was für ein wunderbarer Mörder!“
Beide lachen.
Oskar spürt, daß das kein gutes Lachen ist. Boshaft lachen sie.
Sie reiten an ihm vorbei.
Da packt ihn plötzlich ein wilder Zorn, er gibt Grandpatte ein Zeichen, und der stürmt mit seinem wildesten Gebell, das so richtig dunkel und bedrohlich klingt, zwischen den Büschen hervor hinter den Reitern her. Die Pferde scheuen und stieben davon mit solcher Eile, daß die Reiter, von dieser plötzlichen Beschleunigung überrascht, sich nur schwer im Sattel halten können.
Oskar stellt sich mitten auf den Weg und lacht hinter ihnen her.
Ob sie sein Lachen hören?
Umschauen können sie sich nicht, sie sind viel zu sehr damit beschäftigt, sich im Sattel zu halten.
Es dauert lange, bis Grandpatte zurückkommt, fast sieht es so aus, als hätte er die flüchtenden Pferde bis nach Winkel verfolgt.
So schnell werden die beiden Kerle wohl nicht wiederkommen.
Pater Anselm hat inzwischen seinen Gast auf die Terrasse über dem Rhein geleitet, von wo sie einen freien Blick genießen über die Rebenhänge zum Rhein und hinüber nach Ingelheim, das noch immer die Reste des Palastes bewahrt, den Karl der Große errichten ließ, und zur Kapelle des heiligen Rochus, die auf dem Berg über der Stadt Bingen erbaut ist.
Sie haben es sich gemütlich gemacht; denn der Pfarrer Freyenthal ist offenbar in hoffnungsvoller Stimmung aus Mainz gekommen. Er sitzt da mit hellen Augen und läßt den Wein in seinem Glase von der Mittagssonne erleuchten:
„In Mainz sprechen sie jetzt viel von Freiheit und Aufklärung. Die dunklen Abgründe des Glaubens werden aufgeklärt und eine helle, freundliche und wahrhaft frohe Botschaft wird jetzt verkündet. Die finsteren Bestimmungen der Gesetze werden erleuchtet vom strahlenden Licht der Vernunft.“

„Ein sehr zuverlässiges Licht", sagt Pater Anselm. Karl will es scheinen, als sage er das ironisch.
Freyenthal achtet nicht darauf.
„Alles wird besser werden.
Die Welt wird sich zum Besseren wandeln. Alle sagen das, und ich hoffe, daß dies alles auch dem Lohwin helfen und ihn retten wird!"
„In der Bibel steht zwar nichts davon, daß die Welt besser werde", meint Pater Anselm trocken, „aber wenn alle es sagen, muß es wohl zutreffen!"
„Wenn alle es sagen, muß es zutreffen! Einer kann sich wohl irren, aber alle...!" Freyenthal schaut den Pater auffordernd an. Er merkt, daß der Pater seinen wunderbaren Aussichten kein großes Vertrauen entgegenbringt.
„Wenn alle dasselbe sagen, kann man schließlich auch nur hoffen, daß ein paar Leute wirklich etwas wissen. Vielen kommt es nur so vor, als ob sie etwas wüßten.
Das wissen sie aber nicht.
Die meisten schließlich schwätzen nur nach, was sie gehört haben, ohne zu überlegen, ob sie wirklich etwas wissen und ob man das, was sie zu wissen glauben, überhaupt wissen kann.
Wenn alle etwas sagen, braucht das noch lange nicht zuzutreffen, und ob gerade jetzt mit den Unruhen in Frankreich herrliche Zeiten anbrechen, und ob deshalb eurem Lohwin noch zu helfen sein wird... Ich weiß es nicht!"
Karl sagt nichts.

„Ich war in Mainz. Ich habe die gute Stimmung dort gespürt!"
Freyenthal läßt sich nicht beirren.
„Ich habe auch den Hofrat Weißenberg aufgesucht, um nochmals für den Lohwin einzutreten. Auch diesmal war er sehr freundlich und sogar bereit, mit mir über den Lohwin zu sprechen.
Nein, von der Beichte habe ich nichts gesagt. Ich habe ihm nur geschildert, wie lange ich den Lohwin schon kenne, daß er zwar Geld braucht, weil er durch eine schlechte Ernte wieder einmal in Schwierigkeiten geraten ist, daß es deshalb auch verständlich ist, wenn er versucht hat, den Korb mit Silber und schließlich

auch die Goldkette, die da vor seiner Nase von einem Aste baumelte, zu verkaufen, daß er aber niemals einen Mord begehen würde, um solche wertvollen Dinge zu erlangen.

Er hat mir sehr verständnisvoll zugehört. Alle Leute sagen, er sei ein gütiger Mensch und habe schon so manchen vor der Todesstrafe bewahrt. Er sei gerecht, und wenn er Zweifel habe, werde er ein Todesurteil nicht ausführen lassen, vielmehr selbst um seine Aufhebung besorgt sein. So habe er bereits viel Gutes getan. Alle sagen, es sei ein Segen, daß er dem Kriminalsenat vorstehe.

Wenn jetzt auch die Gesetze menschlicher werden und mehr bedacht wird, wie durch ein Urteil Gutes bewirkt werden kann, dann mache ich mir jetzt keine Sorgen wegen dem, was in Mainz geschehen wird."

„So hat er dir zugesagt, daß er dem Lohwin helfen werde?"

„Das nicht gerade. Aber er hat mir noch einmal genau dargelegt, welche Beweise nach Meinung des Kriminalsenats gegen den Lohwin sprächen, damit ich etwas dagegen sagen könnte.

Die Goldkette, das habe Lohwin gesagt, habe an einem Ast gehangen. Das sei eine so dumme Ausrede, daß sie nicht zutreffen könne.

Gerade weil es so dumm scheine, treffe es zu, habe ich da gesagt; denn der Lohwin sei gescheit und werde eine so dumme Ausrede nicht benutzen, wenn sie nicht zuträfe, weil er leicht eine gescheitere finden könnte.

Die Möglichkeit des Mordes sei gegeben, da der Wachoffizier für einige Zeit nicht anwesend gewesen sei, die Soldaten anderweitig beschäftigt und die Kutscher mit den Pferden zum Bach gegangen seien.

Diese Möglichkeit hätte auch ein anderer nutzen können, habe ich entgegnet.

Das Gras in der Nähe sei niedergetreten gewesen, als ob da ein Räuber gewartet habe.

Das könne doch auch ein anderer gewesen sein.

Ein anderer habe aber die Kette nicht gehabt und verkaufen wollen.

Da habe ich gesagt, der Mörder hätte doch die Kette da aufgehängt haben können, um einen anderen in Versuchung zu führen, damit der dann später mit dem Mord belastet werden könnte. Vielleicht sei doch der Mörder gar kein Räuber gewesen. Ob ich das wirklich glaube, hat er da gefragt.
Natürlich glaube ich das wirklich. Ich bin mir sicher, daß der Lohwin in eine Falle gelockt worden ist. Ich weiß nur noch nicht, wer ihn in diese Falle gelockt hat. Das werde ich herausfinden, bald herausfinden."
„Ich sehe das so!", fährt er nach einer Weile fort. „Ich habe jetzt den Hofrat vielleicht noch nicht überzeugt, aber ich bin mir sicher, daß ich bei ihm Zweifel geweckt habe.
Daher wird er das Urteil sicher noch nicht so bald vollstrecken lassen. Ich aber gewinne Zeit, um den Bösewicht zu finden, der den Lohwin in diese üble Falle gelockt hat, wenn ihr mir dabei helfen wollt."
Pater Anselm und Karl sagen nichts.
Sie versuchen wohl, seine Bitte zu überhören.

Karl hat Anselm vor Freyenthals Besuch schon von seiner Unterredung mit Hehlmann berichtet.
Pfarrer Freyenthal wartet, dann sagt er: „Ich war auch bei dieser Frau von Coudenhoven, die die Nichte des Kurfürsten sein soll und viel Einfluß auf seine Entscheidungen haben soll, und wollte versuchen, sie zu bewegen, den Kurfürsten um Gnade zu bitten. Aber da wurde ich gar nicht erst vorgelassen. Die Lakaien am Tor haben mich gar nicht erst angehört, sondern gleich weggewiesen. Einer hat mich sogar am Arm angefaßt und auf die Straße gezogen, als ob ich schon längere Zeit lästig gewesen wäre. Dabei habe ich mein Anliegen überhaupt nicht vorbringen können. Es war so, als ob sie mich gekannt hätten, und als ob ihnen jemand gesagt hätte, wenn dieser Mann kommt, schickt ihn gleich weg.
Das nenne ich Fürstenherrschaft.
Mit der Fürstenherrschaft muß es ein Ende haben.
Der Hofrat Weißenberg wird mir helfen, da bin ich mir ganz sicher."
„Hat er gesagt, daß er helfen wolle?"

Pater Anselm schaut den Pfarrer nachdenklich an.
„Ich muß natürlich auch etwas tun. Ich muß noch ein paar gute Argumente finden. Am besten wäre es, ich fände den, der den Mord begangen hat.
Der Hofrat wird den Lohwin so lange nicht hinrichten lassen, bis ich seine Unschuld beweisen kann!"
„Hat er das gesagt?", fragt der Pater wieder.
„Er hat gnädig genickt. Ja, er hat mich angesehen und gnädig genickt, als ich ihn bat, die Hinrichtung noch aufzuschieben."
„Gesagt?"
„Nein, gesagt hat er nichts."
Freyenthal ist jetzt ungeduldig.
„Es war auch nicht nötig, etwas zu sagen. Ich habe auch sein Kopfnicken richtig verstanden.
Ich habe dann dem Henne Lohwin ausrichten lassen, alles werde gut werden, und deshalb habe ich auch den Entschluß gefaßt, diesen Mord auf eigene Faust zu untersuchen und festzustellen, wer diesen Max de Laurant umgebracht hat. Wenn es kein Raub war, und ich bin überzeugt davon, daß es kein Raub war, weil ein Räuber doch Silber und Gold nicht im Wald gelassen hätte, wenn es also kein Mord zum Zwecke des Raubes war, dann war es ein Mord, der nicht irgendeinen Besitzer von Gold und Silber, sondern eben diesen de Laurant aus dem Wege schaffen sollte. Dann muß der de Laurant einem anderen im Weg gewesen sein."

X

Pläne

Pater Anselm überlegt.
„Dann willst du also gar nicht mehr in Erwägung ziehen, daß der Lohwin vielleicht doch den Mord begangen haben könnte?“
Jetzt schaut ihn Freyenthal fast böse an: „Natürlich nicht!“
„Aber,“ fährt Pater Anselm fort, „wenn man gleich zu Anfang einer Ermittlung eine Möglichkeit ganz ausschließt, kann man leicht einen schweren Fehler machen.“
Freyenthal wartet ein wenig und sagt dann ganz geduldig, als ob er mit einem etwas begriffstutzigen Kinde spräche:
„Ich habe doch mit den Ermittlungen schon begonnen. Wie könnte man besser beginnen, als damit, daß man die Beichte eines Verdächtigen hört?“
Pater Anselm wischt mit der Hand über den Tisch, als wollte er seine letzten Worte auswischen und das Gespräch neu beginnen.
„Dann müssen wir überlegen, wem der de Laurant im Wege gewesen sein könnte.
Da haben wir gleich zwei gute Möglichkeiten:
Der de Laurant kann aus politischen Gründen ermordet worden sein. Es scheint doch sicher, daß er den Leuten im Wege war, die den Ausbau der Straße durch die Hunsrückwälder verhindern wollen. Da müßte man an die Moselschiffer denken und an alle, die Vorteile davon haben, daß die Trierer meistens über Koblenz nach Mainz reisen. Da könnte die Frau von Coudenhoven irgendwie beteiligt sein. Karl hat von diesen politischen Gründen gehört. Karl hat auch davon gehört, daß die Tochter Weißenbergs sich in Trier in einen jungen Offizier verliebt hat.
Die zweite Möglichkeit ist also, daß dieser junge Offizier seinen Nebenbuhler ermordet hat. Aber mußte er seinen Nebenbuhler ermorden? Ist das überhaupt ein ernsthaftes Liebesverhältnis? Wir kennen diesen jungen Mann doch gar nicht. Vielleicht tun wir ihm Unrecht.“
„Wunderbar!“, ruft Freyenthal begeistert. „Ihr habt ja schon ermittelt. Ich wußte doch, daß der arme de Laurant wichtigen Leuten im Wege war.

Und dazu noch eine Liebestragödie…
Ich verstehe nicht, wie ihr da noch an der Unschuld des Lohwin zweifeln könnt!“
„Die meisten Menschen sind irgendeinem anderen irgendwann einmal im Wege und werden trotzdem nicht ermordet, und den meisten Menschen ist irgendjemand irgendwann einmal im Wege, ohne daß sie zum Mörder werden…“
Freyenthal unterbricht ihn: „Aber den de Laurant hat einer ermordet…“
„Aber wer?
Wahrscheinlich gibt es noch mehr Möglichkeiten als diese beiden und die Möglichkeit des Raubes.
Wir müssen auch an die Zeit denken und den Ort. De Laurant wurde auf dem Rückweg von Trier nach Mainz ermordet.“
„Wo er heiraten wollte!“, ruft Freyenthal eifrig.
„Wir müssen auch bedenken, daß de Laurant in Trier etwas erfahren haben könnte, was für seinen Mörder gefährlich hätte werden können. Vielleicht hat er in Trier auch etwas begonnen, was zu Schwierigkeiten für seinen Mörder hätte führen können.“
„Dann müssen wir sofort nach Trier reisen und erkunden, was er dort gemacht und erfahren hat!“

Wenn Oskar etwas erfahren hat, was ihn sehr bewegt, dann hört man ihn schon von weitem kommen. Er kleidet, was ihn bewegt, in einige kurze Sätze, die er laut ruft. Pater Anselm und Karl wissen das. Pfarrer Freyenthal ist erstaunt, als er hört, wie der Klosterfriede plötzlich durch eine lärmende Stimme gestört wird, die immer näher herankommt.
„Strolche waren das. Strolche habe ich gesehen. Pater Anselm, da waren Strolche an der Mauer. Wir haben sie vertrieben. Da ist auch ein Mörder. Der wollte fliehen! Jetzt ist er tot! Die haben gelacht. Da haben die gelacht.
‘Wenn die wüßten’, haben sie gesagt und gelacht.
Das hat mich am meisten geärgert, daß sie gelacht haben.“
Er kommt auf die Terrasse und stellt sich vor den Tisch. Rot ist er im Gesicht und fuchtelt mit den Armen und weiß offenbar nicht, wo er mit seinem Bericht beginnen soll. Grandpatte ist mit ihm gekommen und hat sich neben Karls Stuhl niedergelegt.

Pater Anselm fordert den aufgeregten Oskar auf, sich erst einmal hinzusetzen und, was er erfahren hat, schön der Reihe nach zu erzählen.
Das macht der dann auch.

Er berichtet von den beiden verdächtigen Männern, die den Pfarrer Freyenthal verfolgt hätten, und wie sie über die Klostermauer geschaut hätten, und was sie gesagt hätten. Wie sie von dem Mörder gesprochen hätten, der heute geflohen und jetzt tot sei, und wie sie darüber gelacht hätten, daß Pater Anselm, Karl und sicher auch Pfarrer Freyenthal nichts davon wüßten.
Ob sie sonst nichts gesagt hätten, will Pater Anselm wissen.
Oskar überlegt.
Sie hätten noch gesagt, daß das ein gelegener Mörder sei, der da jetzt tot sei. Er wisse aber nicht, was ein gelegener Mörder sei.
„Ein gelegener Mörder ist ein Mörder, der gelegen kommt. Vielleicht ein Mörder, der einen Mord begeht, den sich ein anderer auch gewünscht hat!“ Pater Anselm überlegt.
„Es kann aber auch sein, daß der gelegene Mörder einer ist, der den Mord gar nicht begangen hat, dem man den Mord aber zuschieben kann. Der käme dann dem wahren Mörder gelegen, weil der wahre Mörder nicht mehr in Verdacht kommen könnte, besonders dann nicht, wenn der gelegene Mörder tot wäre und also nichts mehr sagen könnte.“
Freyenthal ist dem guten Pater wieder in die Rede gefahren, erschrickt jetzt aber selbst über das, was er gesagt hat.
„Ich fürchte, das betrifft euren Freund Lohwin.“ Karl, der bisher geschwiegen hat, hat sich an Freyenthal gewendet.
„Ich fürchte, wir können Lohwin nicht mehr helfen. Wenn ich das richtig verstehe, was Oskar gesagt hat, dann ist Lohwin der gelegene Mörder, der heute geflohen und dabei zu Tode gekommen ist.“
„Das kann nicht sein! Warum hätte er fliehen sollen? Er wußte doch, daß sich alles zum Besseren wenden würde. Ich habe ihm das doch sagen lassen!“, ruft Freyenthal.
„Dann wußte er eben selbst, daß es nicht besser werden könnte. Dann hat er mit seiner Flucht seine Schuld eingestanden.“
„Das darf nicht sein, das kann nicht sein!“

Freyenthal ist aufgesprungen und beugt sich jetzt über den Tisch, um Karl an der Schulter zu fassen.
„Das muß ein Irrtum sein. Wer will wissen, von wem Oskars beide Strolche gesprochen haben. Was soll das mit uns zu tun haben?"
„Sie sind euch gefolgt!" Oskar sagt das ganz ruhig.
„Ich habe sie beobachtet und habe gesehen, daß sie hinter euch her waren. Sie haben sehr genau darauf geachtet, nicht von euch gesehen zu werden. Als sie über die Mauer geschaut haben, haben sie auch euren Namen genannt."
„Das bedeutet doch nicht, daß sie mich verfolgt haben. Wenn sie mich verfolgt hätten, dann müßten sie doch vor dem Kloster auf mich warten oder ins Kloster kommen und mich suchen."
Karl schüttelt den Kopf.
„Warum sollten sie das tun? Vielleicht genügt es ihnen, wenn sie wissen, daß ihr hierher zu Pater Anselm gekommen seid und auch mit mir zusammentrefft und von mir hört..."
„Was soll ich hören?"
„Eine Warnung sollt ihr von mir hören.
Vorgestern war ein Weinhändler, der dicke Hehlmann, bei mir. Der hat mir so allerlei über den Mord erzählt, und dann hat er mich davor gewarnt, mich in diesen Fall verwickeln zu lassen. Sehr deutlich hat er mich gewarnt. Diese Warnung gilt für mich und Pater Anselm und natürlich auch für euch.
Mit Nachforschungen in diesem Fall könnte sich einer nur selbst unglücklich machen, hat er gesagt, und als er wegging, hat er noch einmal gesagt, wir sollten gut über das nachdenken, was er gesagt habe."
„Und das soll auch für mich gelten?"
Freyenthal hat Karls Schulter losgelassen, ist an den Rand der Terrasse getreten und schaut hinüber nach Bingen.
„Ich muß Karl recht geben." Pater Anselm sagt das leise, sodaß ihn Freyenthal gerade noch verstehen kann.
„Ich glaube auch, daß der Lohwin trotz deines Besuches bei dem Hofrat Weißenberg heute umgekommen ist.
Ich glaube auch, daß die beiden Reiter hinter dir hergesandt wurden, um festzustellen, was du anfangen würdest. Da will wohl einer keinen Ärger haben.

Und ich glaube, daß die Warnung, die der Hehlmann ausgesprochen hat, auch für dich gilt. Sie gilt für jeden, der sich mit diesem Mord beschäftigen will."
Freyenthal schweigt.

Da fährt Pater Anselm fort:
„Wer diese Reiter geschickt hat, das werden wir so leicht nicht erfahren können. Frau von Coudenhoven könnte das veranlaßt haben oder auch der verliebte Offizier. Ob sie wußten, daß uns der Hehlmann gewarnt hat, wird uns auch so schnell keiner sagen. Das ist aber auch nicht wichtig.
Wir sind gewarnt worden."
Nach einer Weile fügt er hinzu:
„Was soll es dem Lohwin auch jetzt noch nutzen, wenn einer seine Unschuld beweisen könnte?
Eines ist jedenfalls sicher. Wir brauchen nun nichts mehr zu überstürzen. Wir könnten, wenn wir uns wirklich mit der Aufklärung dieses Mordes befassen wollten, einige Zeit warten, bis diejenigen, denen solche Nachforschungen unangenehm sind, nicht mehr damit rechnen, daß einer da noch nachforschen will."
Freyenthal dreht sich um.
Sie sehen, daß er geweint hat.
„Ich werde den wahren Mörder suchen. Zeigt nicht gerade die Warnung, daß da etwas faul ist?
Zeigt nicht gerade die Warnung, daß da einer etwas zu verbergen hat?
Ich werde den Mörder suchen, und wenn es dem Lohwin nicht mehr nutzt, dann nutzt es seinem Andenken, und ich kenne manchen," er zögert ein wenig bei dem Worte 'manchen', „ich kenne manchen, dem daran gelegen ist.
Ob die beiden Strolche mich verfolgt haben? Ich weiß es nicht. Ich will es auch gar nicht wissen.
Ich weiß, daß die Nachforschungen gefährlich sein können. Aber so dumm, daß mich diese Gefahr ereilen könnte, gedenke ich mich nicht anzustellen. Ich gehe nach Trier, und ich habe auch einen guten Grund, nach Trier zu gehen, einen Grund, dem keiner ansehen wird, daß er nur vorgeschoben ist."
Er setzt sich wieder.

Keiner fragt nach diesem Grund.
Sie sitzen in der Sonne, ohne zu sprechen.
Sie trinken Wein, ohne auf seinen Geschmack zu achten.
Als Freyenthal Anstalten macht aufzubrechen, erwähnt Anselm noch einmal die Warnung und meint, es sei doch wirklich nicht nötig, unmittelbar mit den Nachforschungen zu beginnen. Es wäre sicher besser, wenigstens ein halbes Jahr damit zu warten. Karl und er könnten sich im Winter vielleicht an den Nachforschungen beteiligen. Freyenthal schüttelt nur traurig den Kopf. Das müsse er jetzt allein tun. Er wolle niemanden, der nicht mit ganzem Herzen dabei sei, in diese Angelegenheit hineinziehen. Karl sei ja doch der Meinung, Lohwin habe durch seine Flucht seine Schuld eingestanden.
Wenn er einen Rat brauche, werde er kommen, und er werde sich Zeit lassen und alles, worüber sie gesprochen hätten, sorgfältig bedenken.
Er geht und vergißt wieder, seine Bilder mitzunehmen, und keiner der anderen denkt daran, ihn an diese Bilder zu erinnen.

Oskar räumt später die Bilder in Pater Anselms Zelle.

Pater Anselm und Karl haben in der zweiten Hälfte des Jahres 1791 wenig Zeit, sich um einen Mordfall zu kümmern.
Es gibt Schwierigkeiten in den Weinbergen. Die Winzer streiten sich über den Zustand der Trauben, und der Streit wird schließlich zu einem Streit über den rechten Termin zur Traubenlese.
Die Ortsschultheißen, die in den Amtskellereien zusammenkommen, können sich nicht einigen. Während fast alle Rheingauorte am 24. Oktober mit der Lese beginnen wollen, versuchen die Eltviller und Oestricher, einen früheren Termin durchzusetzen. Es bleibt aber bei dem 24. Oktober.
Als dann in der Nacht vom 24. auf den 25. Oktober Reif und Frost einfallen, ist der Ärger groß. Die einen behaupten, die Trauben hätten durch den Frost gewaltig an Saft verloren, so sei ein großer Schaden entstanden. Die anderen halten dagegen und sagen, wenn es auch weniger Wein gäbe, so hätten die Trauben in der Woche vor dem 24. doch noch soviel an Reife gewonnen, daß der Wein viel besser geworden sei. Der Schaden, der durch die

Minderung der Menge entstanden sei, werde durch die höhere Güte des Weines mehr als ausgeglichen.
Weil weder das eine noch das andere schlüssig zu beweisen ist, wird der Streit, wie immer in solchen Fällen, besonders laut geführt, und weil Pater Anselm und Karl zu vermitteln suchen, empfinden sie bis weit ins Frühjahr des Jahres 1792 nicht das Bedürfnis, sich eines Mordfalles anzunehmen, der sie nichts angeht.

XI

Mosellandschaft

Links im Bild streben Rebenzeilen steil, fast bis zum Himmel hinauf, und darunter fließt mitten im Bild die Mosel des Poeten Ausonius kristallklar und schimmernd im Sonnenschein. Auf dem anderen Ufer, rechts im Bild, haben ein paar Schiffer ein Feuer entfacht neben einem Weg, der in einen Wald führt. Aus einiger Entfernung kommen Fuhrleute, die sich eine freundliche Einladung zu einem Mahl mit Moselwein erhoffen und den Schiffern zuwinken. Die scheinen aber nur mit ihrem Feuer und dem darüberhängenden Topf beschäftigt. Einer beugt sich über einen Korb mit Flaschen und Gläsern. Vielleicht will er ihn schnell noch in Sicherheit bringen, bevor die Fuhrleute näher herankommen und einen Trunk begehren können. Teller und Brot liegen auf einen Baumstumpf gestapelt, und das grüne Moos ringsum soll wohl als Tischdecke dienen.
Das Bild hängt im Hause der Schwester Weißenbergs in Trier. Davor hat Pfarrer Freyenthal seine Staffelei aufgebaut und ist gerade dabei, auf eine bereits grundierte Holzplatte Farben aufzutragen, um dieses Bild zu kopieren.

Die Schwester Weißenbergs, eine wohlgestaltete Dame, schlank und hochgewachsen, steht seitlich hinter ihm und beobachtet, wie langsam eine Kopie ihres Bildes entsteht. Sie steht sehr gerade wie jemand, der gelernt hat, des Lebens Widrigkeiten in guter Haltung zu bestehen. Ihre Lippen sind im Alter schmal geworden, aber die Brauen über den Augen haben noch den alten Schwung. Flügelartig sind sie gebildet, und man könnte versucht sein, sich zu fragen, wie das Gesicht wohl zurückbliebe, wenn die geflügelten Brauen plötzlich mit der Nase davonflögen.
„...und welchen Wein werden die Schiffer da wohl trinken?"
Sie fragt nicht nur, um etwas zu fragen, sondern weil sie sich wirklich dafür interessiert.
„Einen Riesling natürlich! Was sollen sie anderes trinken als einen frischen Riesling, der dort am gegenüberliegenden Hang gewachsen ist." Freyenthal deutet auf das Bild.

Gleich am Tage nach seinem letzten Besuch in Johannisberg hat Freyenthal erfahren, daß Henne Lohwin bei einem Fluchtversuch ertappt und im Handgemenge von einem Gefängniswärter erstochen worden sei. Ein unglücklicher Stich sei das gewesen, direkt ins Herz habe er getroffen. Man hätte den Lohwin nicht mehr retten können. Die Akten des Mordfalles seien also geschlossen und ins Archiv verbracht worden.
Freyenthal hat mehrere Monate abgewartet und ist dann nach Trier gereist zur Schwester des Weißenberg unter dem Vorwand, dieses Bild kopieren zu wollen. Er hat ihr geschrieben, daß er ein Experiment mit Bildern und Wein machen wolle, und gehört habe, sie besitze ein Bild, das wunderbar zu einem Weine passen könne. Dieses Bild wolle er gerne kopieren. Da er nicht erwarten könne, daß sie es ihm nach Gensingen schicken werde, wolle er selbst nach Trier kommen.
Er hatte natürlich überhaupt nicht gewußt, welche Bilder sie in ihrem Hause hätte, aber er hatte gedacht, es werde sich sicher eines finden, das zu einem bestimmten Weine passen könne. So hatte er auch ein Bild gefunden, und je länger er es betrachtete, desto besser gefiel es ihm, und er brauchte sein Interesse nicht mehr zu heucheln.
In der Zeit, in der er, Pater Anselms Empfehlung folgend, gewartet hatte, hatte er genug Muße, seine Nachforschungen sorgfältig zu planen. Er war sich sicher, daß er mit den Nachforschungen in Trier beginnen müsse, denn die Möglichkeiten, die Pater Anselm aufgezählt hatte, hatten alle irgendwie mit Trier zu tun.
Am einfachsten schien es ihm, bei seinen Nachforschungen zuerst diesen Offizier ins Auge zu fassen, der sich in Bettina verliebt hatte und der ihrer Tante sicher bekannt war. Von ihr, dachte er, könne er mehr über dieses Verhältnis erfahren.
Nun, da er vor dem Bilde sitzt und mit dem Kopieren begonnen hat und mit der Tante, so nennt er die Schwester des Hofrates bei sich, über die Zeit Bettinas in Trier und insbesondere über ihre Beziehung zu dem jungen Offizier reden könnte, merkt er, daß sein Vorwand diesem Gespräch im Wege ist, denn die Tante scheint alle Anspielungen auf den Offizier und auf Bettina zu überhören und nur über die Maltechnik und den Zweck der Kopie reden zu wollen.

Freyenthal hat schon mehrmals versucht, das Gespräch vorsichtig auf Bettina und ihren Freund zu lenken, gelungen ist es ihm nicht. Die Tante scheint, wenn sie nicht über das Bild spricht, am liebsten über ihren Bruder zu sprechen.

Als Freyenthal fragt, wie das Bild wohl auf junge Leute wirke, meint sie, ihr Bruder habe sich, als er noch jung gewesen sei, nicht für Bilder interessiert, seine Aufmerksamkeit sei ganz auf die Figuren von Heiligen gerichtet gewesen. Im Hause sei die Figur eines Heiligen gewesen, die er sehr geschätzt habe. Der heilige Thomas, der Apostel, sei das gewesen. Den habe er immer in seinem Zimmer gehabt, und manchmal habe sie gedacht, er halte sich bald selbst für einen heiligen Thomas. Für ihren Bruder sei es sehr schlimm gewesen, daß er diesen Heiligen an ein Kloster habe geben müssen.

Freyenthal fragt dann, wie wohl die moderne Jugend zu einem solchen Bilde stehe, welche Erfahrung sie da gemacht habe, und meint, jetzt werde sie von Bettina sprechen. Er sieht sich aber erneut enttäuscht, denn nun erzählt sie, daß de Laurant, der das Bild, wenn sie es recht bedenke, nur einmal gesehen habe, ganz begeistert gewesen sei. Die Landschaft habe ihm sehr gut gefallen. Er habe auch gleich überlegt, welchen Wein die Schiffer da wohl tränken.

Dieser Max de Laurant sei überhaupt ein angenehmer Herr gewesen, und sie könne gar nicht verstehen, daß den einer umgebracht habe, genauso wenig könne sie verstehen, daß dieser angenehme Mensch es bei ihrem Bruder ausgehalten habe und sogar ihre Nichte habe heiraten wollen. Bei einem solchen Schwiegervater hätte er sich das noch einmal überlegen sollen.

Ihr Bruder sei ein wirklicher Tyrann und sei nur von sich selbst begeistert.

Er habe gehofft, die Mönche stellten seinen Heiligen auf den Altar, und sei sehr verärgert gewesen, als er gehört habe, daß er auf einem Paramentenschrank in der Sakristei gelandet sei. Das sei fast so gewesen, als ob die Mönche ihn selbst in eine Abstellkammer gestellt hätten. Sie finde es seltsam, daß er den de Laurant in dieses Kloster geschickt habe, damit er nach der Figur forschen solle. Sie habe eigentlich den Eindruck gehabt, er sei schadenfroh gewesen, als einer die Figur gestohlen habe.

„Bettina war aber wohl nicht so geneigt, den Herrn de Laurant zu heiraten. Sie hatte doch wohl andere Gedanken?"
Die Tante sieht den Pfarrer erstaunt an.
„Woher kommt euch denn diese merkwürdige Idee? Wenn das so wäre, dann hätte sie mir doch sicher etwas davon gesagt."
Sie ist offenbar überrascht. Aber ist sie überrascht, weil sie davon mehr weiß oder weil sie nichts davon weiß?
„Man hört so manches in Mainz über eine kleine Liebschaft, die mit dem unglücklichen de Laurant nichts zu tun habe."
Da hat sie sich gefaßt.
„In Mainz wird wohl viel geredet. Darauf muß man nicht hören!"
Dann geht sie, ohne Freyenthal Gelegenheit zu geben, noch etwas zu sagen.
In den Tagen, in denen Freyenthal noch an seiner Kopie arbeitet, läßt sie sich nur noch für kurze Augenblicke sehen, um zu erkunden, wie die Arbeit fortschreitet. Dann bleibt sie ganz aus. Ihr Mann, der sich bisher ferngehalten hat, kommt und erklärt, seine Frau habe eine entfernte Cousine besuchen müssen, die plötzlich erkrankt sei. Mit diesem Mann kann man nicht reden. Er gibt nur einsilbige Antworten und hat, so will es scheinen, weder Interesse an dem Bild noch Interesse an der Nichte seiner Frau oder dem jungen Offizier.
„Ach, die Jugend...", sagt er, lacht und schüttelt den Kopf.
„Wenn man doch auch noch einmal so jung sein könnte!"
Freyenthal spürt, daß er in diesem Haus über Bettina und ihr Verhältnis zu dem Offizier nichts erfahren wird.
Ist das nun verdächtig, oder hat es weiter nichts zu bedeuten, bedeutet es nur, daß man hier dem Klatsch nicht Vorschub leisten will?
Auf dem Weg zu seiner Herberge begegnet Freyenthal französischen Emigranten, Adeligen, die aus Frankreich geflohen sind, um den Gefahren der Revolution zu entgehen. Sie sind bewaffnet und tragen alle eine weiße Kokarde. Es sieht so aus, als wollten sie geradewegs zurück nach Frankreich ziehen, um dort gegen die Revolutionäre zu kämpfen. Freyenthal kann, wenn er das sieht, verstehen, daß die Leute in Trier beunruhigt sind und fürchten, in die französischen Wirren hineingezogen zu werden.

Gerüchte wollen wissen, 100.000 'Patrioten', so nennen sich jetzt die Revolutionäre, seien im Anmarsch auf Trier, und der Kurfürst habe 'anonymische' Drohungen erhalten, die 'sein Leben in Gefahr setzten'. Es ist sogar davon die Rede, der Domschatz solle in Sicherheit gebracht werden nach Koblenz oder Köln oder nach Düsseldorf.

Freyenthal denkt, es sei deshalb notwendig, die Nachforschungen in Trier bald abzuschließen. Trotzdem will er, bevor er Trier verläßt, auch noch das Kloster besuchen, in dem de Laurant mehrmals gewesen ist, und das er selbst von früheren Besuchen her kennt. Vielleicht ist den Mönchen etwas aufgefallen, was den Mord erklären könnte.

Im Kloster ist von Unruhe wegen der Emigranten nichts zu spüren. Das Leben der Mönche, streng geregelt und auf Gott bezogen, wird so leicht von irdischen Dingen nicht gestört. Diesmal benutzt Freyenthal keinen Vorwand wie bei der Tante. Er läßt sich vielmehr gleich beim Prior melden und sagt auch, was ihn ins Kloster geführt hat.

Der Prior hat schon vor längerer Zeit von dem Mord gehört und ist schnell bereit, den Pfarrer von Gensingen zu empfangen.

Er trifft seinen Gast im Kreuzgang, und weil der Tag warm ist und die Sonne freundlich über dem Kreuzgang steht, beschließen sie, dort einherwandelnd miteinander zu sprechen, belauscht nur von den Steinfiguren, die an den Wänden lehnen.

Der Prior meint, auch ihn habe ein Unbehagen beschlichen, als er gehört habe, de Laurant sei von einem armen Winzer seiner goldenen Halskette wegen erstochen worden.

„Ich hatte ganz andere Gedanken, als ich zuerst vom Tode des de Laurant erfuhr. An den Ausbau des Ausoniusweges habe ich gedacht, den er gefördert hat, und daran, daß er doch, wie er mir erzählt hat, schon hier in Trier bedroht worden sei und sich nur mit Mühe in die Jesuitenkirche habe retten können.

Auch der Angriff auf seine Kutsche bei Munzerfeld muß bedacht werden. Wir haben davon gehört. Auffällig scheint mir, daß die Angreifer offenbar wußten, daß er in der zweiten Kutsche saß. Die müssen gut informiert gewesen sein. Sie könnten in der Nähe gewesen sein, als die Kutschen bei der Überfahrt über die Mosel so lange verweilen mußten.

Auf der anderen Seite denke ich, die Leute, die den Ausbau des Ausoniusweges verhindern wollen, wollten sicher nicht unbedingt gerade den de Laurant umbringen, wenn sie überhaupt jemanden umbringen wollten. Denen konnte es doch genügen, die Fahrt durch den Hunsrück unsicher erscheinen zu lassen."
Er hält inne und fährt dann fort.
„Besonders unsicher mußte diese Fahrt freilich erscheinen, wenn dabei einer sogar zu Tode kommen konnte, und wenn einer umgebracht werden sollte, dann war wohl der de Laurant als eifriger Befürworter des Ausbaus ein sehr passendes Opfer. Vielleicht hat auch einer, der etwas gegen den de Laurant hatte, diese Situation genutzt..."
Er fährt sich mit der Rechten über die Stirn.
„Das waren so meine Gedanken, als die Nachricht von dem Mord hier ankam.
Als ich dann erfuhr, daß der Mörder bereits gefunden sei, und daß es sich um einen Winzer aus Gensingen handele, habe ich nicht weiter über diese Dinge nachgedacht, aber ich hatte so das Gefühl, der Hofrat Weißenberg könne sich sehr wohl geirrt haben. Er ist ein guter Mann und ein trefflicher Jurist, aber auch einem guten Juristen kann einmal ein Fehler unterlaufen. Von Justizirrtümern haben wir ja schon gehört."
Er unterbricht sich und runzelt nachdenklich die Stirn.
Freyenthal sagt nichts.
So fährt er fort:
„Als ich den de Laurant besser kennenlernte und sah, wie er den Raub unserer Heiligenfigur aufklären wollte, der ihn schließlich gar nichts anging, da hatte ich den Eindruck, daß er durchaus gefährlich lebe, indem er sich durch seinen Eifer für das Recht viele Feinde mache, und daß es mich nicht wundern würde, wenn ihn einer dieser Feinde einmal umbrächte.
Ein Raubmord scheint mir der falsche Mord für de Laurant. Auch heute meine ich, dieser Raubmord passe nicht zu ihm, und Weißenberg könne sich geirrt haben.
Aber was ich da sage, hat mit der Rechtsfindung nichts zu tun, das weiß ich wohl. Es muß ja schließlich nicht jeder, der ermordet wird, so ermordet werden, daß der Mord zu ihm paßt. Es kann ja auch ganz anders kommen, nur wenn es ganz anders

kommt, dann spüre ich, vielleicht darf ich da 'wir' sagen, immer ein Unbehagen. Ich habe dann den Eindruck, an der Welt sei etwas falsch. Eine merkwürdige Erfahrung ist das, eine Erfahrung, die ich nicht liebe."
Er bleibt stehen und schaut den Pfarrer Freyenthal an.
„Habt ihr auch diese Erfahrung gemacht?"
Freyenthal hat die Frage nicht gehört. Er ist mit seinen Gedanken an einer anderen Bemerkung des Priors hängengeblieben.
„Ein Überfall bei Munzerfeld? Eine Verfolgung in der Stadt? Wie soll ich da einen finden, der verantwortlich ist? Da sind zu viele, die in Frage kommen, und von diesen vielen kenne ich keinen einzigen.
...und der Dieb der Heiligenfigur? Auch das ist keine Spur, auf der ich Nachforschungen anstellen könnte."
Sie haben sich auf die niedrige Innenmauer des Kreuzganges gesetzt zwischen zwei zierliche Säulen. Gegenüber steht die Figur eines Johannes in härenem Gewand. Seine Locken fallen ihm weit über die Schultern. In der Linken trägt er ein Buch, auf dem ein kleines Lamm liegt, und die Rechte weist den Weg durch die Wüste.
„Aber es hilft mir schon, daß ich in ihnen einen Freund gefunden habe, der, ebenso wie ich, meint, der Mord an de Laurant sei nicht seiner Goldkette wegen begangen worden."
Er lehnt sich zurück gegen die Säule.
Der Prior betrachtet nachdenklich die Figur des heiligen Johannes.
„Ähnliche Haare hat der silberne Thomas getragen, nicht ganz so voll und etwas zierlicher gelockt. Auch das Gesicht ist dem Gesicht des Thomas sehr ähnlich. In der Linken trug er freilich ein Winkelmaß, die Rechte war mehr nach vorne gewendet, als wolle er seine Finger in die Wundmale des Herren legen. Wir haben uns schon überlegt, ob wir nicht dem Hofrat Weißenberg zuliebe die Figur noch einmal anfertigen lassen sollen. Sie müßte ja nicht aus Silber sein. Ein geschickter Bildhauer könnte uns sicher aus Holz einen heiligen Thomas schnitzen, der dem gestohlenen gleich käme. Er müßte nur eine Vorlage haben.
Ich habe gehört, daß ihr ein vortrefflicher Zeichner seid.

Vielleicht könntet ihr uns eine Vorlage zeichnen."
„Ich könnte es versuchen, wenn ihr mir noch ein paar Hinweise gebt; denn so genau kann ich mich an die Figur nicht mehr erinnern."
„Da drüben steht eine Figur, sie soll den heiligen Petrus darstellen, er trägt den Schlüssel so wie Thomas das Winkelmaß trug, und das Gewand liegt in ähnlichen Falten. Die Haare sind an der Seite so wie bei Thomas. Für die Haare über der Stirn allerdings müßtet ihr euch wieder den Johannes zum Vorbild nehmen."
So kommt es, daß Freyenthal ein paar Tage im Kloster bleibt. Er holt seine Zeichenwerkzeuge, und gleich der erste Versuch aus einer Mischung der Petrus- mit der Johannesfigur findet den Beifall des Priors und einiger Mönche, die in den Kreuzgang gerufen werden.
Alle haben aber noch Vorschläge, wie er die Skizze ähnlicher machen könnte.
Geduldig arbeitet er, und alle sagen, die Skizzen würden dem verschwundenen Vorbild, so wie sie es im Gedächtnis bewahrt hätten, immer ähnlicher, aber immer noch entdecken sie Stellen, die dem Vorbild noch nicht entsprechen, einmal im Faltenwurf und dann wieder im Gesichtsausdruck, der irgendwie so etwas wie Erlösung von Zweifeln vorstellen soll, und schließlich in der Größe des Winkelmaßes.
Manchmal stehen drei oder vier Mönche hinter ihm und schauen ihm über die Schulter und sind sich durchaus nicht immer einig in ihren Ratschlägen.
So ist es ein mühsames Unterfangen, die Vorlage für den Bildhauer fertigzustellen, und Freyenthal bedauert manchmal, sich darauf eingelassen zu haben. Manchmal freut er sich aber auch über die Herausforderung, besonders wenn der Prior kommt und bestätigt, daß die Ähnlichkeit zugenommen habe.
Schließlich kommt der Tag, an dem alle zufrieden sind, alle bis auf einen, den sie den Schriftgelehrten nennen, einen blassen Bücherwurm, der die letzte Skizze betrachtet und immer wieder den Kopf schüttelt und sagt, etwas sei immer noch falsch. Er sehe genau, daß etwas falsch sei, aber er könne nicht sagen, was da falsch sei.

„Ich sehe, daß etwas nicht stimmt, aber ich sehe nicht, was da nicht stimmt!“
Die anderen lachen und meinen, Freyenthal solle das nicht ernst nehmen. Wenn der Schriftgelehrte sehe, daß etwas nicht stimme, dann müsse er auch sagen können, was nicht stimme.
Freyenthal entschließt sich, nicht auf den Schriftgelehrten zu hören, und fertigt nach der letzten Skizze eine Zeichnung an, die wiederum allgemeinen Beifall findet. Der Schriftgelehrte ist diesmal gar nicht gekommen, um die Zeichnung anzuschauen.
Am anderen Tag macht sich Freyenthal für die Abreise fertig. Er holt die Kopie der Mosellandschaft aus dem Hause der Tante und geht noch einmal zum Kloster, um sich von den Mönchen zu verabschieden.
Sie haben bereits einen Bildhauer bestellt, mit dem er kurz über die Zeichnung sprechen kann.
Sein Pferd ist bepackt und er will gerade aufsteigen, da kommt der Schriftgelehrte quer über den Hof gelaufen. Man sieht, daß das eine Übung ist, deren er sich nur selten befleißigt.
Von weitem schon ruft er, er habe entdeckt, was nicht stimme.
„Erinnert ihr euch? Ich habe gesagt: ‘Ich sehe, daß da etwas nicht stimmt, aber ich sehe nicht, was da nicht stimmt!’
Jetzt weiß ich, warum ich das nicht gesehen habe.
Ich konnte es gar nicht sehen, denn es fehlte, aber es fehlte nicht auf der Zeichung, sondern an unserer silbernen Figur.
Nicht gestimmt hat, daß da etwas auf der Zeichnung vorhanden war, was vorhanden sein mußte, aber nicht hätte vorhanden sein dürfen, weil es der Figur fehlte.
Was aber nicht da sein darf, kann man auch nicht sehen.
Man kann doch das Fehlende seiner lückenhaften Natur wegen nur so lange sehen, solange es noch nicht fehlt. Wenn es fehlt, ist es gleichsam ein Nichts, und ein Nichts kann man nicht sehen, weil man nichts nicht sehen kann.
Ich war so darauf aus, etwas zu finden, was falsch sein könnte, daß ich nicht auf den Gedanken kam, etwas Richtiges könnte falsch sein, weil es im Vorbild falsch war und folglich richtig hätte falsch sein müssen.“
Freyenthal, der Prior und der Bildhauer sehen ihn erstaunt an.
„Ich habe mich doch deutlich ausgedrückt?“

Als sie nicht antworten, sagt er, diesmal ganz langsam:
„Das Gewand, das in zwei Falten von der Beuge des linken Armes fällt, ist im unteren rechten Zipfel ein wenig nach außen gewendet, und gerade an diesem rechten, nach außen gewendeten Zipfel fehlte unserer Figur ein Stück der äußeren Ecke, sodaß der Zipfel nach außen zwei Ecken hatte, wo nur eine hätte sein dürfen. Die zwei Ecken verdankt die Figur einer Lücke, die wohl entstanden ist, als einmal unsorgfältig mit ihr hantiert worden ist. Vielleicht ist sie einmal von einem Podest gefallen oder mit Wucht bei einem Transport gegen eine Wand gestoßen. Das ist aber erst in unserem Kloster geschehen. Ich kann mich nämlich erinnern, daß ein solcher Fehler, als der Hofrat sie brachte, an ihr nicht zu sehen war."
Der Schriftgelehrte läßt sich die Zeichnung vorlegen und kann nun zeigen, wo der Faltenwurf bei der Figur unvollständig war.
Der Prior dankt ihm, beschließt aber, die Figur so herstellen zu lassen, wie sie ursprünglich gewesen war, als der Schaden noch nicht eingetreten war.
Pfarrer Freyenthal findet eine größere Gruppe von Reisenden, die den Weg durch die Hunsrückwälder nach Mainz nehmen wollen. Einige Soldaten des Kurfürsten Klemens Wenzeslaus von Trier sind dabei.
Das Wetter begünstigt die Reise, denn die Wege sind frei von Schnee und fest gefroren. Freyenthal schließt sich der Reisegruppe an und erreicht Gensingen unbehelligt.
Er ist unzufrieden mit dem Ergebnis seiner Reise und weiß nicht, wie er nun weiter verfahren könnte. Er will noch einmal mit Weißenberg sprechen, weiß aber nicht recht, was er diesem sagen soll, weil er ja nichts Bestimmtes herausgefunden hat. Mehr als einen Verdacht gegen den jungen Offizier oder gegen die Gegner des Ausoniusweges könnte er nicht vorbringen. Warum aber sollte Weißenberg in einer Angelegenheit, die für ihn beendet ist, aufgrund unbestimmter Verdächtigungen eine erneute Untersuchung anordnen?
So schiebt Freyenthal die Fahrt nach Mainz immer wieder hinaus, bis es schließlich Herbst wird.
Auch in Johannisberg läßt er sich nicht sehen.

XII

Von Mainz nach Aschaffenburg

Am 30. September 1792 hört man in Mannheim gegen 12 Uhr den Lärm einer heftigen Kanonade aus der Gegend von Speyer. Bis 3 Uhr wird heftig geschossen. Am Abend erfahren die Leute in Mannheim, daß Speyer von einer Truppe von 15000 bis 18000 Franzosen unter dem Befehl des Generals Custine eingenommen worden sei.

Das kleine Korps der Verteidiger, ungefähr 3000 Mann Österreichischer und Mainzer Truppen hatte gegen die Übermacht der Angreifer keine Chance. Das Kartätschenfeuer der Franzosen hatte eine verheerende Wirkung. Nur etwa 400 Mainzer und ebenso viele Österreicher sind mit dem Leben davon gekommen. Die Franzosen verloren 700 Mann.

Am 4. Oktober schon nehmen die Franzosen Worms. Bereits um 7 Uhr in der Frühe stehen sie vor der Stadt und ziehen ein, ohne daß eine Gegenwehr möglich ist. Im Kölner 'Welt- und Staatsboth' vom 7. und 8. Oktober steht, sie hätten 1 200 000 Livres Brandschatzung verlangt, die innerhalb von 24 Stunden hätten erlegt werden müssen. Überallhin seien Leute ausgeschickt worden, um Geld zu sammeln. Das Sammeln sei aber sehr schwer gewesen, weil alle, die Geld und Kostbarkeiten gehabt hätten, mit ihren Besitztümern geflüchtet gewesen wären.

Manche sagen, die Franzosen hätten ihre Forderungen später vermindert.

Die Franzosen machen Anstalten, gegen Mainz zu ziehen. So ist es nicht verwunderlich, daß alle Adligen und Wohlhabenden auch aus Mainz auswandern. Der Kurfürst, der erst am 2. Oktober von seiner Sommerresidenz in Aschaffenburg nach Mainz gekommen ist, verläßt die Stadt schon wieder am 4. Oktober abends gegen 10 Uhr in aller Stille, nachdem er sein Wappen von den kurfürstlichen Wagen hat abkratzen lassen.

Auch der Hofrat Weißenberg bereitet seine Abreise vor.

Pfarrer Freyenthal, der am 4. Oktober nach Mainz gekommen ist, um noch einmal mit ihm zu sprechen, ihm von seinen Erfahrungen in Trier zu berichten und ihn zu bitten, die Nachfor-

schungen nach dem Mörder wieder aufzunehmen, da der Lohwin unmöglich der Mörder sein könne, merkt schnell, daß er kaum einen ungünstigeren Tag hätte wählen können.
Es gelingt ihm nicht einmal, so nahe an den Hofrat heranzukommen, daß er ihn grüßen könnte.
Er ist eingekeilt in eine Gruppe von Schaulustigen, die auf der anderen Seite der Straße vor dem Hoftor stehen und beobachten, was im Hofe vor sich geht, wie die Kutschen und Wagen beladen werden, und welche Besitztümer der Weißenberg da mitzunehmen gedenkt.

Auch eine Figur wird verladen, bei der es sich um den heiligen Thomas handeln könnte. Freyenthal hat gehört, daß sich der Hofrat nach dem Diebstahl oder vielleicht auch schon vor dem Diebstahl als Ersatz für den silbernen Heiligen, der seine Familie verlassen hat, eine Figur aus Holz hat schnitzen lassen. Freyenthal wüßte gerne, wie ähnlich diese Figur geworden sei, aber sie ist in graues Tuch eingehüllt, und auch wenn sie nicht eingehüllt wäre, stände er zu weit entfernt, um Einzelheiten erkennen zu können.
Er sieht nur, daß die Diener, die die Figur verladen, sich ganz schön plagen müssen entweder, weil sie so schwer ist, oder weil sie mit ihr besonders vorsichtig umgehen müssen.

Die Umstehenden reden über die Abreise des Hofrats.
Einer meint: „Warum will denn auch der Hofrat Weißenberg nach Aschaffenburg fliehen? Er ist doch als gerechter Richter bekannt und beim Volke beliebt. Ihm kann doch von den Franzosen, die Vernunft und Freiheit zu schätzen wissen, nichts Übles geschehen."
Ein zweiter erwidert: „Denk' daran, daß sie auch die Gleichheit herbeiführen wollen, und betrachte dir, was der Weißenberg da alles aufládt. Meinst du vielleicht, das könnte er alles behalten, wenn die mit ihrer Gleichheit einmal richtig ernst machen?"
Ein dritter mischt sich ein: „An die Gleichheit kann ich nicht glauben. Das ist doch immer dasselbe, die Schlauen sind da immer ausgenommen. Und dumm ist der Weißenberg doch sicher nicht. Der hat andere Gründe für seine Abfahrt. Vielleicht

denkt er, die Franzosen blieben ohnehin nicht lange, und wenn der Kurfürst bald zurückkäme, dann seien alle bei ihm in Ungnade, die jetzt in Mainz blieben und mit den Franzosen zusammenarbeiteten."

„So ein guter Mann", jammert der erste. „Ich fühle mich ganz verlassen, wenn der weggeht."

Jetzt kann Freyenthal nicht mehr zuhören, da seine Aufmerksamkeit von den Vorgängen im Hof gefangen genommen wird. Bettina ist aus dem Haus gekommen und zu ihrem Vater getreten, der das Beladen der Wagen dirigiert. Sie scheint verärgert, und jetzt kann man auch hören, was sie sagt, denn das Gespräch ist laut geworden.

„Ich will nicht nach Aschaffenburg! Da kenne ich niemanden, da muß ich immer zu Hause sitzen und Bücher lesen und eine lange Weile ertragen. Das will ich nicht.

Ich will nach Trier zu meiner Tante reisen. Da war ich glücklich!"

„Ja freilich, da warst du glücklich."

Der Hofrat spricht sehr heftig. Auch seine Worte schallen deutlich über die Straße.

„Ja, da warst du glücklich, aber auf eine Weise, die ich gar nicht schätze.

Ich habe dir das schon genau erklärt. Ich erwarte von dir, daß du sogleich einsteigst und mit mir nach Aschaffenburg kommst."

Er muß sie fast zwingen, in die Kutsche einzusteigen.

Auch im Hofe der Coudenhoven herrscht eifrige Betriebsamkeit. Viele Diener und Mägde sind da beschäftigt, die wohl schon vor Tagen gepackten Kisten und Kasten zu verladen, und mancher Wagen scheint so hoch befrachtet, daß man fürchten muß, ein Rad könnte brechen. Die Frau von Coudenhoven selbst ist nicht zu sehen. Vielleicht ist sie mit einer leichten Kutsche schon vorausgefahren, oder sie hält sich beim Kurfürsten auf und wird mit diesem gemeinsam die Stadt verlassen. Es gibt auch welche, die sagen, sie fahre nicht mit dem Kurfürsten nach Aschaffenburg, sondern begebe sich nach Düsseldorf. (Geheimrat Goethe ist ihr, wie er später erzählt hat, im November 1792 in Düsseldorf begegnet. Anm. des Herausgebers).

Wo die Baronin von Ferrette wohnt, weiß der Pfarrer nicht, aber er denkt, auch da werde er keinen finden, der sich für sein Anliegen interessieren könnte.
Er verläßt Mainz, um nach Johannisberg zu reiten, hat aber einige Mühe, die Brücke zu passieren, da sie von den vielen Kutschen und Wagen im Übermaß belastet ist.
'Ein Glück', denkt er, 'daß alle nur in eine Richtung fahren wollen.'

In Johannisberg sind sie damit beschäftigt, die Traubenlese vorzubereiten. Karl ist von seinem Traubeninstitut ins Kloster gekommen, um den Mönchen in der Kelterhalle zu helfen. Eine der Keltern hat den Dienst verweigert und muß instand gesetzt werden.
Pater Anselm arbeitet mit Oskar im Keller und findet sich erst nach gutem Zureden und der Versicherung, es werde nicht lange dauern, bereit, mit Freyenthal zu Karl zu gehen und mit diesem dann die Terrasse aufzusuchen.
Freyenthal berichtet, daß er in Trier gewesen sei, und was er dort erfahren habe. Besonders die Auffassung des Priors, der de Laurant habe einen Tod gefunden, der nicht zu ihm passe, nimmt in seinem Bericht einen großen Raum ein. Auch über den Diebstahl der silbernen Figur, de Laurants Interesse an diesem Diebstahl und über seinen eigenen Versuch, diese Figur nach den Angaben der Mönche zu zeichnen, spricht er sehr ausführlich.

Eifrig erzählt er dann, daß sich die Tante Bettinens bemüht habe, einem Gespräch über die Beziehung ihrer Nichte zu dem jungen Offizier auszuweichen. Das sei doch sehr verdächtig, da man annehmen müsse, daß es da wirklich eine Liebschaft gebe. Wenn das aber so sei, dann sei de Laurant dem jungen Offizier und, er wage kaum daran zu denken, auch der Bettina im Wege gewesen, denn diese habe doch befürchten müssen, daß sie gegen ihren Willen dem de Laurant angetraut werde. Wahrscheinlich stecke die Tante ebenfalls in diesem Komplott, wenn es denn ein Komplott sei.
Auch die andere Spur dürfe man nicht vernachlässigen, wenn sie auch schwerer zu verfolgen sei. Die Gegner des Wegeausbaus

könnten durchaus einen Mord begangen haben, um die Hunsrückwälder als besonders gefährlich erscheinen zu lassen.
Alles das bringt er mit gewohnter Freundlichkeit und lächelnder Hartnäckigkeit vor, allerdings ohne noch einmal auf die Beichte des Lohwin einzugehen, und er redet und redet, bis Pater Anselm, der müde ist und dabei noch viel Arbeit im Keller vor sich sieht, einfach aufsteht und sagt, er sehe da keine Spur, die er verfolgen könne.
„...und im übrigen bin ich der Meinung, daß ein Pfarrer in diesen unruhigen Zeiten bei seiner Gemeinde bleiben sollte, um ihr allen Trost zu bieten, dessen sie schon bald bedürfen wird. Das ist bestimmt besser, als einen bereits aufgeklärten Kriminalfall noch einmal aufklären zu wollen, selbst wenn es da vielleicht einige Punkte gibt, die zu dieser Aufklärung nicht zu passen scheinen."

So schroff hat er noch nicht zu dem guten Freyenthal gesprochen. Er ist auch selbst etwas erstaunt über seine Worte, aber auch richtig zufrieden damit, daß er sie in diese zudringliche Freundlichkeit hinein gesagt hat.
Freyenthal erhebt sich nun ebenfalls und verabschiedet sich recht kurz.
Karl sieht ihm an, daß er beleidigt ist. 'Der Ärger wird vergehen', denkt er, 'wahrscheinlich wird er bald schon wieder hier sein und mit seiner Mordgeschichte erneut unsere Geduld strapazieren. Er scheint ja sehr überzeugt zu sein von der Unschuld des Lohwin. Wer weiß, was ihm dieser in der Beichte gesagt hat?
Was aber hätte Pater Anselm machen sollen?
Wir haben noch viel zu tun, da muß auch einmal ein deutliches Wort erlaubt sein. Schließlich hat er Recht. Ein Pfarrer soll bei seiner Gemeinde sein, besonders wenn man mit Gefahren rechnen muß, Gefahren nicht nur für Leib und Leben, sondern auch für die Seele.'

Pfarrer Freyenthal reitet zum Rhein und sagt sich, daß er so schnell nicht wieder nach Johannisberg kommen werde. Auf den guten Rat Pater Anselms und Karls, die ohnehin anderes im Sinn hätten, könne er leicht verzichten. Tatkräftige Hilfe habe er von den beiden ohnehin nicht zu erwarten. Vielleicht sei das auch gut

so, dann könne er unabhängig handeln und brauche sich nach niemandem zu richten.
Seine Bilder hat er wieder vergessen.
Am Rhein muß er lange warten, bis er einen findet, der ihn übersetzt. Der Schiffer, der ihn mitnimmt, ist eine wahre Quelle der neuesten Nachrichten über die Fortschritte der Franzosen und alles das, was von diesen zu befürchten sei.
Freyenthal hört sich das mit einiger Besorgnis an und denkt: 'Vielleicht hat der Anselm so unrecht nicht, wenn er meint, ich solle in meiner Gemeinde bleiben, bis das Ärgste vorüber sei. Lange kann es nicht dauern, denn die Franzosen sind ein unbeständiges Volk und werden sicher bald etwas Neues entdecken, das ihren Eifer erregt.'

Am 21. Oktober wird die Stadt Mainz den Franzosen übergeben, und schon am 31. Oktober stehen französische Detachements bei Simmern und Kreuznach. Das Land von Speyer bis Bingen ist in französischer Hand, und angenehm ist diese Hand wirklich nicht. Durch Plünderungen und Erpressungen verlieren die Leute ihre Vorräte. Es bleibt ihnen kaum so viel, daß sie ihr Leben notdürftig fristen können. Auch Gensingen, in der Nähe von Kreuznach gelegen, bleibt nicht verschont. Obwohl sich Freyenthal auch über seine eigene Zukunft Sorgen macht, denn er hat erfahren, daß alle Pfarrer, die den französischen Freiheits- und Gleichheitseid nicht schwören wollten, aus Mainz vertrieben wurden, geht er zu den Leuten und spricht ihnen Mut zu und versucht, ihnen zu helfen, so gut er eben kann. Vorräte, die er hat retten können, teilt er mit den Hungernden, ohne auf das Gejammer der alten Trudel zu achten, die behauptet, im Pfarrhaus und auch im Garten bald nichts mehr finden zu können, was es lohne, den Topf auf den Herd zu stellen. Die Preise für Lebensmittel steigen in ungeahnte Höhen.
Erst in den letzten Tagen des März 1793 werden die Franzosen durch preußische Truppen nach Mainz zurückgeworfen. Langsam verbessern sich die Verhältnisse, und im Mai überlegt sich Pfarrer Freyenthal, ob er nicht jetzt seine Gemeinde für ein paar Tage allein lassen könne, um nach Aschaffenburg zu reisen und dort den Hofrat Weißenberg aufzusuchen. Der Hofrat, so

meint er, sei der einzige, der ihm wirklich helfen könne, indem er die Nachforschungen nach dem Mörder des de Laurant neu beginne. Dann könne er, der Pfarrer Freyenthal, im Zuge dieser Nachforschungen selbst mithelfen, den Mord aufzuklären.
Er will dem Hofrat endlich den Verdacht oder die Verdächtigungen mitteilen, die er aus Trier mitgebracht hat, und hofft, bei ihm mehr Aufmerksamkeit zu finden als bei Pater Anselm und Karl. Ein so der Gerechtigkeit verpflichteter Mann wie der Hofrat, meint er, müsse ihm sogar dankbar sein, wenn er ihn bei der Aufklärung unterstütze.

In Aschaffenburg gelingt es ihm zwar ohne große Schwierigkeiten, das Haus, das der Hofrat bewohnt, ausfindig zu machen. Die Tochter des Hofrates, die von einem alten Diener gerufen wird, bedauert aber, daß ihr Vater nicht zu Hause sei. Er sei in das Lager der Koalitionstruppen nach Mainz gereist, um dabei sein zu können, wenn die Franzosen die Stadt übergeben müßten. Dann wolle er mit den vereinten preußischen und österreichischen Soldaten in die Stadt einziehen und versuchen, den Einwohnern, die mit den Franzosen sympathisiert hätten, Gerechtigkeit widerfahren zu lassen. Er sei der Meinung, die müßten nachsichtig behandelt werden, da sie ja Untertanen des Kurfürsten seien, und der Kurfürst später wenig Freude erleben werde mit Untertanen, die jetzt zu sehr bedrückt würden.
Freyenthal will schon wieder gehen, da fällt ihm ein, daß er jetzt die Gelegenheit habe, sich einmal die Figur des heiligen Thomas anzusehen.
Er fragt, ob im Hause wohl ein Raum als Kapelle benutzt werde, und ob er diesen Raum besuchen dürfe.
Bettina hat keine Einwände dagegen, einem Pfarrer die Kapelle zu zeigen, und führt ihn selbst in diesen Raum.
Da kann er nun diese Holzkopie in aller Ruhe betrachten.
Sie steht auf einem kleinen Altar, der mit einigen Blumen geschmückt ist. Vor den Altar hat man einen Betschemel gestellt, der mit Samt gepolstert ist.
Lange aber währt sie nicht, diese Ruhe der stillen Betrachtung, denn wenige Minuten, nachdem ihn Bettina allein gelassen hat, hört er Schritte und Stimmen.

Ein junger Mann macht Bettina offenbar Vorwürfe, weil sie den Fremden in das Haus gelassen hat. Ein junger Offizier betritt den Raum und bittet ihn freundlich, aber bestimmt, das Haus zu verlassen.
Er wolle doch sicher seinen Besuch nicht ungebührlich ausdehnen. Das, was in dem Betzimmer zu sehen sei, habe er nun wohl gesehen. Wenn er beten wolle, möge er eine Kirche aufsuchen, deren es in Aschaffenburg genug gebe.

Seltsame Pfade öffnen sich da, auf die Freyenthal während seiner Heimreise seine Gedanken schicken kann.
Ob der Hofrat davon weiß, wie gut seine Tochter während seiner Abwesenheit betreut wird?
Freyenthal muß sich eingestehen, daß er angenehm aussieht, dieser Offizier, wenn er sich ihm auch nicht angenehm gemacht hat, indem er ihn aus dem Hause wies.
Ob das der Freiherr von Soonsfeld ist?
Warum er ihn aus dem Hause gewiesen hat?
Er wäre doch ohnehin bald gegangen.
Ob die beiden jungen Leute etwas vorhatten, was er nicht wissen sollte?
Aber was könnte das sein?
Da gab es ganz viele Möglichkeiten?
Ob eine dieser Möglichkeiten auch etwas mit dem Mord zu tun haben könnte?

XIII

Eine besondere Weinprobe

In den letzten Tagen des Juli 1793, Mainz ist zurückerobert und die Franzosen sind abgezogen, bekommen Pater Anselm und Karl eine Einladung zu einer Weinprobe, die im Pfarrhaus zu Gensingen, vereint mit einer Bilderschau, die Güte verschiedener Weine in besonderer Weise offenbaren soll.
Sie haben wenig Lust, dieser Einladung Folge zu leisten, denn sie fürchten, wieder von diesem leidigen Mordfall hören zu müssen, kurz nachdem sie selbst mit vieler Mühe und unter erheblichen Gefahren einen anderen Mordfall ganz in ihrer Nähe untersucht und aufgeklärt haben.
Maria meint, sie sollten absagen. Karl ist unentschlossen, aber Pater Anselm, der immer noch ein schlechtes Gewissen hat, weil er den Pfarrer Freyenthal bei seinem letzten Besuch so schroff nach Hause geschickt hat, will die Weinprobe besuchen.
„Vielleicht sollten wir hingehen, um den Pfarrer vor Ungemach zu bewahren. Wer weiß, was er bei dieser Weinprobe vorhat."
Er weiß, daß Leute, die auf eine so freundliche Art hartnäckig sind wie der Pfarrer Freyenthal, ihren Freunden leicht ein schlechtes Gewissen machen können, wenn diese sich einmal gegen ihre Zumutungen wehren. Schließlich sind das ja auch immer Zumutungen, mit denen sie einen guten Zweck verfolgen. Einen guten Zweck eben...
Pater Anselm und Karl reisen also nach Gensingen.

Die Wohnstube des Pfarrhauses ist besonders hergerichtet für diese Weinprobe. Vor einer hellen Wand, die nicht von Fenstern durchbrochen ist, steht nur ein Bild. Es zeigt eine Mosellandschaft unter freundlicher Sonne. Alle anderen Wände sind frei von Bildern oder irgendeinem Schmuck, der ablenken könnte von dem einen Bild, das da auf einem kleinen Tisch an der Wand so aufgestellt ist, daß es vom Tageslicht ganz beleuchtet wird, ohne direkt der Sonne ausgesetzt zu sein.
In einiger Entfernung von diesem Tisch steht ein großer, halbrunder Tisch, an dem die Gäste sitzen. Sie können alle von ihren

Plätzen aus das Bild sehen, ohne sich besonders zu ihm hinwenden zu müssen.
Pater Anselm und Karl kommen als letzte und müssen nun den anderen vorgestellt werden.
Da ist ein Winzer aus Zell an der Mosel neben einem Winzer von der Nahe, dessen Weinberge, wie Karl später erfährt, an die Weinberge von Schloß Böckelheim angrenzen.
Neben diesen Winzern sitzt ein ernster Mann, der viel älter dreinschaut, als er seinem Aussehen nach wohl sein dürfte. Er hat ein schmales Gesicht mit hoher Stirn und langer Nase, das wohlgebildet genannt werden könnte, wenn nicht die Augen so nahe beieinander stünden. Es sieht fast so aus, als beobachteten sich die Augen gegenseitig mit Mißtrauen, und kämen kaum dazu, etwas anderes zu sehen. Wahrscheinlich liegt das daran, daß der arme Mann ein wenig schielt. Karl scheut sich, da genauer hinzusehen.
Der Mann wird als Herr von Kladdenstein vorgestellt, der an dem Hof in Mainz eine bedeutende Position einnehme.
Die einzige Dame in diesem Halbrund weinkundiger Herren ist ein unauffälliges Mädchen, das in irgendeiner Beziehung zu Frau von Ferrette stehen soll.
Karl hat ihren Namen überhört. Später überlegt er, ob er ihr nicht mehr Aufmerksamkeit hätte schenken sollen, schon um herauszufinden, ob sie wirklich so unauffällig sei, wie sie sich gebe, oder ob sie nur den Anschein erwecken möchte, man täte wohl daran, sie zu übersehen.
Und dann ist da noch der Weinhändler Hehlmann.
'Der ist doch wie ein lebendes Geschwätz!', denkt Karl, während er ihm die Hand gibt zur Begrüßung.
'Der ist wie eine Art lebendige Zeitung.
Er saugt alles auf, was er an Neuigkeiten finden kann, und gibt diese Nachrichten dann wieder von sich und sieht sich reichlich belohnt damit, daß er für einige Zeit im Mittelpunkt einer Gesellschaft stehen kann. Schon die Reaktionen der Leute auf seine Neuigkeiten kann er dann wieder als neue Neuigkeiten verwerten.
Ob Freyenthal das weiß?
Vielleicht hat er ihn ja deshalb eingeladen.

Aber hat er ihn nun eingeladen, damit er, was er hier erfährt, weitertrage, oder will Freyenthal Neues von ihm erfahren, oder hat er ihn vielleicht eingeladen wegen der Warnung, von der ich ihm berichtet habe?'

Der erste Wein ist ein Riesling von der Mosel, dem das Bild einer Mosellandschaft gegenübersteht. Es ist das Bild, das Freyenthal in Trier bei der Schwester des Hofrates kopiert hat.

Die Gäste schlürfen bedächtig den Wein und schauen sich hinein in das Bild und empfinden, sich ganz ihrem Gefühl überlassend, wie die Farben, die Landschaft und das Leben der Leute auf dem Bilde eins werden mit dem Geschmack des Weines, und wie das Bild an Tiefe gewinnt durch den Wein und der Wein an Bedeutung durch das Bild.

Die Gäste schweigen, sie nicken nur leicht mit dem Kopf und trinken den Wein, versunken in die Betrachtung des Bildes und in diesen edlen Genuß, in dem sich Auge und Gaumen in ganz ungewohnter Weise vereinen.

Eine Pause entsteht nach dieser ersten Probe, weil das erste Bild einem anderen Platz machen muß.

Aber auch in der Pause entwickelt sich kein Gespräch. Die Gäste schauen sich nur gegenseitig an und lächeln ein Lächeln freundlicher Bestätigung.

Als zweites Bild stellt Freyenthal das Bild einer Venus auf, die fast nackt und in zarter Blässe, aber sehr klar vor einem grünblauen Hintergrund steht, ein leichter Schleier schwebt um ihren Körper, und im Haar trägt sie ein paar Blumen, die winzige rote und gelbe Funken ins Bild bringen. Dazu lädt er die Gäste zu einem feinen Rheingauer Riesling, dem eine angenehme Säure Gestalt verleiht.

Das Bild hat er nach dem Vorbild eines älteren Meisters gemalt.

Die Gäste sehen in dieser Verbindung ein Wagnis. Sie sagen das auch in vorsichtigen Worten. Die meisten finden aber, gerade dieses Wagnis sei reizvoll. Nur Hehlmann meint, er hätte den Riesling noch nie mit nackten Frauen in Verbindung gebracht, worauf ihn der Winzer aus Zell sehr verwundert ansieht.

Das dritte Bild ist ein Bild nach einem modernen französischen Meister. Es zeigt eine Frau in vollem Schwunge auf einer hoch hinaus schwingenden Schaukel. Sie schwingt quer über das Bild,

daß die Röcke fliegen wie Blütenblätter, rosa und hell zwischen grünen Bäumen, die eine blaue Ferne umrahmen.
Zu diesem Bild hat er einen leichten, hellen Rotwein von der Nahe gesellt, der spritzig die Lebensfreude wiedergibt, die aus diesem Bilde herausscheint.
Die Gäste kosten den Wein und empfinden die Freude einer sorglosen Bewegung in der Natur.
Zum vierten Bild spendet Freyenthal einen dunkleren roten Wein. Dieses vierte Bild hat er nach einem Bilde des berühmten Meisters Rubens gemalt. Zwei Frauen werden geraubt von zwei Männern. Das ganze Bild ist in stürmischer Bewegung, viel kräftiger als das Schaukelbild. Rötlich schimmern die Körper und rot die Gewänder, und gewaltig empor bäumen sich die Pferde.
Ein anderes, feuriges Leben entfacht dieses Bild in den Augen der Betrachter, und feurig spüren sie dazu den Wein in der Kehle, ein Genuß, der die Seele bedrängt und den Geist zu kühnen Träumen verleitet.
„Hier will ich nun die Weinprobe abbrechen!"
Freyenthal hat das Bild weggenommen und steht vor dem kleinen Tisch, auf dem er die Bilder dargeboten hat. Die Gäste sind noch ganz benommen von dem Eindruck, den die Bilder zusammen mit dem Wein bewirkt haben.
„Ich will jetzt etwas zu den Bildern sagen, die ich euch gezeigt habe.
Das erste Bild verdanke ich der Schwester des Hofrats Weißenberg, die in Trier wohnt und das Original dieses Bildes in ihrem Hause hat.
Sie hat mir vor einiger Zeit erlaubt, dieses Bild in Trier zu kopieren!"
Hehlmann räuspert sich sehr vernehmlich, und als alle zu ihm hinsehen, sagt er: „Ihr wollt doch nicht erzählen, ihr wäret nach Trier gefahren, um dort dieses Bild zu kopieren?
Ihr hattet doch einen ganz anderen Grund, dorthin zu fahren. Ihr glaubt noch immer, der Henne Lohwin sei unschuldig, obwohl er sich durch seine Flucht selbst des Mordes an Max de Laurant bezichtigt hat. In Trier wart ihr nur, um einen anderen zu finden, den ihr für den Mord verantwortlich machen könntet."

Freyenthal schaut ihn nachdenklich an, und bevor Pater Anselm eingreifen kann, der die ganze Zeit über bereits einen solchen Angriff erwartet hat, aber nicht ahnen konnte, aus welcher Ecke heraus der Angriff kommen werde, bevor also Pater Anselm eine Warnung aussprechen kann, sagt er:
„Und was verschlüge es, wenn das so wäre?
Paßte das Bild deshalb weniger zu dem Riesling?
Ich dachte, wir wären hier, um diese besondere Art des Weinprobens zu prüfen – aber…"
Er schaut die Gäste der Reihe nach an, nur Anselms Blick sucht er zu meiden.
„Aber ich kann auch zu dieser Mordgeschichte etwas sagen.
Ich habe von Anfang an nicht geglaubt, daß Lohwin der Mörder sei. Ich habe zwar erkannt, daß er sich verdächtig gemacht hatte.
Aber ich kannte ihn besser.
Jetzt weiß ich, daß er nicht der Mörder war; denn ich kenne nun den wahren Mörder."

Hehlmann lacht, laut, abwehrend wie in arger Verlegenheit.
Die anderen Gäste scheinen unangenehm berührt.
Jetzt steht der Winzer von der Nahe auf. Er heißt Mondorf.
Ein sehr wohlhabender Winzer ist das, mit einer einzigen und, wie man sagt, schönen Tochter. Karl hat schon von ihr gehört.
Sie sei unnahbar, heißt es, hochmütig.
Mondorf nimmt das Wort:
„Ihr müßt das beweisen. Wenn ihr jemanden beschuldigt, müßt ihr das beweisen."
„Ich habe niemanden beschuldigt, also brauche ich auch noch nichts zu beweisen. Erst wenn ich jemanden beschuldigen werde, muß ich beweisen. Das werde ich dann auch tun."
„Und meine Tochter? Was hat die damit zu tun? Ihr habt mich doch nur eingeladen, weil ihr meint, meine Tochter sei in diese Mordgeschichte verwickelt!"
Mondorf ist erregt. Er hat mit beiden Händen die Tischkante erfaßt und sich nach vorne geneigt, als ob er aufspringen wollte.
„Sie war damals bei ihren Großeltern in Simmern. Als sie heimkam und hörte, der Lohwin sei tot, ist sie sofort hierher nach Gensingen gefahren.

Wo anders soll sie gewesen sein als bei euch? Warum war sie bei euch?“

Freyenthal zögert, dann sagt er leise:
„Manches darf ich nicht sagen, auch wenn ich das gerne möchte. Aber den Beweis dafür, daß ich den Mörder kenne, den kann ich erbringen, auch ohne zu sagen, was ich nicht sagen darf!“
Den zweiten Satz spricht er, zu Pater Anselm gewendet.
Die angenehme Stimmung der Weinprobe ist zerstört.
An die Weine denkt niemand mehr. Ob die Bilder nun den Genuß des Weines erhöht oder gar verwandelt haben? Darüber will jetzt niemand mehr reden.
Die Gäste stehen auf, um sich zu verabschieden. Mondorf schaut voller Zweifel auf den Pfarrer, aber er sagt nichts, auch er will gehen.
„Und wie wollt ihr da etwas beweisen?“ Hehlmann ist sitzen geblieben und hat sich zurückgelehnt, so als ob er noch länger zu bleiben gedächte.
„Das laßt nur meine Sorge sein“ sagt Freyenthal. „Aber einen kleinen Hinweis will ich euch geben. Ihr kennt doch den englischen Dichter Shakespeare. Er hat ein Theaterstück geschrieben, das er Hamlet, Prinz von Dänemark, genannt hat. Fast so wie Hamlet werde ich es machen, nur etwas einfacher vielleicht, mit ein wenig anderen Mitteln. Mit meiner eigenen Hand werde ich den Mörder in die Hölle senden.“
Er sagt das mit freundlichem Lächeln.
Da fragt ihn keiner mehr. Alle stehen auf und wollen gehen.
Auch Hehlmann steht auf und schiebt seinen Stuhl unter den Tisch.
Auch er will gehen.
Schon im Weggehen begriffen, wendet sich der Herr von Kladdenstein noch einmal zurück, auch die einzige Dame der Runde ist stehengeblieben. „Ich habe gehört, daß ihr auch Fresken malt. Es wird gesagt, ihr hättet eine Kapelle, die ganz ausgemalt sei mit Fresken. Die hätte ich gerne gesehen. Wäre es möglich, daß ihr uns diese Kapelle jetzt zeigtet?“
Hehlmann ist dazugekommen. Auch er möchte diese Kapelle sehen.

„Das geht jetzt nicht.“ Freyenthal sagt es mit Bedauern. „Erst wenn ich den Mörder genannt habe, kann ich die Kapelle wieder meinen Gästen zeigen.“

Karl und Pater Anselm gehen als letzte.
Karl spürt, daß Pater Anselm noch etwas sagen möchte, aber Freyenthal schaut ihn so abweisend an, daß Anselm ihm nur stumm die Hand reicht und geht.
Karl folgt ihm.

XIV

Ein Gast in Johannisberg

Auf der Heimreise ist Pater Anselm sehr unruhig.
„Das war eine große Torheit. Eine große Torheit…"
Er murmelt immer wieder dieselben Worte. Erst als sie über den Rhein fahren, sagt er: „Auf keinen Fall hätte er sagen dürfen, daß er den Mörder kenne. Selbst wenn er ihn kennt oder besonders dann, wenn er ihn kennt, hätte er das nicht sagen dürfen. Das ist eine große Torheit, weil es viel zu gefährlich ist. Und dann noch diese törichten Andeutungen.
Hamlet und so…, da kommt er sich wohl sehr weise vor.
Ich fürchte, wir müssen uns auf Schlimmes gefaßt machen.
Aber wie hätte ich ihn hindern können, und was hätte ich ihm beim Abschied noch sagen können?
Hätte ich ihn warnen sollen?
Wir haben ihn doch schon gewarnt, ohne Erfolg. Vielleicht ist er vorsichtiger, wenn wir ihn nicht warnen."

Ein paar Tage nach der Weinprobe, vielleicht eine gute Woche später, hören Pater Anselm und Karl, in der Gegend von Kreuznach seien noch französische Soldaten gesehen worden, obwohl, wie jeder weiß, die französische Armee doch abgezogen ist.
Anselm ist besorgt.
Er sagt zwar nichts, aber Karl sieht ihm an, woran er denkt.
Auch Maria ist nun unruhig; denn sie weiß, was geschähe, wenn einträfe, was Pater Anselm befürchtet.
An einem sonnigen Tage in der dritten Augustwoche bringt Oskar den Herrn Mondorf zu Pater Anselm, der gerade mit Karl in den Weinbergen unterhalb des Klosters steht und die Trauben begutachtet. Mondorf begrüßt die beiden und wartet dann, bis Oskar gegangen ist.
„Vorgestern in der Nacht ist Pfarrer Freyenthal im Pfarrhaus in Gensingen von umherstreifenden Franzosen ermordet worden. Er wurde erstochen. Die Frau, die für ihn gekocht hat, die alte Trudel, haben sie auch umgebracht.
Ich dachte mir, daß ihr das gerne wüßtet.

Alle Leute sind überzeugt davon, daß der Mord durch französische Soldaten begangen wurde, die sich von der abziehenden Truppe getrennt haben, um auf eigene Faust noch ein wenig Krieg zu führen. Ich glaube das nicht!“
Er sucht nach einem Stein, auf den er sich setzen könnte, und setzt sich auf einen Grenzstein.
„Seit gestern habe ich nicht mehr geschlafen.“
Er sagt das, als ob er sich entschuldigen müßte.
„Ich habe mir das Pfarrhaus angesehen. Da war zwar ein wenig Unordnung gemacht, als ob einer etwas gesucht hätte, aber Brot und Fleisch und ein großer Schinken waren noch in der Speisekammer, und der Wein lag im Keller, unberührt. Umherstreifende Franzosen hätten Hunger gehabt und hätten das alles mitgenommen. Ich weiß doch, wie sie sich benommen haben, als sie das Land besetzt hatten. Franzosen hätten den Pfarrer auch nicht umgebracht. Wozu hätten sie ihn umbringen sollen?
Und wozu hätten sie die alte Trudel umbringen sollen?
Ich glaube, dieser Mord hat etwas mit dem Lohwin zu tun.
Meine Tochter meint das auch. Die ist sich ganz sicher, daß der Lohwin niemanden umgebracht hat.
Ich habe ihr das zuerst nicht geglaubt, aber jetzt, nachdem ich bei der Weinprobe gehört habe, was der Pfarrer gesagt hat...
Ich habe sie noch einmal gefragt, warum sie so sicher sei, daß der Lohwin den jungen Mann in der Kutsche nicht umgebracht habe. Da hat sie etwas gesagt, an das ich nicht gedacht habe, wirklich nicht!“
Er schaut den Pater und Karl hilfesuchend an.
Sie fragen ihn nicht. Er braucht ihnen nicht zu erläutern, was seine Tochter ihm gesagt hat, das wissen sie auch so. Sie brauchen nur in sein Gesicht zu schauen, in dem sich die Bitte um Hilfe mit Erstaunen und auch mit Ärger mischt. Das hätte er seiner Tochter nicht zugetraut.
Sie nehmen ihn mit ins Kloster und geben ihm zu essen und zu trinken.
„Meine Tochter hat mich hierher geschickt. Ich weiß eigentlich nicht, was sie von euch erwartet. Der Pfarrer ist ja jetzt tot. Der kann keinem mehr sagen, wer der Mörder ist, weder wer ihn selbst ermordet hat, noch wer den Lohwin ermordet hat.“

Teil II,

der einen Bericht Karls über seine eigenen Nachforschungen enthält, die ihn von Gensingen nach Trier und mit Pater Anselm zusammen nach Aschaffenburg geführt haben.
In Aschaffenburg ist dann ein würdiges Ende gefunden worden.

I

In Gensingen

Wir haben an dem Abend, nachdem Mondorf gegangen war, noch lange zusammengesessen und überlegt, was da zu tun sei. Pater Anselm machte sich Vorwürfe, weil er dem Freyenthal nicht besser geholfen hatte. Ich versuchte, ihm das auszureden, indem ich auf die Schwierigkeiten hinwies, die wir selbst gehabt hatten, den Ärger im Herbst 1791 und den gefährlichen, für uns selbst gefährlichen Mordfall 1792, hatte zugleich aber auch selbst ein schlechtes Gewissen.
Die Unschuld des Lohwin schien uns nun festzustehen, nicht zuletzt deshalb, weil uns die Frage, wo er war, als der de Laurant ermordet wurde, nun gelöst schien. Er war wohl mit der Tochter Mondorfs zusammengewesen, und der Vater hatte das nicht erfahren dürfen, weil er gegen eine Verbindung seiner Tochter mit dem armen Schlucker war. Dafür sprach auch, daß diese Tochter als hochmütig galt und mit keinem anderen jungen Mann etwas zu tun haben wollte. Wahrscheinlich hatte der Lohwin erwartet, daß seine Freundin für ihn eintreten werde, ohne zu bedenken, daß diese von seinem Unglück gar nichts wußte.

Ob der Vater jetzt von allem wußte, was sich zwischen seiner Tochter und dem Lohwin zugetragen hatte?
Die Tochter hatte jedenfalls von Gefangennahme und Tod des Lohwin erst erfahren, als es zu spät war.
Freyenthal wußte von dieser Liebe. Wahrscheinlich hatte er deshalb den Mondorf zu seiner Weinprobe eingeladen.
Aber sollten wir uns um diese Sache nun kümmern, um einem Mädchen das Andenken an ihren Geliebten zu erleichtern?
Sollten wir, was ja wohl auf dasselbe hinauslief, den Mord an Freyenthal aufklären, weil wir das Gefühl hatten, mit schuld zu sein an seinem Tode?
Es gab auch noch einen anderen Grund, sich um die Angelegenheit zu kümmern, um den wir freilich lange herumredeten. Erst als ich mich in der Nacht anschickte, zu meinem Institut zurück-

zugehen, sagte Pater Anselm, ich solle darauf achten, daß Grandpatte auf dem Heimweg stets an meiner Seite sei. Er sei froh, daß der Mond scheine, da könne man nicht so leicht überrascht werden.

„Schließlich kenne ich den Weg besser als umherstreifende französische Soldaten!", sagte ich lachend.

„Du darfst das nicht leicht nehmen. Grandpatte muß bei dir im Haus bleiben und das Haus mußt du fest verschließen.

Das wird auch ein Grund dafür sein, daß wir uns um die Aufklärung dieses Mordfalles kümmern müssen.

Der arme Pfarrer Freyenthal war eine unmittelbare Gefahr für den Mörder geworden, deshalb mußte er sehr schnell aus dem Weg geräumt werden. Sicher fühlen kann sich der Mörder aber nur, wenn er auch uns umgebracht hat. Er weiß schließlich nicht, wieviel wir wissen oder nicht wissen."

„Da müssen wir ihm eben zuvorkommen!"

An diesem Abend bin ich nach Hause gelangt, ohne von einem Mörder angefallen zu werden.

Vor einigen Wochen schon hatte ich mir unsere Erlebnisse mit Pfarrer Freyenthal und meine Gedanken dazu notiert und, wie es mir eben gefiel, weidlich ausgeschmückt.

Diese Notizen habe ich in der Nacht noch abgeschlossen.

Schon am nächsten Tage haben wir uns zusammengesetzt und beraten. Pater Anselm war in der Frühe hinunter nach Geisenheim gekommen. Maria kam, von Oskar gerufen. Sie sollte an unserer Beratung teilnehmen, weil sie immer gute Ideen hat, und weil wir sie so am ehesten davon überzeugen konnten, daß uns gar nichts anderes übrig blieb, als zu versuchen, den Mordfall aufzuklären, ehe der Mörder etwas gegen uns unternehmen könnte.

„Woher wißt ihr aber, daß das nur ein Mörder ist? Es wurde doch davon gesprochen, daß in der Kreuznacher Gegend französische Soldaten gesehen worden seien und nicht, daß nur ein Soldat gesehen worden sei. Natürlich kann es sein, daß die Leute einen Soldaten sehen und dann gleich schließen, da seien mehrere. Wahrscheinlicher ist aber, daß da auch mehrere sind, wenn von Soldaten in der Mehrzahl gesprochen wird. Ich meine, die Mörder haben den Anschlag auf den Pfarrer Freyenthal sorgfältig vorbereitet, indem sie sich französische Uniformen beschafft und in der Nähe von Kreuznach gezeigt haben. So haben sie bei den Leuten, die noch immer Angst haben vor den Franzosen, Befürchtungen geweckt und diese dann auch gleich durch einen Doppelmord erfüllt. Damit haben sie erreicht, daß gleich jeder denken mußte, die Franzosen hätten den Freyenthal und die alte Trudel umgebracht, als diese tot aufgefunden wurden."

„Ich wäre mit einem Mörder zufrieden gewesen, Maria!", sagte ich und nahm ihre Hand.

„Maria hat recht", sagte Pater Anselm. „Wir müssen damit rechnen, daß mehrere Leute an diesen Morden beteiligt sind.

Wir müssen schnell handeln. Je schneller wir handeln, desto geringer ist die Gefahr für uns.

Wir müssen nach Gensingen reiten und noch einmal nachprüfen, was in dem Pfarrhaus geschehen ist, und ob wir feststellen können, ob die Mörder etwas verändert oder entfernt haben. Ich weiß nicht, was das sein könnte, aber wenn wir etwas finden, könnte uns das einen Hinweis geben."

„Einer von uns muß dann nach Trier", warf ich ein. „Das werde wohl ich sein müssen."

„Warum?", fragte Maria und entzog mir ihre Hand.

„Überleg' doch, wenn der Mord etwas mit diesem Henne Lohwin zu tun hat und folglich auch mit dem Mord an de Laurant, und wenn Freyenthal nach Trier gereist ist, um etwas herauszufinden, was ihn bei der Aufklärung dieses Mordes weiterbringen könnte, und wenn er deshalb umgebracht worden ist, weil er etwas herausgefunden hat, dann ist doch anzunehmen, daß er tatsächlich etwas herausgefunden hat, was ihn für den Mörder zur Gefahr hat werden lassen.

Weil uns Freyenthal aber nicht gesagt hat, was das war, muß ich nach Trier, um danach zu forschen.

Ich sehe keinen anderen Weg."

Pater Anselm nickte.

Maria faßte jetzt meine Hand mit zwei Händen und hielt sie ganz fest.

„Grandpatte wird mich begleiten! Oskar will ich nicht in diese Angelegenheit hineinziehen. Er soll hierbleiben und auf dich

achten, obwohl ich nicht glaube, daß dir eine Gefahr drohen könnte. Pater Anselm wird sich, bis ich wiederkomme, im Kloster aufhalten müssen. Dort ist er geschützt, wenn er sich nicht etwa an einem der Fenster sehen läßt, die man von draußen mit einer Gewehrkugel erreichen kann."
Meine Notizen über die Gespräche mit Freyenthal habe ich dem Pater ins Kloster mitgegeben, damit er sie vor unserer Reise nach Gensingen noch lesen könne.

Am nächsten Tag ritten wir nach Gensingen. Wir hatten doch Oskar mitgenommen, damit der Pater nicht allein zurückreiten müsse, denn ich wollte von Gensingen aus gleich weiterreiten nach Trier. Im Pfarrhaus wurde gearbeitet und alles für einen neuen Pfarrer vorbereitet. Was Freyenthal hinterlassen hatte, war schon alles in ein Zimmer geräumt, in das Zimmer, in dem vor so kurzer Zeit noch die Weinprobe stattgefunden hatte. Ein Neffe des Pfarrers würde kommen und die Sachen abholen. Man erwartete ihn schon für den nächsten Tag.
Die Räume wurden gesäubert und die Wände frisch verputzt. Einer der Arbeiter erklärte, an manche Wände sollten einige der neuen, in Kassel gedruckten Papiertapeten geklebt werden. Keiner fragte, was wir in dem Pfarrhaus wollten. Wir durften unbehelligt in alle Räume gehen und uns alles ansehen. Wahrscheinlich waren schon viele Leute aus der Gemeinde gekommen, um sich im Pfarrhaus umzusehen, und den Arbeitern war es einerlei, wer da kam und neugierig war. Sie dachten nicht daran, nach dem Zweck eines Besuches zu fragen. Für sie war Neugier eine ausreichende Erklärung.
Ein Mann, der die Arbeiten hätte beaufsichtigen und uns den Zutritt hätte verwehren können, der Bürgermeister vielleicht oder sein Stellvertreter, war nicht zu sehen.
Die Tür zu dem Raum, in dem Freyenthal Fresken gemalt hatte, stand offen. Einer der Arbeiter war damit beschäftigt, diese Fresken wieder abzukratzen. Drei Wände waren schon freigekratzt, und eben begann er mit der vierten. Ich erschrak, als ich mich dieser zuwandte; denn sie zeigte ein grausiges Bild.
Rings von Flammen umgeben stand da ein Mann, nackt mit im Rücken gefesselten Händen. Mit Schlangen waren die Hände

gefesselt, mit widerwärtigem Schlangengezücht. Ekelhafter waren die Schlangen, als ich sie mir je vorgestellt hatte, und eine drang gerade dort in den Körper des Mannes ein, wo sich der Hals mit der Schulter vereint. Hell loderndes Feuer verbrannte die Füße des Mannes.

„Nie noch hat Lybien so giftiges Gezücht erzeugt, noch Äthiopien, noch all das Wüstenland am roten Meer!“
Pater Anselm war hinter mich getreten und sagte mir diese Worte ins Ohr. Warum er sie mir so geheimnisvoll ins Ohr sagte, weiß ich nicht, denn der Arbeiter hörte nicht auf uns. Vielleicht war der Pater genauso erschrocken wie ich und in seinem Schreck geneigt zu flüstern.
Mit seinen Worten konnte ich nichts anfangen. Sie waren wohl ein Zitat aus irgendeinem berühmten Werk. Manchmal zitiert er so etwas und meint, ich müßte gleich wissen, was das bedeutet.
Ich ging also auf seine Worte nicht ein und sagte statt dessen, was mir an diesem Fresko gleich aufgefallen war:
„Seltsam ist, daß diese schreckliche Figur zwar so etwas wie die Umrandung eines Kopfes hat, aber kein Gesicht!“
„Ja, das Gesicht fehlt, der Kopf fehlt. Ob wir das Gesicht erkennen könnten, wenn wir es denn vor uns hätten? Ob das ein bekanntes Gesicht wäre.
Mit eigener Hand werde ich den Mörder in die Hölle senden, hat er gesagt. Ob er…?“
Pater Anselm trat näher zu dem Bilde hin.
„Hier schau dir das an!“, sagte er dann, auf den leeren Kopf zeigend. „Das Gesicht ist weggekratzt. Auch die Umrisse des Kopfes sind an manchen Stellen zerstört. An wenigen Stellen sind noch kleine Reste der Gesichtsfarbe übrig geblieben.
Der das weggekratzt hat, der hat schnell gearbeitet, der war offenbar in Eile, der hat sich nicht die Mühe gemacht, auch noch die Umrisse zu entfernen, dem ging es nur darum, das Gesicht unkenntlich zu machen.
Das muß also ein bekanntes Gesicht gewesen sein.
Ob es auch uns beiden bekannt gewesen wäre?“
Der Arbeiter hatte jetzt doch aufgehört zu arbeiten. Er war zu uns gekommen und sagte: „Das hat keiner von uns abgekratzt.

Wenn wir etwas abkratzen, dann fangen wir an der einen Seite an und kratzen alles weg bis zur anderen Seite. Dann ist alles abgekratzt. Wenn man irgendwo in der Mitte anfängt zu kratzen und hier mal kratzt und mal da, dann kann man leicht eine Stelle übersehen. Das gibt dann Ärger. Nein, so etwas machen wir nicht."

„Vielleicht hat der Maler das nicht fertiggemalt, weil er dem armen Mann kein Gesicht geben wollte?"

Ich überlegte.

„Ganz bestimmt nicht!"

Der Arbeiter, der bei uns stehen geblieben war, wies auf die leere Stelle.

„Da hat einer gekratzt. Das sieht man deutlich. Da sieht man auch, daß das kein Fachmann war, der da gekratzt hat. Mir scheint, der hat mit einem Messer oder Dolch gekratzt. Seht mal dorthin, wo ich schon gekratzt habe. So tiefe und schmale Rillen wie hier habe ich nicht gemacht."

Pater Anselm war unruhig geworden.

Er dankte dem Manne und zog mich in das Zimmer, in dem die Habe Freyenthals aufgestapelt war.

„Zwei Bilder müssen wir mitnehmen", sagte der Pater.

„Zwei haben wir noch im Kloster, die hat der Freyenthal dort vergessen und mehr als vier Bilder brauchen wir nicht. Am besten ist, wir fragen gar nicht, sondern nehmen sie einfach mit, ganz offen, das fällt am wenigsten auf. Wir brauchen das Bild, auf dem die Schaukel zu sehen ist und das Bild, das er nach einem Bild dieses Malers Rubens kopiert hat.

Oskar soll sie verpacken. Als er damals den Hamlet erwähnt hat, habe ich mir schon so etwas gedacht, deshalb habe ich zu diesem Zweck ein paar Decken mitgebracht."

Ich fragte ihn nicht, warum wir nicht mehr als vier Bilder brauchten, und wozu wir überhaupt diese Bilder brauchten, was sie mit der Aufklärung des Mordes zu tun haben sollten. Ich rief Oskar, der draußen stand und mit einem der Männer redete, die im Garten arbeiteten.

Als ich zurückkam, sah ich gerade noch, wie Pater Anselm ein Buch zuschlug und in eine Tasche steckte, in der, da war ich mir sicher, als wir angekommen waren, noch kein Buch gesteckt hatte.

„Io non posso negar quel che tu chiedi...“, bemerkte Pater Anselm, und ich dachte, wenn er nun auch noch anfängt, italienisch zu reden, wird es besser sein, wenn ich ihn nicht auch noch frage, was er mit dem Buch unternehmen wolle.
Ob er da etwas gefunden hatte, von dem er dachte, daß es eigentlich in der Klosterbibliothek stehen sollte?
Aber konnte ich annehmen, der Pater nähme einfach ein Buch mit, wenn es ihm gefiele?
Der Geheimrat Goethe aus Weimar hatte ihm wohl in seinem letzten Brief gebeichtet, daß er in Frankreich einfach ein paar Hefte in Quart mit Instruktionen, welche die Forderungen der Franzosen von 1787 betrafen, hat mitgehen lassen, ohne deren Eigentümer zu fragen. Das hatte mir der Pater erzählt, schmunzelnd, aber ohne es zu billigen.
Und jetzt er selbst...
Von draußen hörten wir Stimmen. Leute kamen. Mondorf war offenbar dabei. Ich erkannte ihn an der Stimme.
Der Pater bedeutete Oskar, die Bilder schnell zu versorgen und auch die Tasche mit dem Buche auf sein Pferd zu packen, derweil er selbst mit mir zu den Ankommenden gehen und deren Aufmerksamkeit ablenken wolle.
Oskar war gleich mir verwundert, tat aber, wie ihm geheißen.

Draußen stand tatsächlich Mondorf mit einer jungen Frau und einem würdigen Manne, der wohl der Bürgermeister war. Sie stritten sich, und während Mondorf meinte, man müsse etwas unternehmen, die Mörder des Pfarrers und der alten Trudel zu fangen, betonte der Bürgermeister, das sei sinnlos, denn diese Franzosen seien längst über alle Berge, die seien längst in Frankreich. Dort könne man sie nicht finden und schon gar nicht fangen und zurückschleppen nach Gensingen.
„Wenn das Franzosen waren“, sagte Pater Anselm, sich in das Gespräch mischend, „warum haben sie dann nichts aus dem Hause mitgenommen? Soweit ich das beurteilen kann, haben sie im Hause nichts angetastet.“ Das Fresko erwähnte er nicht.
„Sie wurden gestört und mußten fliehen!“
Der Bürgermeister war sich da ganz sicher. Pater Anselm und Mondorf redeten noch eine Weile mit ihm und fragten, wer die

Franzosen denn so sehr gestört habe, und ob man überhaupt glauben könne, daß sich französische Soldaten von ein paar unbewaffneten Nachbarn hätten stören lassen.
Drei Franzosen wären es gewesen, und die wären davongeritten, als ob der Teufel persönlich hinter ihnen her gewesen wäre.
Der Bürgermeister war so gefestigt in seiner Meinung, daß er gar nicht bereit war zu überlegen, ob man an dieser Meinung nicht auch zweifeln könnte.
Ich hatte aber auch den Eindruck, daß der Pater sich nicht allzusehr bemühte, dem Bürgermeister die Gründe für seine Zweifel besser zu erläutern. Dem Pater schien nur das Gespräch als solches wichtig zu sein, da es die Aufmerksamkeit der Obrigkeit von Oskar fernhielt.

Die junge Frau hatte sich neben mich gestellt und fragte mich leise, ob ich wohl der Karl sei, den ihr Vater den Spätlesereiter nenne.
Als ich das bejahte, meinte sie, der Pfarrer Freyenthal habe ihr von mir und dem Pater Anselm berichtet. Er sei enttäuscht gewesen, daß wir ihm nicht geholfen hätten, den Mord an diesem Mann, de Laurant, aufzuklären.
Sie habe aber jetzt den Eindruck, daß wir doch etwas unternehmen wollten. Auch ihr Vater, den sie zu uns geschickt habe, habe diesen Eindruck gehabt.
Ihr Vater wisse allerdings nicht viel von dieser Angelegenheit, von ihrem Verhältnis zu Henne Lohwin. Nur das Notwendigste habe sie ihm gesagt.
Ihr Vater habe es nicht gern gesehen, wenn sie sich mit dem Henne Lohwin getroffen habe. Ihr Vater habe für sie nach einer besseren Partie gesucht.
Sie lächelte wehmütig, und ich glaubte, Tränen in ihren Augen zu sehen.
„Eine 'bessere Partie'! Als ob es auf das Geld ankäme, davon haben wir genug, aber einen besseren Mann als den Henne werde ich nicht mehr finden.
Manchmal war ich bei meinen Großeltern in Simmern. Das haben wir ausgenutzt. Dann kam Henne nach Simmern und dann konnten wir miteinander ungestört reden und mehr noch, ja, noch mehr!

Aber was soll ich euch das erzählen?
Das ist vorbei.
An dem Tage, an dem dieser de Laurant in seiner Kutsche erstochen wurde, war Henne bei mir in Simmern.
Er blieb lange.
Die Großeltern waren schon zu Bett gegangen, als er aufbrach, um nach Hause zu reiten. Nach Mitternacht war das.
Da war der de Laurant doch schon tot! Irgendwann nach Mitternacht ist er doch, schon als Toter, in Mainz angekommen.

...und die goldene Kette. Die hing an einem Baum, und ich denke, sie schimmerte im Mondlicht.
Da hat er sie mitgenommen.
Hätte er sie hängen lassen sollen?
Hätte er nach dem suchen sollen, der sie dahin gehängt hat?
Der hatte sie doch dahin gehängt, weil er sie nicht mehr haben wollte. Es hängt doch keiner eine Goldkette nachts in den Wald, die er wertschätzt!
Warum sollte Henne sie nicht mitnehmen, die Goldkette und den Korb mit dem Silber? Der Korb wird in der Nähe gestanden haben.
Wenn ich nur gewußt hätte, was man ihm da vorgeworfen hat.
Er hat nichts gesagt, weil er mich nicht bloßstellen wollte!
Ach, wenn er doch alles erzählt hätte...
Und der Pfarrer Freyenthal, der hat ihn doch schon als kleines Kind gekannt. Der war mit Hennes Eltern befreundet, und als die früh gestorben waren, hat er sich selbst um den Henne gekümmert.
Von unserem Verhältnis wußte er nichts.
Vielleicht hat er etwas geahnt. Aber gewußt...
Gewußt hat er es erst, als Henne ihm das gesagt hat, und dann war da das Beichtgeheimnis.
Erst als ich von mir aus zu ihm kam...da war der Henne aber schon tot.
Der Pfarrer wollte nicht, daß ich nach Mainz ginge. Er wollte das selbst regeln. Jetzt ist auch das zu spät, warum sollte ich jetzt noch nach Mainz gehen. Den richtigen Mörder könnte ich doch nicht finden. Aber ihr könnt vielleicht..."

II

In den Ruinen bei St. Barbara

Wenn dic Männer, die den Pfarrer Freyenthal umgebracht hatten, auch hinter uns her wären, dann mußten wir damit rechnen, daß sie unsere Verfolgung aufnähmen, sobald wir Anstalten machten, Johannisberg zu verlassen, um etwas zu unternehmen.
Schon bevor wir in Gensingen eintrafen, hatte ich das Gefühl, es verfolge uns jemand. Ich drehte mich im Sattel manchmal schnell um, weil ich dachte, so könnte ich ihn vielleicht entdecken, meinte dann auch hin und wieder, ich sähe eine hastige Bewegung, mit der sich einer geschwind in einem Verstecke hätte bergen können, aber das konnte natürlich auf Einbildung beruhen. Wenn man etwas zu sehen erwartet, sieht man es oft auch, ohne wirklich etwas zu sehen.

Für den Fall eines Angriffs aus dem Hinterhalt hatte ich mich gewappnet. Ich hatte mir einen Dolch so in den Gürtel gesteckt, daß ich ihn mit der Linken leicht herausziehen konnte. Den Dolch hatte ich von meinem Vater geerbt und in meinem Keller an die Wand gehängt. Bei der Arbeit tat er mir vielerlei Dienste, für die er eigentlich nicht geschaffen war. Von Meister Leberlein, Marias Vater, hatte ich eine Pistole ausgeborgt.
Das war ein ungefüges Ding mit zwei Läufen, das ich stets geladen in einem Futteral an meiner Seite trug. Mit einer sinnreichen Riemenkonstruktion hatte Oskar das Futteral an meiner linken Seite so befestigt, daß der Griff der Pistole nach vorne ragte. Die Pistole konnte ich also mit der Rechten leicht ergreifen und auf einen Angreifer anschlagen. Wenn ich mit meinem linken Arm keine ausgreifenden Bewegungen machte, blieb sie einigermaßen versteckt unter meinem weiten Kittel. Ich mühte mich also, alle meine Bewegungen nach rechts zu verlagern, obwohl ich gerne auch die Linke einsetze.
Pater Anselm hatte das natürlich schon bald bemerkt und auch gesehen, warum ich mich so seltsam bewegte. Er nahm es schmunzelnd zur Kenntnis, sagte aber nichts.

Oskar, das will ich hier einfügen, hatte eine Flinte mitgenommen, und an Pater Anselms etwas steifer Haltung konnte ich sehen, daß Oskar diesem das Kettenhemd aufgeschwatzt hatte, das ihm vor kurzem bereits einmal gute Dienste geleistet hatte, als ihn ein Bösewicht im Rheingau unversehens angegriffen hatte.

Jetzt auf dem Wege nach Trier hatte ich freilich nichts zu befürchten. Denn auf dem ersten Stück des Weges, auf dem Ritt nach Simmern, wurde ich von Mondorf und seiner Tochter begleitet. Da war ein heimtückischer Angriff schon fast mehr als unwahrscheinlich; denn wenn mich einer umbringen wollte, dann wollte er das doch möglichst ohne Aufsehen und ohne Risiko für sich selbst erledigen und auch so, daß man für meinen Tod jemand anderen verantwortlich gemacht hätte, so wie für den Tod de Laurants und den Tod Freyenthals andere verantwortlich gemacht worden waren.
In Simmern konnte ich mich einer Reisegruppe anschließen, die nach Trier wollte, freundliche, wenn auch sehr lebhafte Leute, die durch den Lärm, den sie in den Wäldern machten, nicht nur die Tiere, sondern auch alle bösen Menschen fernhielten.

In Trier kannte ich niemanden, den ich hätte besuchen können, um bei ihm für ein paar Tage Wohnung zu nehmen, ich hatte mir daher eine kleine Herberge empfehlen lassen und erklären lassen, wo die Schwester des Hofrats Weißenberg in dem nahegelegenen Paulin zu finden sei; denn bei dieser Schwester wollte ich mit meinen Nachforschungen beginnen. Weil mir kein Vorwand einfiel, unter dem ich sie hätte besuchen können, und weil ich niemanden kannte, der mich an sie hätte vermitteln können, und weil ich zudem nicht viel Zeit hatte, mir zu überlegen, wie ich unauffällig Zutritt zu ihrem Haus erlangen könnte, dachte ich, es sei am besten, wenn ich meine Nachforschungen ganz offen durchführte.
Die Herberge war leicht zu finden. Sie liegt in der Nähe des Simeonstiftes. Sie ist klein, aber sehr gemütlich und sauber. Ich wurde dort freundlich aufgenommen, und es war sicher nicht die Schuld des Wirtes, wenn ich den Aufenthalt in Trier beinahe nicht überlebt hätte, denn er labte mich mit vorzüglichen

Speisen, Moselfisch und Hammelfleisch vom Hunsrück. Auch sein Wein war nicht zu verachten. Wenn Trier nicht so weit entfernt läge von meinem Institut, würde ich des Abends zuweilen gern mit Maria diese Herberge aufsuchen.

Ich erreichte Trier am Vormittag und ging, nachdem ich mein Pferd versorgt und etwas zu mir genommen hatte, gleich zum Hause der Schwester Weißenbergs. Sie hat übrigens einen Herrn von Kerpen geheiratet, der aber mit dem Landstatthalter, dem Freiherrn von Kerpen, nicht verwandt sein soll. Aber auch so unterhalten sie und ihr Mann gute Beziehungen zum kurfürstlichen Hof. Das hat mir der Wirt gesagt, als ich ihn nach dem Weg zu ihrem Hause fragte.
Als ich den Hof betrat, fuhr gerade eine Kutsche zum Tor hinaus, eine junge Frau und ein junger Offizier. Ich dachte an Bettina und ihren Offizier und war erstaunt, weil ich diese beiden in Aschaffenburg wähnte.
Der Offizier hielt die Kutsche an, grüßte nach mir hin und fragte, ob ich wohl der Karl aus dem Rheingau sei, den sie den Spätlesereiter nennten. Als ich das bejahte, meinte er, indem er mich abwägend betrachtete, ich hätte doch eine wohlgebildete Nase, um die es schade wäre, wenn sie zu Schaden käme, weil ich sie in anderer Leute Angelegenheiten steckte. Ich solle mir überlegen, ob es nicht für meine Gesundheit besser wäre, wenn ich wieder heimreiste. „Das Klima hier in Trier..."
Er vollendete den letzten Satz nicht, sondern schaute mich nur noch einmal sehr genau an, grüßte und fuhr los.
Jetzt konnte für mich kein Zweifel bestehen, daß es sich um Bettina und ihren Offizier gehandelt hatte. Ich hatte nun Gelegenheit gehabt, mir die beiden genau anzusehen, ein schönes Paar, dem ich nur Glück wünschen konnte. Trotz der seltsamen Warnung konnte ich mir nicht vorstellen, daß der junge Offizier etwas mit dem Mord an de Laurant zu tun haben könnte. Aber wer will schon einen Bösewicht an seinem Aussehen erkennen? Die ärgsten Bösewichter haben oft die freundlichsten Gesichter. Woher kannte er mich? Vielleicht hatte mich jemand beschrieben, Hehlmann vielleicht? An meiner Haartracht war ich wohl leicht zu erkennen und an Grandpatte, der meistens bei

mir war. Vielleicht war er auch jener Offizier gewesen, der nach Johannisberg gekommen war, um Pfarrer Freyenthal nach Mainz zu holen. Ich hatte ihn damals nur flüchtig gesehen.
Die Hausfrau empfing mich mit einiger Zurückhaltung. Sie hatte zwar bereits von der Entdeckung der Spätlese in Johannisberg gehört und auch von einem jungen Mann, der sie entdeckt haben sollte, das war ihr aber nur wie eine Sage aus einem fernen Lande vorgekommen, fremd und unwirklich, da sie sich auch nicht vorstellen konnte, wie man die Spätlese reitend hatte entdecken können.
Erst als ich ihr erklärte, in welcher Beziehung ich zu dem Pfarrer von Gensingen stände, und daß der Pfarrer ermordet worden sei, und daß ich gekommen sei, um diesen Mord aufzuklären, hörte sie mir aufmerksam zu, und als ich ihr erklärte, die Behörden nähmen an, der Pfarrer sei von Franzosen erstochen worden samt seiner Köchin, einer alten Frau, schüttelte sie unwillig den Kopf.
„Ich wußte nicht recht, warum er hier war. Schon gleich dachte ich, daß er nicht des Bildes wegen gekommen wäre, das er da kopiert hat. Ich merkte, daß er einiges von mir wissen wollte über den jungen Offizier, den Franz von Soonsfeld, dem ihr wohl gerade noch begegnet seid.
Es hat mir Spaß gemacht, ihn zappeln und immer wieder neue Versuche machen zu lassen, mich auszuhorchen. Ich habe ihn immer wieder mißverstanden und habe ihm alles mögliche über meinen Bruder in Mainz erzählt, was er gar nicht wissen wollte. Ich hatte geglaubt, dieser habe ihn hierher geschickt um herauszufinden, was ich über diesen Offizier wisse, und was ich von ihm hielte. Da dachte ich, es geschähe meinem Bruder nur recht, wenn er durch den Pfarrer lediglich etwas über sich selbst erführe, darüber etwa, was er für ein Tyrann sei, und wie er sich mit seiner silbernen Figur aufgeführt habe."
Ich sagte nichts, sondern sah sie nur verständnisvoll an, so ungefähr, wie ich jemanden ansehe, wenn Maria sagt: „Wenn du so guckst, meint jeder, er könnte dir vertrauen."

Nach einer Weile fuhr sie fort:
„Lächerlich hat er sich aufgeführt. Ich meine meinen Bruder. Als ob das Abbild des Heiligen ein Abbild von ihm selbst sei oder

gar ein Stück von ihm sei, und als ob er selbst geehrt werde, wenn die Figur auf den Altar gestellt werde, und als ob man ihn beleidige, wenn man die Figur nur auf einen Paramentenschrank in der Sakristei stellte, so hat er sich aufgeführt. Manchmal habe ich gedacht, ‘der betet sich selbst an’, wenn ich ihn so vor der Figur stehen sah.“
Sie unterbrach sich. Sie hatte wohl mehr gesagt, als sie hatte sagen wollen und schaute mich jetzt nachdenklich an, als überlege sie, ob sie mir wirklich vertrauen könne. Sie hatte offenbar sehr unter ihrem Bruder gelitten.
„Und ihr seid nun gekommen…?“
Sie wollte noch einmal hören, warum ich gekommen sei, also sagte ich: „Ich bin gekommen, weil ich nicht glaube, daß Franzosen den guten Pfarrer Freyenthal umgebracht haben. Er war nach Trier gereist, um den Mord an de Laurant aufzuklären. Er war davon überzeugt, daß der arme Kerl, der Lohwin, der wegen des Mordes hingerichtet werden sollte und dann auf der Flucht erstochen wurde, den Mord nicht begangen habe.
Ich weiß, daß er recht hatte, weil ich mittlerweile erfahren habe, wo dieser Mann war, als der Mord geschah. Er kann an dem Morde nicht beteiligt gewesen sein.“
Sie sah mich nachdenklich an, sagte aber nichts.
Ich fuhr also fort.
„Freyenthal wurde umgebracht, nachdem er in Trier war und später dann reichlich öffentlich gesagt hatte, er kenne den Mörder. Ich denke also, er könnte in Trier etwas erfahren haben, was ihm geholfen hat, den Mörder zu entdecken, etwas, was er uns bei seinem letzten Besuch in Johannisberg, der ein wenig schnell beendet wurde, nicht gesagt hat.“
Sie antwortete nicht sofort, sondern überlegte eine ganze Weile und sagte dann: „Ich wüßte nicht, was das sein könnte. Ich habe eigentlich schon alles gesagt, was ich weiß. Ich habe mich darüber geärgert, daß dieser Freyenthal immer wieder von dem jungen Soonsfeld anfing. Später habe ich dann über den Mord an de Laurant nachgedacht und mir ist eingefallen, daß er wohl diesen Offizier in Verdacht hatte. Das hat mich noch mehr geärgert. Als ob der es nötig gehabt hätte, einen Nebenbuhler aus dem Weg zu räumen. Da war ja schließlich ich noch da!“

Sie reckte sich stolz, daß man hätte meinen können, sie hätte auch selbst Hand angelegt, um ihrer Nichte den geliebten Mann zu beschaffen.
„Jetzt ist das ohnehin alles vorbei. Der Kurfürst hat gnädig geruht, dem Freiherrn von Soonsfeld Urlaub zu geben. Da ist er mit Bettina sogleich hierhergekommen.
Die beiden sind verheiratet. Dafür habe ich gesorgt. Sie sind hierher gekommen, und ich habe eine Dispens besorgt, sodaß sie heiraten konnten. Jetzt wohnen sie hier. Aber ich denke, sie werden bald nach Mainz oder Aschaffenburg fahren, um den Alten zu besuchen. Ich wäre gerne dabei, um zu sehen, was der für Augen macht; denn er weiß noch nichts von dieser Heirat und wird ganz herrlich überrascht sein!“ Sie klatschte voll Freude in die Hände.
Voll Freude über die Hochzeit oder darüber, daß sie ihren Bruder hatte übertölpeln können?

Mehr konnte ich von ihr nicht erfahren. Mir kam es nun auch so vor, als ob der Offizier keinen Grund gehabt hätte, den de Laurant zu töten. Daß aber die Tante selbst dafür gesorgt haben sollte, daß de Laurant umgebracht würde, nur um eine Verbindung zu fördern, die ihrem Bruder nicht genehm war, das schien mir doch zu unwahrscheinlich.
Als ich zurückging, hatte ich wieder, wie schon in Gensingen, so ein ungutes Gefühl, als beobachte mich einer. Ich hielt mich auf der Mitte der Straße, sorgte dafür, daß Grandpatte trotz aller Versuchungen, die ihn in Gestalt schöner Hündinnen anwandelten, neben mir blieb, und hielt meine Hand am Griff der Pistole.
Es geschah aber nichts. Nur wenn ich mich plötzlich umdrehte, schien es mir wieder, als springe ein Verfolger schnell hinter eine Mauer, um sich vor mir zu verbergen.

Der nächste Tag war ein Sonntag. Ich ging also in der Frühe zur Messe. Meine Verfolger, so dachte ich, nähmen sicher an, ich ginge in den Dom, also würden sie mich dort erwarten, wo sie im Gedränge der Gläubigen leicht so nahe an mich heran kommen könnten, daß sie mich mit einem schnellen Dolchstich aus dem

Weg räumen könnten. Ich ging daher von dem Simeonsstift aus in die entgegengesetzte Richtung zur Kirche des heiligen Paulinus und habe es nicht bereut; denn diese Kirche hat mich allein durch ihre Gestalt schon in eine gehobene Stimmung versetzt. Während ich mich im Dom, der wie eine starke Burg auf der Erde ruht, eingefügt fühle in die Sicherheit des Glaubens, scheint es mir in St. Paulin, als sei ich hinauf in den Himmel gehoben, einen goldenen Himmel, einen Himmel, der schwebt, der sich fröhlich bewegt, ja man könnte fast sagen, einen Himmel, der tanzt.
Der Baumeister hat es fertiggebracht, die starren Steine so zu formen, daß sie durch Licht und Farbe zu einer wunderbaren Bewegung angeregt werden. Man muß nur an einem Sonnentag durch die große Tür in den Kirchenraum gehen und unter der Orgel stehen bleiben, dann sieht man, wie da der Himmel tanzt.
Der Pfarrer hat mich dann in der Predigt schnell wieder auf die Erde geholt. Er sprach zu der Stelle im ersten Petrusbrief, in der es heißt, wir sollten nüchtern und wachsam sein, denn der Teufel gehe umher wie ein brüllender Löwe und suche, wen er verschlingen könne.
Meine Gedanken sind gleich zu meinen unsichtbaren Verfolgern, meinen eigenen Teufeln gewandert, die da hinter mir herschlichen und verschwanden, wenn ich mich nach ihnen umdrehte. Ich wünschte mir, daß sie brüllten, damit ich mich gegen sie wappnen könnte. Sie kamen mir mehr wie schleichende Tiger vor, die mich unversehens anfallen und überraschen wollten, und ich überlegte, nun ganz von der Predigt abirrend, daß man zwar dem Teufel keine Gelegenheit geben dürfe zuzuschnappen, daß es mit meinen menschlichen Teufeln aber vielleicht gerade umgekehrt sei, daß ich ihnen eine ganz bestimmte günstige Gelegenheit zu einem Angriff bieten müßte, um bei dieser Gelegenheit dann besonders gerüstet zu sein. So könnte ich den Zeitpunkt und den Ort des Angriffs selbst bestimmen. Ich müßte nur diese Teufel in Versuchung führen, damit sie mich dann angriffen, wenn ich auf ihren Angriff vorbereitet wäre.

Später, in meinem Zimmer in der Herberge sitzend, überlegte ich mir, wie ich meinen Verfolgern eine solche Falle stellen könnte.

Ich müßte mich an einen Ort begeben, an dem sie mich anfallen könnten. Das müßte ein verlassener Ort vor der Stadtmauer sein. Wenn mich einer anfiele, ohne daß ich damit rechnete, dann müßte ich unterliegen, weil ich durch die Überraschung gelähmt wäre. Wenn ich aber an einem solchen verlassenen, von mir selbst ausgewählten Ort mit einem Angriff rechnete, dann wäre der Angreifer überrascht, und ich müßte ihn überwältigen können, zumal auch noch Grandpatte da wäre, der mich wohl zusätzlich warnen und bei einem Kampfe unterstützen würde.
Wahrscheinlich wären es zwei Angreifer, dachte ich.

In Gensingen hatte man von drei Franzosen gesprochen. Mindestens einer von diesen dreien müßte hinter Pater Anselm her nach Johannisberg gegangen sein, um zu beobachten, was dort geschähe.
Weil ich dabei war, nach Trier zu reisen und etwas zu unternehmen, würden sie mich wahrscheinlich für den gefährlicheren halten und zu zweit hinter mir her sein.
Die Überraschung und Grandpatte würden mir helfen, auch mit zwei Angreifern fertig zu werden.
Nun mußte ich also eine Gelegenheit herbeiführen, die für einen Angriff meiner Verfolger günstig wäre. Ich mußte einen Ort ausfindig machen, wo ein Überfall leicht stattfinden konnte, und ich mußte die Verfolger wissen lassen, wann ich vorhätte, diesen Ort aufzusuchen.
Beides schien mir nicht so schwer zu sein. Ich hatte schließlich noch vor, am nächsten Tag das Kloster zu besuchen, in dem die Figur gestanden hatte. Zwar hatte ich vergessen, welches Kloster das war, und meine Notizen hatte ich bei Pater Anselm gelassen. Ich hatte auch vergessen, die Frau von Kerpen, die Tante, zu fragen, welches der vier Benediktinerklöster das richtige sei. Ich wußte nur, daß es außerhalb der Stadt in der Nähe der Mosel liege. Da alle Benediktinerklöster außerhalb der Stadt liegen, war mir dies Wissen keine große Hilfe. Ich dachte aber, St. Matthias könne wohl dieses Kloster sein, da es am weitesten außerhalb der Stadt liegt.
Auf einem Plan der Stadt hatte ich gesehen, daß ich auf dem Weg zu diesem Kloster, einen kleinen Umweg machend, in der Nähe

des Dorfes St. Barbara die Ruinen einer alten Burg und einer römischen Badeanstalt besuchen könnte.
Diese Ruinen sollten der Ort sein, wo ich meinen Verfolgern das Verfolgen endgültig verleiden wollte.
Es schien mir einfach, diese Übeltäter wissen zu lassen, daß und wann ich zu diesen Ruinen gehen wolle. Ich mußte mir nur recht umständlich und laut von dem Wirt den Weg nach St. Matthias erklären lassen, möglichst vor der Herberge stehend, damit alle Leute, die da ständen, zuhören könnten. Wachsame Verfolger wären sicher in der Nähe, um zuzuhören.

Am nächsten Tage fragte ich den Wirt, wie ich gehen solle, wenn ich das Kloster St. Matthias besuchen und dabei die Ruinen bei St. Barbara durchqueren wolle. Ich interessiere mich sehr für die Ruinen aus der Vorzeit und hätte gehört, bei St. Barbara lägen solche geheimnisvollen Ruinen, durch die ein einsamer Pfad mitten hindurch führe.
„Da muß ich euch dringend warnen, junger Mann!", sagte der Wirt. „Diese Ruine ist ein verrufener Ort, den keiner gerne besucht. Leicht könntet ihr dort Räuber treffen, die euch gefährlich werden könnten."
Da lachte ich und sagte: „Was sollen Räuber an einem Ort, den keiner besucht? Da finden sie doch nichts zum Rauben; denn wen sollen sie berauben, wenn keiner kommt? Räuber müssen sich dort aufhalten, wo Leute sind, die sie berauben können. Was auch sollten sie bei mir finden? Ja, wenn ich ein reicher Mann wäre... aber so..."
„Ihr solltet nicht so leichtfertig daher reden. Manchem schon ist sein Leichtsinn zum Verhängnis geworden. Ungern würde ich einen guten Gast verlieren."
„Wenn das so gefährlich ist", sagte ich, nun den Übermütigen spielend, „dann will ich gleich zweimal dort hindurchgehen und den einsamen Ort von seinem schlechten Rufe erlösen. Auf dem Hinweg und auf dem Rückweg will ich die Ruinen besuchen. Keiner soll sagen können, ich hätte vor ein paar alten Mauern Angst gehabt."
Wenn meine Verfolger zuhörten, mußte das für sie fast wie eine Herausforderung klingen.

Der Wirt schüttelte den Kopf und erläuterte mir dann widerwillig, wie ich gehen müsse. Ich aber hatte die Freude zu sehen, daß mehrere Leute da standen, und einer sogar in die Erklärungen des Wirtes eingriff und mich schließlich auch noch davor warnte, allein durch die Ruinen gehen, weil diese ein sehr einsamer Ort seien. Es sei überhaupt nicht unmöglich, dort auf Leute zu treffen, die einem einsamen Wanderer gefährlich werden könnten. Ein anderer, ein schmächtiger Kerl sagte, dort in den Ruinen hätten sich sicher noch Deserteure der preußischen Armee eingenistet, die im vergangenen Herbst so jammervoll aus Frankreich zurückgekommen sei, nachdem sie bei der Kanonade von Valmy nicht habe bestehen können. Krank seien die Soldaten gewesen, und viele seien noch in Trier gestorben.
Dann vergaßen sie mich und fingen an, über das Elend der Soldaten zu reden. Auch hessische Soldaten seien dabei gewesen, in erbärmlichem Zustand. In der Mosel seien tote Pferde getrieben und auch Soldaten. Wenn man bedenke, wie stolz und siegesgewiß sie ausgezogen seien…
In einiger Entfernung glaubte ich unter den Leuten sogar den jungen Offizier, den Franz von Soonsfeld, zu erkennen.
Ich ging sofort los.
Auf dem Weg zu dem Kloster machte ich mir keine großen Sorgen; denn ich nahm an, wenn ein Überfall geplant werde, dann werde er für meinen Rückweg geplant.
Ich fand den einsamen Pfad, aber nicht mehr viele Ruinen. Da muß auch eine Burg gewesen sein, so etwas wie eine Wachtburg. Aber jetzt sind da nur noch Mauerreste. Die Ruinen wurden, wie ich hörte, zuerst als Steinbruch benutzt. Was übrig geblieben war, wurde dann vor ungefähr hundert Jahren von den Franzosen zerstört, die damals schon einmal hier eingefallen waren. Ich konnte jedenfalls nicht mehr viel erkennen.
Erkennen konnte ich aber, daß der Ort für meinen Zweck gut gewählt war, weil nur eine Stelle für einen Hinterhalt geeignet schien. Der einsame Pfad führte durch niedriges Gebüsch, in dem einzelne Bäume standen. Ich sah geborstene Säulen, Gräben und Eingänge zu unterirdischen Gängen. Alles das war wenig geeignet für einen Hinterhalt, denn die Stellen, an denen sich einer gut hätte verbergen können, lagen zu weit von dem

Fußpfad entfernt. An einer Lichtung aber fand ich eine Mauer bis an den Pfad herangeführt, als ob sie eigens für einen Hinterhalt gebaut wäre. Dort, dachte ich, würden mich meine Verfolger erwarten, und dort wollte ich den Kampf mit ihnen bestehen.

Im Kloster St. Matthias wurde mir ein seltsamer Empfang zuteil. Ich wollte nicht gleich in die Kirche gehen und nach einer Figur des heiligen Thomas suchen, die der Bildhauer in der Zwischenzeit wohl nach der Skizze des Pfarrers Freyenthal fertig geschnitzt haben müßte, und wendete mich, weil ich im Hofe keinen der Mönche sah, an eine Frau, die da an der äußeren Mauer des Hofes einen kleinen Tisch hatte, auf dem sie Kerzen und Devotionalien zum Verkauf an fromme Pilger ausgebreitet hatte. Ich fragte sie, ob sie etwas von einer Figur wisse, die in der Sakristei vor ein paar Jahren gestohlen worden sei, und jetzt von einem Bildhauer wieder neu geschnitzt worden sei.
Sie verneinte das.
Während ich noch vor der Kirche stand und überlegte, ob ich einen Mönch suchen solle, den ich fragen könne, kam einer herbei, anscheinend von der Frau geschickt und fragte mich, was ich wissen wolle. Ich stellte ihm die gleiche Frage wie der Frau und fügte noch hinzu, das sei eine silberne Figur gewesen.
Warum ich das wissen wolle?
Ich sagte, das sei wichtig, um einen Mord aufzuklären, und um mich ihm vorzustellen, fügte ich noch hinzu, ich komme aus dem Rheingau, man hätte mir dort den Namen 'Spätlesereiter' gegeben, weil ich durch einen Ritt den Vorteil der späten Lese entdeckt hätte.
Da hat er mich dann von oben bis unten betrachtet und schließlich sehr hochmütig angesehen und gesagt, in seinem Kloster würden keine Figuren gestohlen, da komme so etwas nicht vor. Für solche Geschichten müsse ich mir ein anderes Kloster suchen. Als ich bei dieser unerwartet unfreundlichen Rede mit meiner Antwort etwas ins Stocken geriet, wies er mir spöttisch grinsend die Tür und meinte, ich möge nun gehen, mehr werde er mir nicht sagen.
Was hätte er sich wohl vergeben, wenn er auf meine Frage etwas freundlicher eingegangen wäre?

Verärgert machte ich mich auf den Rückweg und schlug, ohne viel nachzudenken, den Weg ein, den ich gekommen war, und vergaß vor lauter Ärger auch, auf meine Umgebung zu achten, bis ich in die Ruinen eingetreten war, und es zu spät war umzukehren.

Nun war ich allerdings sehr auf der Hut, und Grandpatte, der neben mir herlief, schaute mich manchmal verwundert an, weil er nicht gewohnt war, mit mir so langsam und vorsichtig zu gehen.

Wir waren noch nicht weit in die Ruinen eingedrungen, da hörten wir plötzlich vor uns mehrere Rufe und einen Schrei, der mir in den Ohren klang wie ein Todesschrei.

Wir eilten den sich schlängelnden Pfad entlang, der Gräben und Höhleneingängen ausweichen mußte, und konnten bald die kleine Lichtung überschauen, auf der die Mauer stand, die mir für den Hinterhalt geeignet erschienen war. Dort war offenbar ein Kampf im Gange oder vielmehr zu einem schrecklichen Ende gelangt. Ich sah einen Mann auf dem Boden liegen, einen anderen, der sich gegen einen dritten wehrte, der, als er mich rufen hörte, weglief, vielleicht auch weggelaufen wäre, wenn ich nicht gerufen hätte, da er dem dritten nicht standhalten konnte. Auch dieser dritte schlug sich seitwärts in die Büsche.

So konnte ich, auf dem Kampfplatz ankommend, nur noch den Mann betrachten, der da auf dem Boden lag. Regungslos lag er da. Er war tot.

Seine Kleidung war schlicht. Hohläugig schien er mir, und sein Gesicht war hinter einem wildwuchernden Bart versteckt. Ich mußte daran denken, wie Oskar die beiden Reiter beschrieben hatte, die den Pfarrer Freyenthal nach Johannisberg verfolgt hatten. Vielleicht hätte Oskar den Toten erkennen können.

Der Tote hatte eine klaffende Wunde seitlich am Hals und eine Stichwunde in der Brust. Beide Wunde sahen so aus, als ob sie durch einen Degen verursacht worden seien. Degen aber trugen die Offiziere der Kurmainzer Truppen... allerdings trugen auch andere Leute Degen, und eine weiße Uniform hatte ich an dem davonlaufenden Mann nicht sehen können. Nun muß ein Offizier ja nicht immer und bei jeder Gelegenheit eine Uniform tragen.

Ich wendete mich noch einmal dem Toten zu.
Ob da einer meiner Verfolger vor mir lag?
Wahrscheinlich!
Ob meine beiden Verfolger an den Falschen geraten waren?
Ob ich einen geheimnisvollen Beschützer hatte, der meine Verfolger angegriffen und mit seinem Angriff so überrascht hatte, daß er einen sogar hatte töten können?
Einen Beschützer, der einen Degen trug?
Aber warum war er weggelaufen und hatte nicht auf mich gewartet?

Ich fühlte mich gar nicht wohl, so allein mit dem Toten an diesem einsamen Orte. Grandpatte suchte schnüffelnd den Boden ab, fand aber nichts und stieß schließlich mit der Schnauze gegen den breiten Dolch, der neben dem Toten lag, mit dem er sich wohl vergeblich zu wehren versucht hatte.
Ich ließ den Toten liegen, wie er da lag, auch den Dolch rührte ich nicht an und ging weiter auf dem Weg zur Stadt. Wenn mir da einer geholfen hatte, würde der sicher etwas veranlassen, daß der Tote geborgen würde. Wenn es ein Unbeteiligter war, der da angegriffen worden war, und wenn er weggelaufen war, weil er angenommen hatte, ich gehöre zu den Angreifern, dann würde er sicher zu den Behörden gehen und die ganze Sache dort melden. Für mich, dachte ich, wäre es besser, nicht in diese Sache hineingezogen zu werden, schließlich hätte einer auf den Gedanken kommen können, ich hätte den Mann umgebracht.
Ich beschleunigte meine Schritte und suchte ein Gasthaus, in dem ich etwas zu essen bekommen könnte. Grandpatte hatte mich schon darauf hingewiesen, daß er hungrig sei, indem er sich, immer wenn ich nach ihm hinschaute, das Maul leckte.

Am Nachmittag ging ich nach St. Martin, einem großen Kloster am Moselufer ganz in der Nähe der Stadtmauer. Dort wurde ich, als ich vom Tode Freyenthals und von der silbernen Figur sprach, gleich zum Prior geführt, der mich sehr freundlich empfing.
Er zeigte mir die Holzfigur, die tatsächlich bereits fertiggestellt war. Er erzählte mir auch von dem Mönch, den sie den Schrift-

gelehrten nennen, der gemeint habe, die Zeichnung Freyenthals sei vollständiger gewesen, als sie hätte sein dürfen, und auch die neue Figur sei falsch, weil sie wie die Zeichnung einen Gewandzipfel aufwiese, den die ursprüngliche Figur durch einen Unfall verloren gehabt habe.
Er deutete mit dem Finger auf diesen Gewandzipfel, den die hölzerne Figur jetzt hat, der aber eigentlich fehlen müßte.
Sonst konnte er mir nichts sagen, was ich nicht bereits wußte.
Er konnte sich nicht vorstellen, was der Pfarrer Freyenthal von ihm habe erfahren können, was ihn in die Lage versetzt haben könnte, den Mord an Max de Laurant aufzuklären.
Er war sehr unglücklich darüber, daß zwei Männer kurze Zeit nach einem Gespräch mit ihm ermordet worden waren.
Er versuchte noch einmal, alle Gespräche zu rekapitulieren, die er mit de Laurant geführt hatte, und sich an alles zu erinnern, was er mit Pfarrer Freyenthal besprochen hatte. Wir saßen lange zusammen, aber eine Lösung konnten wir nicht finden.

Am nächsten Tage machte ich mich auf den Heimweg. Ich ritt durch die Hunsrückwälder ganz allein, im Vertrauen darauf, daß der Bärtige in den Ruinen bei St. Barbara einer meiner Verfolger gewesen sei, und daß seinem Kumpan nun die Freude an einer weiteren Verfolgung abhanden gekommen sei.
Ein weiser Mann hat mir übrigens erklärt, diese Ruinen bei St. Barbara, die Ruinen einer alten Wachtburg und römischer Thermen, also einer römischen Badeanstalt, seien, könne man, weil sie nahe bei St. Barbara gelegen seien, einfach die Barbarathermen nennen.
Grandpatte blieb an meiner Seite.
Manches Mal faßte ich nach Meister Leberleins Pistole, erschreckt vielleicht von einem Reh, wenn im Wald die Zweige knackten, oder vom Wind, wenn die Blätter rauschten, aber wir blieben unbehelligt und erreichten unversehrt den Rhein.

Maria war glücklich, als ich wieder zu Hause war.
Im Kloster war während meiner Abwesenheit nichts vorgefallen.

III

Dante und Shakespeare

Pater Anselm traf ich am nächsten Tag einmal nicht im Keller, sondern in der Klosterbibliothek.
Der Pförtner erklärte mir ganz geheimnisvoll, mit Pater Anselm müsse in Gensingen etwas Seltsames vorgegangen sein. Ein paar Tage, nachdem er von dort zurückgekommen sei, habe er sich mit einem der Brüder, der den Zeichenstift geschickt zu handhaben wisse, in der Klosterbibliothek eingeschlossen und komme nur zum Besuch der Gottesdienste und zu den Mahlzeiten heraus. Er sei ungesellig, ganz gegen seine Gewohnheit, gebe auf Fragen kurze und oft unzutreffende Antworten, die zeigten, daß er gar nicht zugehört habe, und sei offenbar so tief in ein unlösbares Problem eingedrungen, daß er nun nicht mehr hinausfinde.
Als ich an die Tür der Bibliothek klopfte, öffnete der Bruder, der mit dem Zeichenstift vertraut war. Pater Anselm, der an einem langen Tische stand, kam fröhlich auf mich zu und sagte: „Wir haben den Kopf gefunden und haben ihn auch gleich vergrößert. Das war zwar mühsam, weil wir uns mit dem Storchschnabel nicht so gut auskannten. Aber wir haben es geschafft!"
Ich sah auf dem Tische zwei Zeichnungen liegen. Eine zeigte den Kopf eines Mannes, von der Seite gesehen, etwa drei Zoll hoch. Die andere zeigte, das fiel mir sofort auf, denselben Kopf, aber nun in natürlicher Größe. An der Ecke des Tisches lagen mehrere Zeichnungen dieses Kopfes in verschiedenen Ausführungen und Größen, die anscheinend alle verworfen worden waren. Auf dem Tisch lag auch ein Gerät, aus verschieden großen Stäben oder Schienen gefertigt, die sich spitzwinklig kreuzten und wohl irgendwie bewegen ließen. An einem Ende des Gerätes war ein zugespitzter Holzstift und an dem anderen ein Zeichenstift befestigt. Dann waren da noch Gelenke und ein weiterer Stift.
„Das ist der Storchschnabel", sagte Pater Anselm, „damit kann man Zeichnungen ganz genau übertragen und verkleinern und vergrößern. Damit haben wir auch diesen Kopf auf ein anderes

Blatt übertragen und zugleich vergrößert. Du wirst zugeben müssen, daß das derselbe Kopf ist, einmal groß und einmal klein. Den kleinen habe ich gefunden. Den großen haben wir mit dem Storchschnabel hergestellt."
„Und wo habt ihr den kleinen gefunden?"
„Den habe ich in Gensingen gefunden. Du hast doch gesehen, daß ich dort ein Buch an mich genommen und dann auch mitgenommen habe. Als ich das Fresko sah, auf dem der Kopf ausgekratzt war, habe ich gleich gedacht, daß dieses Buch irgendwo sein müsse, und daß ich, wenn überhaupt irgendwo, dann in diesem Buche die Zeichnung zu diesem fehlenden Kopfe finden könne.
Hier liegt das Buch."
Er zeigte mir ein altes, offenbar schon häufig gelesenes, mit vielen Anmerkungen am Text versehenes Buch, die 'Göttliche Komödie' von Dante Alighieri. Es war aufgeschlagen an einer Stelle des vierundzwanzigsten Gesanges der Beschreibung des Infernos, der Hölle.
„Der Mörder ist ein dummer Mörder oder ein eiliger und nachlässiger Mörder oder ein unwissender Mörder, ein Mörder, der sich in Dantes Beschreibung der Hölle nicht auskennt, sonst hätte er nicht nur den verräterischen Kopf, seinen eigenen Kopf, ausgekratzt, sondern auch nach diesem Buche gesucht. Es muß ein Kopf gewesen sein, der ihn hätte verraten können, also sein eigener."
Er setzte sich und forderte mich auf, mich ebenfalls hinzusetzen. Der Bruder 'Zeichenstift' hatte den Raum mittlerweile verlassen.
„Freyenthal hat uns drei Hinweise hinterlassen. Zwei betreffen den Mörder, und einer betrifft die Art, wie wir den Mörder überführen können.
Der erste Hinweis ist der Kopf, der auf dem Fresko ausgekratzt war, dessen Zeichnung oder Skizze ich jetzt in diesem Buch gefunden habe. Freyenthal hat den Kopf zuerst auf Papier gezeichnet, ehe er das Fresko gemalt hat.
Der Kopf im Fresko trug die Züge des Mörders. Warum sonst hätte der Mörder ihn auskratzen sollen. Wenn er irgendeinen beliebigen Menschen gezeigt hätte, dann hätte er ihn ja nicht auszukratzen brauchen.

Diese Zeichnung trägt also, ebenso wie das bei dem später ausgekratzten Kopf der Fall war, die Züge des Mörders.
Der zweite Hinweis ist das Fresko selbst, das auf dieses Buch, auf die 'Göttliche Komödie' hinweist, denn es stellt einen Mann dar, der sich in der Hölle befindet, genauso wie er am Ende des vierundzwanzigsten Gesanges von Dante beschrieben ist.
Der Mörder hätte das ganze Fresko auslöschen müssen, um auch den Hinweis auszulöschen, den Freyenthal mit diesem Fresko gegeben hat.
Aber dazu hatte er wahrscheinlich weder genug Zeit noch das rechte Werkzeug. Mit einem Dolch konnte er wohl den Kopf abkratzen, nicht aber das ganze Fresko.
Also das Fresko weist auf diesen Gesang. Dort stehen sie geschrieben, die Verse von Ottern, Vipern und Brillenschlangen und einem Unglücklichen, dem die Hände mit Schlangen gefesselt sind und der von einer Schlange am Hals durchbohrt wird und Feuer fängt und verbrennt und aus der Asche zu neuem Schrecken immer wieder aufersteht.
Erinnerst du dich, daß Freyenthal gesagt hat, er werde den Mörder mit seinen eigenen Händen in die Hölle senden?
Das hat er damit gemeint. Er hat gemeint, daß er ihn mit seinen eigenen Händen in die Hölle malen werde.
Zugleich hat uns Freyenthal mit diesem Bild einen Hinweis auf das Verbrechen gegeben, das den Morden vorausging, das sozusagen der Ursprung der Morde ist. Man muß nur diesen Gesang lesen, um das zu erkennen."
Diesen Gesang hatte ich natürlich noch nicht gelesen, und so fragte ich: „Also Freyenthal hat den Mörder gemalt, als ob er in Dantes Hölle wäre. Das verstehe ich. Aber ich verstehe immer noch nicht, warum das ein Hinweis auf ein bestimmtes Verbrechen sein soll."
„Das ist doch ganz einfach. Dante beschreibt in seiner 'Göttlichen Komödie', wie er, geführt von dem Dichter Vergil, durch Hölle, Fegefeuer und Himmel reist. Er beschreibt die verschiedenen Kreise des Höllenkraters, und wie die Verdammten dort Qualen erleiden. Die Qualen aber richten sich nach der Art ihrer Verbrechen. Das bedeutet, daß einer, der die Qualen kennt, die ein Verdammter in der Hölle, in Dantes Hölle, erleiden muß, aus

diesen Qualen auf die Art seines Verbrechens schließen kann. Wenn also Freyenthal den Mörder als einen von Feuer und Schlangen gepeinigten darstellt, brauchen wir nur nachzulesen, wer in Dantes Hölle von Feuer und Schlangen gepeinigt wird, um herauszufinden, welche Verbrechen einer begangen hat, der solcherart gepeinigt wird.
Dante beschreibt, wie er einen findet, der von Feuer und Schlangen gequält wird. Er fragt den verdammten Verbrecher, warum er solches leiden müsse.
'Perch'io fui ladro alla sacrestia de'belli arredi! Weil ich ein Dieb war an den schönen Geräten der Sakristei!', antwortet der Verdammte!"
„Ein reichlich komplizierter Hinweis ist das", sagte ich da. „Das hätte er auch einfacher machen können!"
„Freyenthal wußte, daß ich Dante kenne." Pater Anselm lächelte milde.
„Aber ich glaube, er hat das gar nicht als Hinweis gedacht, er hat das Fresko gemalt, um seinen Sinn für Gerechtigkeit zu befriedigen ... und um den Mörder zu überführen."
„Den Mörder zu überführen mit Dantes Hölle? Und er hat uns also auch einen Hinweis dafür gegeben, wie wir den Mörder überführen können? Denn das scheint mir nun das Schwierigste! Wenn ich auch das Gesicht auf der Zeichnung, die ihr da gemacht habt, nicht erkenne, so scheint es mir doch einen älteren, würdigen Mann zu bezeichnen, dem keiner ein solches Verbrechen zutraut.
Da brauchen wir Beweise.
Aber ich weiß nicht, wie wir, selbst wenn wir durch das Bild den Mörder erkennen könnten, beweisen sollen, daß er der Mörder ist; denn Freyenthal hat uns mit seinem Fresko zwar eine Anklage hinterlassen, aber keine Begründung dieser Anklage."

„Erinnere dich noch einmal an die Weinprobe und an das, was Freyenthal zum Schluß sagte, da hat er einen Hinweis darauf gegeben, wie er den Mörder überführen wollte. Er hat auf Shakespeares Dänenprinzen, den Hamlet, hingewiesen und gesagt, so ähnlich wolle er es machen, und ich will ergänzen, wie er das gemeint hat. Er wollte den Mörder wie Hamlet dazu bringen,

sich selbst zu verraten, aber nicht durch die Aufführung eines Theaterstückes, sondern durch die Darbietung eines Bildes. Denk' an die Weinprobe. Eine wunderbare, ganz unverfängliche Möglichkeit, einem größeren Kreis von Leuten, bei denen gut gelaunt auch der Mörder sitzt, Bilder vorzuführen und ein Bild unter diese Bilder zu schmuggeln, das den Mörder zu einer selbstverräterischen Reaktion zwingen muß, ein Bild, das den Mörder bereits in der Hölle zeigt in einer Weise, die auf sein Verbrechen schließen läßt, das die Ursache der Morde war.
Das ist zwar eine gefährliche Methode, aber die einzige, die auch für uns jetzt bleibt, um die Sache schnell aufzuklären. Wir brauchen dazu nur das Gesicht, den Kopf, der aus dem Fresko herausgekratzt wurde. Den habe ich in der 'Göttlichen Komödie' gefunden. Das Fresko können wir mit Dantes Worten schildern, wenn wir bei der Weinprobe die Zeichnung des Kopfes zeigen."
Er unterbrach seine Rede und überlegte, ob er mir alles gesagt hätte: „Ich brauche dir nun aber nicht mehr zu erklären", fuhr er dann fort, „warum ich bei Freyenthal nach einer Ausgabe der 'Göttlichen Komödie' gesucht habe, und warum ich hoffen konnte, in diesem Buche eine Skizze des Mörderkopfes zu finden. Ich habe die Skizze genau bei der Stelle gefunden, die den Verdammten beschreibt, der auf dem Fresko dargestellt ist. Sie muß also den ausgekratzten Kopf darstellen."
Nun wollte ich noch wissen, wie wir weiter verfahren sollten.
„Ich habe unterdessen mit Hehlmann gesprochen und erfahren, daß Freyenthal vorhatte, in der nächsten Woche in Aschaffenburg eine Weinprobe durchzuführen." Pater Anselm hatte also schon etwas unternommen.
„Die Weinprobe in Gensingen", fuhr er fort, „war nur ein Versuch und sollte die entscheidende Weinprobe in Aschaffenburg vorbereiten.
Leider war sich Freyenthal seiner Sache zu sicher und hat dem Mörder viel zu früh Gelegenheit gegeben zu reagieren.
Die Teilnehmer an der Probe in Aschaffenburg sind schon eingeladen. Ich kenne sie nicht, aber ich nehme an, daß Freyenthal sie so ausgewählt hat, daß sich der Mörder darunter befindet, und ich hoffe, daß der Mörder auch kommen wird. Wenn er nicht

kommt, wird uns seine Abwesenheit ein deutliches Zeichen sein. Herrn Hehlmann habe ich gebeten, die Vorbereitungen so weiter zu führen, als ob nichts geschehen wäre, und habe ihm versprochen, daß wir beide diese Weinprobe durchführen werden. Deshalb habe ich auch eine vergrößerte Zeichnung dieses Kopfes anfertigen lassen."

„Das ist aber dann nicht das Bild, das den Dieb und Mörder in der Hölle, also im Inferno zeigt."

Er überlegte:

„Ja, wir haben dann zwar nicht das Bild, das Freyenthal malen und mitnehmen wollte. So ein Bild wurde offenbar nicht gefunden. Vielleicht gab es das Bild noch gar nicht, und er wollte es noch malen, wenn die Weinprobe erfolgreich gewesen wäre. Vielleicht hat aber auch der Mörder dieses Bild oder Anfänge dieses Bildes entdeckt und vernichtet.

Das wäre hilfreich, denn dann würde er sich umso sicherer fühlen, soweit sich ein Mörder jemals sicher fühlen kann..."

Er unterbrach sich.

„Aber?"

„Aber? Ach ja, wir haben nicht das Bild, aber wir haben eine Zeichnung des Kopfes und die 'Göttliche Komödie', aus der wir zitieren können. Ich werde unsere Vergrößerung der Kopfes zeigen und berichten, was wir bei Freyenthal gefunden haben. Ich werde das Fresko beschreiben und was unser Bild, das ja nur den Kopf des Freskos zeigt, allein nicht bewirken kann, das werden die Worte des großen Dichters bewirken!"

„Aber wenn das einen schrecklichen Skandal gibt?"

„Einen Skandal?

Es soll einen Skandal geben! Oder weißt du eine andere Möglichkeit, die Anklage so vorzubringen, daß sie gehört wird?"

Er stand auf und wollte die Zeichnungen zusammenpacken.

Ich blieb sitzen.

Endlich kam ich jetzt dazu, ihm zu berichten, was ich in Trier erlebt hatte.

„Ich war bei der Schwester Weißenbergs, bei der der Pfarrer das Bild kopiert hat, und ich war bei den Mönchen im Kloster St. Martin. Weder bei Frau von Kerpen, so heißt die Schwester, noch

bei den Mönchen habe ich etwas erfahren, was uns weiterhelfen könnte.
Aber als ich in den Hof des Kerpenschen Hauses hineinging, kam eine Kutsche herausgefahren. Darin saß ein glückliches junges Paar, frisch vermählt, wie ich bald erfuhr. Das waren Weißenbergs Tochter und dieser junge Offizier, der Freiherr Franz von Soonsfeld. Er hat ein ganz anderes Gesicht als der Kopf in der 'göttlichen Komödie'. Freyenthal kann also ihn nicht für den Mörder gehalten haben. Frau von Kerpen sagte mir auch, solch ein Verdacht sei absurd. Der junge Freiherr von Soonsfeld habe es wirklich nicht nötig gehabt, den de Laurant umzubringen; denn Bettina hätte den de Laurant ohnehin nicht geheiratet. Die sei damals zwar, der dringenden Bitte ihres Vaters folgend, nach Hause gefahren, dort hätte sie dem Alten aber bestimmt klar gemacht, daß sie den de Laurant nicht heiraten werde.
Jetzt habe sie in Trier mit ihrer Hilfe den Mann geheiratet, zu dem sie passe, und den sie auch gern habe."
„Den Offizier brauchen wir also nicht mehr zu verdächtigen?"
„Den nicht. Auch ein anderer Kopf paßt nicht zu dem Kopf auf der Zeichnung."
Ich erzählte ihm von meinem Erlebnis in den Ruinen bei St. Barbara und sagte dann:
„Ich bin davon überzeugt, daß der Überfall mir hatte gelten sollen, und auch Maria meint, daß ich da einen sehr irdischen Schutzengel hatte, der aus einem Grunde, den ich nicht kenne, die beiden Strolche, die mir auflauerten, angegriffen und einen der beiden getötet hat. Der Tote sah so aus, wie ich mir einen der Strolche vorstellen könnte, die dem Freyenthal hierher nach Johannisberg gefolgt sind. Oskars Beschreibung paßt ganz gut. Aber dem Gesicht hier auf dem Papier sah sein Gesicht nicht ähnlich. Das ist ein anderes Gesicht!
Das bedeutet, daß der eigentliche Mörder, der, den Freyenthal für den Mörder gehalten hat, ein anderer ist. Bei St. Barbara war dann nur sein Werkzeug.
Mein Retter?
Vielleicht hat mich ja der Freiherr gerettet. Ich meine, der hätte zugehört, als ich dem Wirt sagte, wohin ich gehen wollte, und die

Wunden des Toten sahen wie Degenwunden aus.
Wer sonst könnte mich in Trier haben retten wollen?“
Auf meinen letzten Satz hatte Pater Anselm nicht mehr geachtet, er fing an, laut nachzudenken.
„Wenn wir uns noch einmal an das erinnern, was wir über den Mord an de Laurant wissen. Ich glaube nicht mehr, daß dieser Mord bei dem Überfall in der Nähe von Munzerfeld ausgeführt wurde. Der Mord geschah, als die Kutschen wegen des Astes halten mußten.
Da waren die beiden Kutschen, Bettina, der Offizier, drei Soldaten und zwei Kutscher.
Wenn wir Frau von Kerpen glauben, daß der Offizier keinen Grund hatte, den de Laurant zu töten, weil Bettina diesen Max de Laurant ohnehin nicht geheiratet hätte, und wenn wir weiter annehmen, daß die Kutscher die Pferde weggebracht hatten und am Bach standen, und daß der Offizier und Bettina einen kleinen Spaziergang oder was auch immer unternommen hatten, jedenfalls nicht mehr in der Nähe der Kutschen waren, dann waren da nur noch die Soldaten, die den de Laurant ermorden konnten. Dann ist es doch am wahrscheinlichsten, daß sie den de Laurant erstochen haben. Dazu waren aber nur zwei nötig, einer, der den dritten Soldaten ablenkte, und einer, der in die Kutsche stieg und den armen Menschen umbrachte. Ich meine, wir sollten nicht mehr Mörder annehmen, als unbedingt nötig sind. Du weißt ja, ‘entia non sunt multiplicanda ... Man soll nicht mehr Dinge annehmen, als nötig sind.’“
„Aber wenn die Soldaten den de Laurant töteten, warum haben sie dann die Beute nicht versteckt, um sie später zu holen? Warum haben sie sie so hingestellt, daß sie jeder, der vorüberkam, sehen mußte und mitnehmen konnte? Ihr glaubt doch nicht, daß das eine Falle sein sollte?“
„Und warum nicht?
Wie wäre es, wenn dieser kleine Silber- und Goldschatz gar nicht ihre Beute gewesen wäre? Wenn ihre Beute in etwas ganz anderem, viel wertvollerem bestanden hätte, in einem Lohn für getane Arbeit etwa, einem besonderen Lohn für diesen Mord, der ihnen mehr Geld beschert hätte, als durch einen Raub zu gewinnen war?“

„Dann müßte da noch einer sein, der ihnen den Lohn ausgezahlt hätte. Sie hätten also einen Auftrag zum Mord gehabt?“
„So meine ich.
Sie hatten den Auftrag, den Mord auszuführen, und konnten mit einem Lohne rechnen, der mehr wert war als das Silberzeug und die Goldkette mit dem Medaillon. Sie konnten leicht auf diese Dinge verzichten, die an ihnen doch nur zum Verräter geworden wären, wenn sie einer bei ihnen gefunden hätte. Wahrscheinlich hat ihnen der, der den Mord geplant hat, befohlen, Gold und Silber im Wald zurückzulassen.“
„Dann wäre noch ein dritter beteiligt!“
„Ja, dann wäre ein dritter beteiligt, einer, dem diese Beteiligung nicht so leicht nachzuweisen ist.
Diesen dritten hat Freyenthal für den eigentlichen Mörder gehalten, auch wenn der sich die Hände nicht schmutzig gemacht hat. Die beiden Soldaten waren nur seine Werkzeuge. Auf die kam es dem Pfarrer nicht an, die hat er wohl so ziemlich übersehen.
Zu seinem Schaden hat er sie übersehen.“
„Aber bei dem Mord an Freyenthal sind drei falsche Franzosen gesehen worden.“
„Da hat sich dieser Dritte beteiligt. Aber ich glaube nicht, daß er selbst den Pfarrer erstochen hat.
Er hat sich wohl damit begnügt, sein Gesicht von der Wand zu kratzen, und weil er sich wohl zum ersten Mal in seinem Leben an einem Mord beteiligt hat, hat er es sehr eilig gehabt.
Diesen anderen, den dritten falschen Franzosen, den werden wir, so Gott will, in Aschaffenburg entdecken.“

Maria nahm es ruhig hin, als ich ihr sagte, daß ich mit Pater Anselm nach Aschaffenburg reisen wolle.
Diesmal wollten wir uns nicht mehr trennen und Oskar und Grandpatte überallhin mitnehmen.
Maria glaubte auch, die Kräfte unseres Feindes seien durch den Tod des Strolches in den Barbarathermen entscheidend geschwächt. Er werde uns nun nichts mehr anhaben können. Sie meinte aber auch, wir müßten jetzt schnell handeln, ehe der Feind seine Kräfte neu beleben könne.

IV

Die Weinbilder in Aschaffenburg

Unsere Fahrt nach Aschaffenburg verlief ohne Zwischenfälle. Wir waren früh genug da und konnten uns den Raum ansehen, in dem Hehlmann alles für die Weinbilder vorbereitet hatte. Er hatte ebenfalls einen halbrunden Tisch gewählt, den er in einen Raum gestellt hatte, von dessen Wänden alle Bilder entfernt waren. Wie in Gensingen stand vor der Mitte der geraden Seite des Tisches ein kleiner Tisch, der so gestellt war, daß Bilder, die auf ihm präsentiert wurden, von allen, die in der halben Runde saßen, gut gesehen werden konnten.

Den Wein hatte er, in Körben geordnet, in einer Ecke des Raumes untergebracht, die von den Sitzenden nicht eingesehen werden konnte.

Hehlmann empfing uns mit etwas rätselhafter Miene. Er wußte wohl nicht recht, ob er diese Weinbilder fürchten müsse, oder ob er sich auf einen interessanten Nachmittag freuen solle, und schien sich mal für dies und bald darauf für jenes zu entscheiden. Pater Anselm hatte ihm offenbar nichts weiter gesagt, als daß er eine Weinprobe mit Bildern ähnlich der in Gensingen durchführen wolle, wie das auch der verstorbene Pfarrer Freyenthal vorgehabt und wohl auch angekündigt habe. Als Freund des Pfarrers, mit dem dieser bereits häufig über dieses Experiment einer ungewöhnlichen Weinprobe gesprochen habe, fühle er sich verpflichtet, das begonnene Vorhaben fortzuführen und hoffe, allen Teilnehmern an diesem Experimente zu einem neuen Genusse des Weines und einem tieferen Verständnis der Malerei zu verhelfen oder ihnen vielleicht auch durch die Bilder ein tieferes Verständnis des Weines zu erschließen.

Ungefähr dies sagte er auch, als die Gäste versammelt waren und am Tische saßen.

Hofrat Weißenberg war zuerst gekommen, wenn man von Hehlmann absieht, der uns empfangen hatte. Nach Weißenberg kamen zwei Damen des Hofes, die von einem Geheimrat Wehlig begleitet wurden. Die Namen der Damen habe ich mir nicht gemerkt. Ich weiß nur noch, daß sie etwas mit der Frau von

Coudenhoven oder der Frau von Ferrette zu tun hatten. Geheimrat Wehlig war als Geheimer Rat ein Vertrauter des Kurfürsten und sollte wohl prüfen, ob diese neue Art der Weinprobe auch zur Unterhaltung des Kurfürsten beitragen könnte. Wir mußten also damit rechnen, wenn die Weinprobe mit Bildern gefiele, diese dem Kurfürsten vorführen zu müssen.
Ob Pater Anselm ähnliche Gedanken hatte, weiß ich nicht. Wahrscheinlich hatte er genug zu tun mit der Vorstellung der Bilder.
Oskar hatte sich ausbedungen, den Wein einschenken zu dürfen, da er in unserer Nähe bleiben wollte und zugleich sicher stellen wollte, daß mit dem Wein nicht irgendeine Schufterei getrieben werde. Er hatte die Vorstellung, daß man vielleicht einen Versuch machen könnte, uns allesamt zu vergiften.
Grandpatte lag an der Tür und betrachtete freundlich die Gäste. Pater Anselm fing an mit der Kopie des Bildes von Schütz, zu dem er wie Freyenthal einen Sylvaner reichen ließ.
Die Gäste unterhielten sich flüsternd, und es wurde ganz feierlich im Raum.
Einer der Gäste fehlte noch, der Freiherr Franz von Soonsfeld. Als der Pater das Bild von Botticelli, den 'Frühling', brachte und Oskar dazu einen herrlichen Riesling aus dem Keller des Klosters Johannisberg ausschenkte, waren die Gäste begeistert. Das dritte Bild, das Bild, auf dem so kühn die Schaukel schwingt, stammt von einem modernen französischen Maler.
Pater Anselm sagte, sein Name sei Fragonard, wo Pfarrer Freyenthal das Bild kopiert habe, wisse er nicht, aber er wisse, daß Freyenthal immer gern nach Frankreich gereist sei. Nun sei das ja der Revolution wegen nicht mehr möglich.
Das war das erste Mal, daß er den Namen Freyenthal aussprach. Ich versuchte, die Anwesenden zu beobachten, konnte aber nicht erkennen, ob einer eine besondere Reaktion zeige.
Um diese Zeit etwa kam der Freiherr von Soonsfeld und besetzte den letzten leeren Platz, recht weit entfernt von seinem Schwiegervater. Er kam sehr leise und unauffällig in den Raum, um nicht zu stören. Sein Eintreten blieb auch weitgehend unbemerkt, da die Aufmerksamkeit der Gäste wirklich eingefangen war von den Bildern und dem Wein.

Soonsfeld trug seinen linken Arm in einer Schlinge. Da er neben mir saß, konnte er mir zuflüstern, dringende Geschäfte hätten ihn aufgehalten.
Ich war sehr gespannt auf das, was nun bald kommen mußte. Pater Anselm hatte das vierte Bild, die Kopie des Bildes von Rubens aufgestellt, und Oskar kam mit dem roten Wein, einem eleganten Spätburgunder, zu dem ich mir allerdings die weiblichen Figuren auf dem Bilde etwas schlanker gewünscht hätte. Ich fragte mich, warum der Pater nicht einen Rotwein gewählt hatte, der besser zu dem Bild gepaßt hätte. Ich merkte, daß die Gäste meine Meinung teilten, denn sie begannen, ein wenig lauter zu diskutieren und zu erwägen, ob der Wein hier wirklich angemessen sei.
Vielleicht hatte der Pater mit Absicht diesen nicht ganz passenden Wein gewählt, weil er die Gäste in eine Diskussion treiben wollte, um durch das Gespräch ihre Aufmerksamkeit und damit auch die Aufmerksamkeit des Mörders noch stärker an die Weinprobe zu binden.
Er sagte nichts dazu.
Er ließ die Gäste ausreden, stellte dann das Rubensbild zur Seite und setzte sich vor den Tisch.
„Ich habe gemerkt“, sagte er, „daß sie mit der letzten Zusammenstellung nicht so ganz zufrieden waren, gedenke das aber mit der nächsten wieder gut zu machen. Ich habe nun ein besonderes Bild zu einem besonderen Rotwein. Dieses Bild kann ich ihnen nicht einfach ohne eine Erklärung zeigen. Die Erklärung habe ich gefunden in einem Buche, das vor etwa 500 Jahren geschrieben wurde, der ‘Göttlichen Komödie’ des Dante Alighieri. Die Erklärung findet sich in einer Stelle aus dem vierundzwanzigsten Gesang des Infernos, der Hölle…“
Er schlug das Buch auf, das er aus Gensingen mitgenommen hatte.
„Zur Hölle gehört aber ein besonders schwerer Rotwein“, sagte Hehlmann und grinste. Er wehrte sich mit dieser Bemerkung offenbar gegen die Spannung, die jetzt auch ihn erfaßt hatte.
Aber eben, als der Pater zu lesen begann und alle gespannt zu ihm hinsahen, kam ein Diener zur Tür hineingelaufen und verlangte den Hofrat Weißenberg zu sprechen. Er ging zu

Weißenberg hin, beugte sich über den sitzenden und flüsterte ihm ins Ohr. Pater Anselm sah die beiden unwillig an. Da stand der Hofrat auf, entschuldigte sich und sagte, er müsse schnell nach Hause eilen, dort sei etwas Unangenehmes vorgefallen, und verließ den Raum.

Nun dachte keiner mehr an die Weinprobe.

Alle waren aufgesprungen und drängten sich um den Diener.

Alle wollten wissen, was da so Schlimmes vorgefallen sei, daß der Hofrat unverzüglich nach Hause eilen müsse.

Der Diener sagte, da sei ein Mann mit einem Gesicht ganz voll Bart, der sei in der letzten Zeit schon einige Male ins Haus gekommen, von dem Hofrat aber immer wieder abgewiesen worden. Diesmal habe er gewartet, bis der Hofrat das Haus verlassen habe und auch der Freiherr weggegangen sei, sei dann ins Haus eingedrungen und habe die junge Frau Bettina gezwungen, mit ihm in ein Zimmer zu gehen und gedroht, er werde ihr ein Leid antun, wenn der Hofrat nicht sofort gerufen werde, und ihm dann seinen Lohn auszahle.

„Welchen Lohn? Wofür einen Lohn?“, rief Soonsfeld, dann schaute er uns an und rief: „Was mache ich noch hier. Ich muß sofort nach Hause. Ich muß ihm helfen!“

Er stürmte aus der Tür.

Ich muß nun nachtragen, daß ich nicht ohne Waffen nach Aschaffenburg gefahren war. Wenn wir auch alle dachten, der Feind wäre empfindlich getroffen, so hatte ich mir doch überlegt, daß Vorsicht nicht schaden könne. Ich hatte also wieder den Dolch zu mir gesteckt und die Pistole genommen.

Pater Anselm mußte bei unseren Gästen bleiben. Ich aber wollte dem Freiherrn folgen und bat den Diener, der noch dabei war, Hehlmann einige Einzelheiten zu erklären, mir den Weg zum Hause des Hofrats Weißenberg zu zeigen.

Hehlmann, Oskar und Grandpatte gingen mit mir. So waren wir eine richtige kleine Truppe.

Aber wir kamen zu spät.

Der Hofrat lag, durch einen Stich ins Herz getötet, im großen Wohnraum seines Hauses. Neben ihm lag die Figur des heiligen Thomas, mit der er offenbar den Stich hatte abwehren oder seinen Mörder hatte erschlagen wollen.

An der Schwelle lag ein bärtiger Mann, den ein Degenstich gefällt hatte. Das war leicht zu erkennen, denn unweit seiner Füße lag ein blutbeschmierter Degen. Der Dolch, der dem Hofrat zum Verhängnis geworden war, lag neben der Hand des toten Mörders.
Am Fenster standen Bettina und ihr Offizier und hielten sich umschlungen.

„Der wollte mir nichts tun“, sagte Bettina, „er hat mich gleich losgelassen, als Vater hereinkam. Er hat nur gerufen, er wolle den ganzen Lohn. Der ganze Lohn stehe ihm zu.“
Soonsfeld versuchte, sie zum Schweigen zu bewegen. Sie war aber zu aufgeregt, um auf ihn zu hören.
Sie hatte sich aus seinen Armen gelöst, war von ihm weggetreten und hatte sich ganz uns zugewendet. Sie wollte erklären, was vorgefallen war. Sie mußte reden, um ihre Erregung zu bemeistern. Laut sprach sie und sah uns dabei ganz starr an mit weit aufgerissenen Augen.
„Einen Lohn wollte er. Ich weiß nicht wofür. Den ganzen Lohn hat er gesagt.
Das sei der Lohn für zwei, hat mein Vater da gesagt. Er habe seinen Teil schon erhalten, und das sei mehr als genug für die schlechte Arbeit, die er geleistet habe. Da wurde der Mörder ganz still. Er hat meinen Vater nur angesehen und gesagt, ob das sein letztes Wort sei.
Da hat mein Vater ‘ja’ gesagt.
Mein Vater hatte die Figur des heiligen Thomas ins Zimmer gebracht. Vielleicht wollte er sich damit schützen, aber bevor er die Figur zu seinem Schutze erheben konnte, zückte der Mörder seinen Dolch und stieß zu. Er hat meinen Vater ins Herz getroffen.
Da kam Franz, mein Mann, zur Türe herein. Auch auf ihn wollte sich der Mörder stürzen, aber ihr seht ja selbst. Mein Mann konnte ihn abwehren. Dabei ist der Mörder dann tot niedergestürzt.
Jetzt werden wir nie mehr erfahren, welchen Lohn dieser Mann hat haben wollen, und wofür er belohnt werden wollte. Wofür wollte mein Vater diesen Mörder belohnen?

Ich will das auch gar nicht mehr wissen."
Sie setzte sich an den Tisch und barg ihr Gesicht in ihren Händen.

Soonsfeld legte eine Hand auf ihre Schulter und schaute mich bittend an. 'Fragt sie jetzt nicht', sollte das wohl heißen.
Ich ging zu ihm hin und drückte ihm die Hand.
Dann beugte ich mich zu der Figur hinunter. An ihrem Gewand fehlte genau der Zipfel, den der 'Schriftgelehrte' im Kloster St. Martin beschrieben hatte.
Da wußte ich, wie man den Mord an de Laurant aufklären könnte, und wie man beweisen könnte, wer der Mörder war, und wofür der Bärtige, der da lag, den ganzen Lohn hatte haben wollen, den ganzen Lohn und nicht nur eine Hälfte des Lohnes, ...wenn es denn noch nötig sein sollte, da etwas zu beweisen.

Jetzt kam der Arzt, und mit ihm kamen einige sehr amtlich ausehende Personen. Da dachte ich, es sei besser zu gehen. Hehlmann hatte sich schon still entfernt.

Pater Anselm trafen wir noch in dem Raum, in dem die Weinprobe stattgefunden hatte. Er saß am Tisch, hatte die Zeichnung aus der 'Göttlichen Komödie', die Zeichnung des Kopfes Weißenbergs, vor sich liegen und betrachtete sie. Ich schaute ihm über die Schulter, und nun, da Weißenberg tot war, schien mir die Zeichnung seines Kopfes lebendiger als vorher, und ich glaubte, in seinen Zügen alle Selbstgerechtigkeit und allen Hochmut zu sehen, deren ein Mensch fähig sein kann.
Wir erzählten dem Pater alles, was sich inzwischen ereignet hatte, und ich erwähnte, daß Weißenberg ein Betzimmer eingerichtet hatte, in dem er die Figur aufgestellt hatte.
„Vielleicht hat er das Betzimmer ja eigens für diese Figur eingerichtet", schloß ich meinen Bericht.
„...und hat sich dort selbst angebetet", ergänzte Pater Anselm und stand auf, wie man aufsteht, wenn man eine schwierige Angelegenheit zum Abschluß gebracht hat.

V

Der Kurfürst verlangt Aufklärung.

Am nächsten Morgen wollten wir abreisen. Pater Anselm meinte, es sei am besten, die stumme Bitte des Freiherrn von Soonsfeld zu erfüllen und nichts mehr zu unternehmen. Wir wüßten doch jetzt, wer der Mörder sei, oder wer die Mörder gewesen seien und könnten mit einer weiteren Aufklärung nichts mehr gewinnen. Eine Gefahr für uns bestehe nicht mehr.
Die Behörden sollten selbst sehen, wie sie zurecht kämen. Wir hätten da keine Verpflichtung und könnten auch dem jungen Paar höchstens schaden, wenn wir auf noch mehr Klarheit bestünden.
Als wir die Bilder verpackten, sagte er, wir hätten da einen schönen Plan gehabt, den Mörder zu überführen. Aber vielleicht sei der Plan von der Wirklichkeit doch etwas weit entfernt gewesen. Der Pfarrer Freyenthal habe wohl doch noch etwas mehr gewußt als wir.
„Das glaube ich auch", sagte ich da. „Er war doch vor der Weinprobe in Aschaffenburg gewesen. Das hat mir der Hehlmann gesagt. Da hat er sicher die Figur gesehen, und dann wußte er, wer der Mörder sei.
Weißenberg hatte die Figur, die aus dem Kloster gestohlen worden war. Er hatte die silberne Figur einfach mit einem braunen Lack überziehen lassen. So sah sie für alle, die nicht so genau hinsahen, aus wie eine Holzfigur. Wer sollte da auch genau hinschauen, außer vielleicht de Laurant, der in allem so genau war. Und wenn de Laurant die Bemalung der Figur nicht schon vor seiner Reise nach Trier bemerkt hatte, dann hätte er sie sicher nach seinem Besuch bei den Mönchen entdeckt.
Als ich mich zu der liegenden Figur niederbeugte, konnte ich an einigen Stellen das Silber durchschimmern sehen. Da war der Lack abgeschabt. Deutlicher habe ich allerdings gesehen, wo die Ecke fehlte."
„Ja, er hat die Figur aus dem Kloster mitgenommen, weil sie von den Mönchen nicht so in Ehren gehalten wurde, wie er sich das vorgestellt hatte.

Ein seltsamer Mensch!"
Pater Anselm schüttelte den Kopf.
Dann kam er wieder darauf zurück, wie wir den Mörder hatten überführen wollen und sagte: „Etwas habe ich aus der ganzen Geschichte gelernt, man kann nicht einfach den Plan eines anderen übernehmen.
Ich hatte gedacht, bei einer unerwarteten Anklage werde sich Weißenberg selbst verraten, weil er ja nicht wußte, daß wir keine Beweise hatten.
Wenn sich der Weißenberg aber nun nicht selbst verraten hätte, nachdem er sein Konterfei zu dem Gesang aus dem Inferno gesehen hätte, sondern uns als unverschämte Verleumder hingestellt hätte ... Was hätten wir dann gemacht?
Bei Freyenthal wäre das anders gewesen.
Freyenthal wußte, wer die Figur hatte, Freyenthal hätte seine Anklage also notfalls begründen können. Wir dagegen ..."
„Der junge Offizier, ich meine den Freiherrn von Soonsfeld, der wußte doch alles. Der hätte uns geholfen."
„Hätte er das wirklich?"
„Ja, sicher, ich bin überzeugt davon. So wie ich jetzt, nachdem ich gesehen habe, daß sein linker Arm verletzt ist, davon überzeugt bin, daß er meine Verfolger in den Ruinen angegriffen und den einen getötet und den anderen vertrieben hat."
„Das glaube ich auch. Er muß entdeckt haben, wer hinter den Morden steckte, und wollte verhindern, daß noch ein Mord geschähe.
Aber hätte es in seinem Interesse gelegen, uns bei dieser Weinprobe zu helfen, seinen Schwiegervater, den Hofrat Weißenberg als Mörder zu entlarven?
Wie hätte Bettina, seine Frau, das aufgenommen?
Er ist doch auch in den Barbarathermen nicht stehen geblieben, sondern weggelaufen. Warum wohl?"
Auf diese Frage ging ich nicht ein. Ich sagte nur: „Vielleicht ist es besser, daß wir die Wirkung des Bildes nicht zu erproben brauchten, wenn auch die Mörder jetzt tot sind."
Ich wußte nicht, ob ich mich über diesen Ausgang der Mordgeschichte freuen sollte.
Ich war sicher erleichtert. Aber freuen?

Wahrscheinlich freute ich mich, traute mich aber nicht, mir die Freude einzugestehen, weil ich mich nur mit einem schlechten Gewissen hätte freuen können. Ich hätte mich ja darüber gefreut, daß nun noch zwei Menschen umgebracht worden waren.

„Eigentlich hätten wir dieses Ende voraussehen können."
Pater Anselm sagte das sehr bestimmt.
Ich schaute ihn fragend an.
„Der gedungene Mörder hat das doch nur aus Geldgier getan. Er hatte ja nichts gegen den jungen Mann, den er da umgebracht hat oder hat umbringen helfen. Da hätten wir uns denken können, daß er den ganzen Lohn für den Mord fordern würde, wenn sein Spießgeselle nicht mehr da wäre.
Wer aus Geldgier ein Verbrechen begeht, wird soviel dafür haben wollen, wie er nur irgend herausschlagen kann. Wenn zwei für Geld einen Mord ausführen, und einer kommt dabei um, wird der, der übrig bleibt, immer das ganze Geld haben wollen, also auch den Anteil seines Kumpans.
Der Hofrat Weißenberg aber, der die beiden doch nur als Werkzeug gebraucht hat und, nachdem der Angriff auf dich fehlgeschlagen war, mit der Arbeit dieser Strolche unzufrieden gewesen sein muß, der konnte gar nicht einsehen, daß er dem einen nun den Lohn für zwei bezahlen sollte.
Geldgier auf der einen Seite und Hochmut auf der anderen, das gibt immer Streit.
Unsere ganze, fein ausgedachte Falle war wahrscheinlich unnötig, weil wir damit hätten rechnen können, daß sich die Mörder durch den Streit ums Geld selbst verraten hätten, wie das ja nun geschehen ist. Wir werden auch nie erfahren, ob die Falle so zugeschnappt wäre, wie wir das erwartet haben."
Mir ging eine andere Frage im Kopf herum.
„Warum hat der Henne Lohwin versucht zu fliehen gerade in dem Augenblick, in dem sich für ihn eine Wende zum besseren abzeichnete?"
„Hat er wirklich versucht zu fliehen? Hat ihm der Weißenberg wirklich etwas von einer Besserung seiner Aussichten gesagt? Wie leicht ist es, einen zur Flucht zu bewegen. Man braucht ihm nur Furcht einzuflößen und die Tür offen zu lassen, dann kann

man ihn auf der Flucht ertappen und im Handgemenge bei der Festnahme umbringen. Man kann ihn freilich auch gleich umbringen und behaupten, er hätte fliehen wollen."

Oskar schleppte einen großen Deckelkorb herbei, dem Grandpatte mit Interesse folgte. Der Korb war so vollgepackt, daß der Deckel seinen Inhalt nicht ganz einschließen konnte. Ein dickes Wurstende und ein Flaschenhals verrieten Oskars Absicht, auf der Reise auch einmal ausgiebig zu rasten.
'Eine nahrhafte Rast', dachte ich, 'aber ganz ohne Silber.'
„Und es ist doch seltsam", sagte ich dann und erinnerte mich an das, was Pater Anselm vor unserer Reise nach Gensingen über die Beute gesagt hatte, „es ist seltsam, daß die Mörder, die doch so geldgierig waren, das Medaillon und den Silberkorb im Wald liegen ließen!"
„Die mußten das alles im Walde liegen lassen", erklärte Pater Anselm geduldig, „wenn sie den Mord als einen Raubmord von Hunsrückräubern erscheinen lassen wollten! Wenn Medaillon und Silber noch in der Kutsche gewesen wären, dann hätte keiner an Räuber gedacht, denn Räuber lassen solche Dinge nicht liegen.
Der Soldat, der hinter der Kutsche ritt, konnte Korb und Medaillon leicht neben dem Weg zurücklassen.
Ob die Mörder hofften, einer werde den Schatz finden und sich damit verdächtig machen?
Vielleicht.
Sie hatten ja wohl geplant, nach der Feststellung des Mordes so zu tun, als ob sie nach dem Schatz suchten. Der Hofrat Weißenberg hat doch eine Liste der fehlenden Dinge zusammengestellt. Sie hatten aber sicher nicht damit gerechnet, daß der Lohwin es ihnen so leicht machen würde."
„Jetzt möchte ich nur noch wissen, was der Hehlmann mit dem allem zu tun hat."
„Das weiß ich auch nicht. Aber warum sollen wir nicht annehmen, er habe einen Verdacht gehabt und uns wirklich nur warnen wollen, weil er für unser Leben fürchtete. Er wollte doch auch weiterhin von uns den guten Riesling kaufen."
Pater Anselm lächelte.

„Da ist der Hofrat Weißenberg zum Mörder geworden, nur weil er einen Diebstahl vertuschen wollte … Darüber haben wir noch gar nicht gesprochen.“

Wir wollten eben unsere Kutsche besteigen, als ein Bote des Kurfürsten kam, um uns in die Sommerresidenz seiner Kurfürstlichen Durchlaucht zu beordern.
Unter Sommerresidenz hätte ich mir, wenn mich einer gefragt hätte, ein luftiges Landhaus in der Nähe des Flusses vorgestellt, vielleicht abgeschirmt durch einen Park und eine efeubewachsene Mauer. Diese Sommerresidenz des Kurfürsten liegt zwar auch am Fluß dort, wo er in breitem Bogen nach Westen fließt, sie ragt aber auf hoher Terrasse gewaltig über das Wasser empor, ein riesiges Viereck mit mächtigen Türmen an jeder der Ecken.
Kurfürst müßte man sein, denkt wohl mancher, wenn er diese Residenz sieht. Ich aber kann die Menschen, die in solchen Gebäuden wohnen, nicht beneiden. Ich gehe zwar gern mal dorthin, um zu staunen – aber wohnen möchte ich dort nicht. In den vielen Gängen und Zimmern würde ich mich verirren, und die prunkhafte Gestaltung der Räume wäre mir unbehaglich.
Ob man sich sehr viel wichtiger vorkommt, als man ist, wenn man in einem solchen Gebäude wohnt?
Der Kurfürst erwartete uns in einem kleinen Raum in der Ecke eines der Türme im dritten Stockwerk. Der Raum hat nur eine Tür, die mir besonders hergerichtet schien, damit kein Laut von dem, was drinnen gesprochen würde, nach draußen dringen könnte. Zu den Fenstern konnte keiner hineinschauen.
Bei dem Kurfürsten, der auf einem reichgeschnitzen Sessel saß, stand der Freiherr von Soonsfeld. Der kam auf uns zu und begrüßte uns. Der Kurfürst erwiderte unseren Gruß nur mit einem gnädigen Kopfnicken.
Er erklärte sogleich, er habe uns rufen lassen, um zu erfahren, was der Tod des Hofrates Weißenberg zu bedeuten habe, den er als Vorsitzenden des Kriminalsenates und auch als gelegentlichen Berater sehr geschätzt habe. Der Herr von Soonsfeld habe ihn an uns gewiesen.
Pater Anselm begann, indem sagte, er müsse vorausschicken, daß er etwas weiter ausholen müsse, um alles richtig erklären zu

können. Er sprach dann wohlbedacht und ließ sich nicht dadurch stören, daß sich die Stirn seiner Durchlaucht gelegentlich umwölkte.

„Wenn eure Gnaden den Hofrat Weißenberg sehr geschätzt haben, dann war das sicher begründet. Eure Gnaden können ihn aber kaum so hoch eingeschätzt haben, wie er sich selbst eingeschätzt hat, und darin liegt ein Schlüssel zu dem ganzen Unglück. Der andere Schlüssel liegt in der Person des Max de Laurant, der am besten dadurch gekennzeichnet werden kann, daß man sagt, er glaubte, es müsse Recht geschehen, auch wenn die Welt darüber zugrunde gehen sollte. 'Fiat justitia, pereat mundus'.

Der Hofrat hatte, wie uns seine Schwester bestätigte, ein besonderes Verhältnis zu einer silbernen Figur des heiligen Thomas des Apostels. Er hielt diese Figur, die in der Familie war, hoch in Ehren, so sehr, daß man fast hätte annehmen können, er hielte sie für ein Stück seiner selbst.

Diese Figur nun mußte er, einem letzten Wunsche seines Vaters folgend, an das Kloster St. Martin in Trier geben. Er konnte sich zuerst wohl ganz gut mit dem Verlust der Figur abfinden, weil er glaubte, die Mönche hätten die Absicht, diese Figur auf den Hochaltar in ihrer Kirche zu stellen. Offenbar kam er gar nicht auf den Gedanken, daß sie etwas anderes machen könnten.

Die Mönche aber stellten die Figur auf einen Paramentenschrank in der Sakristei.

Das muß ihn empfindlich getroffen haben. Er muß tief enttäuscht gewesen sein und zornig, ja er muß darüber sehr in Zorn geraten sein. Also er war erzürnt...

Vielleicht ist Zorn nicht das rechte Wort.

Die verächtliche Behandlung seiner Figur, ja verächtlich, so hat er das empfunden, hat ihn getroffen, hat ihn selbst, wie er wohl glaubte, in seiner Ehre und Würde gekränkt.

Da mußte er etwas tun..."

Pater Anselm unterbrach sich. Es fiel ihm wohl schwer, von dem Diebstahl der Figur aus der Sakristei zu sprechen. Er schaute den Herrn von Soonsfeld an, der sah aber nur unbewegt vor sich hin.

„Ich weiß nicht, wie es vor sich ging, aber ich weiß, daß er die Figur aus der Sakristei entwendet hat oder entwenden ließ."

„Entwenden ließ," murmelte Soonsfeld.
„Wir können das auch beweisen, denn jetzt steht diese Figur hier in seinem Hause in Aschaffenburg."
Pater Anselm machte erneut eine Pause.
Der Kurfürst schien zu überlegen. Dann sagte er: „Hätte er die Mönche nicht bitten können, ihm die Figur wiederzugeben? Sie hätten das doch bestimmt getan?"
„Hätte er wirklich darum bitten können, er, ein Mann, von dem bekannt war, daß er der Aufklärung geneigt war? Kann ein solcher Mann darum bitten, daß ihm eine Heiligenfigur, die er selbst gespendet hat, zurückgegeben werde?"
Der Kurfürst nickte und bat den Pater dann mit einer Handbewegung, in seiner Darstellung fortzufahren.
Pater Anselm schloß kurz die Augen, wie um sich zu konzentrieren, und sagte dann:
„Durch eine seltsame Fügung, mit der keiner rechnen konnte, ging de Laurant an einem Abend in der Nähe des Klosters St. Martin spazieren und geriet beinahe mitten in einen Streit zwischen Studenten und Handwerksburschen. Er konnte sich gerade noch ins Kloster retten. Dort erfuhr er dann von der silbernen Heiligenfigur und davon, daß sie gestohlen worden war. Die Mönche waren in Unruhe wegen dieses Diebstahls, weil er auch den Hofrat Weißenberg betraf, den sie doch als einen besonderen Gönner des Klosters ansehen mußten.
De Laurant, stolz auf seine Stellung als Sekretär des Kriminalsenats, bot seine Hilfe an. Er meldete sogar dem Hofrat, daß er den Diebstahl der Figur aufklären werde.
Weißenberg wußte, daß es de Laurant nicht schwerfallen würde, die Figur zu finden, wenn er sie nicht schon gefunden hätte, da er ja im Hause des Hofrats aus- und einging und leicht sehen konnte, daß die Figur, die dort stand, eine silberne Figur war, die lediglich durch einen bräunlichen Lack einer Holzfigur ähnlich gemacht worden war. Wenn er das entdeckt hätte, hätte er dafür gesorgt, daß das Recht zur Geltung gekommen und der Diebstahl gesühnt worden wäre, dabei wäre bekannt geworden, was Weißenberg getan hatte. Wahrscheinlich hätten ihn gerade die, die ihn wegen seiner fortschrittlichen Meinungen am meisten gelobt haben, am entschiedendsten verurteilt.

Ich glaube, Weißenberg hat deshalb diese Meldung des de Laurant, er werde nach der Figur forschen, sogar als Drohung aufgefaßt und die Soldaten nach Trier geschickt, von denen zwei dazu gedungen waren, diesen unbequemen Fahnder aus dem Wege zu räumen. Darüber, daß ihnen das leicht gemacht wurde durch den ausladenden Ast und die hoch beladene Kutsche und anderes, brauche ich nicht zu reden.
Ich nehme an, daß sie diese Stelle auf dem Wege kannten und damit rechneten, daß es zu diesem Aufenthalt kommen mußte. Sie konnten auch leicht voraussehen, daß Bettina... aber das brauche ich wohl nicht auszuführen."

„Aber ein Mord?" Der Kurfürst hatte Pater Anselm unterbrochen.
„Ein gerechter und milder Richter, ein Mann, bewandert in der Rechtsgelehrsamkeit, ohne den die Pflege des Rechtes in meinem Lande Not leiden wird. Aufklärung, Fortschritt, die Erziehung zum Guten, Gerechtigkeit... und beliebt, so beliebt.
Er wußte doch, was alles von ihm abhing!"
„Gerade, daß er das wußte, daß er sich unentbehrlich fühlen durfte, war für ihn gefährlich. Er glaubte, daß einer, der soviel Gutes bewirke wir er, und vor allem, der noch soviel Gutes bewirken müsse, daß der nicht an Gesetze gebunden sein dürfe, die sein Wirken unmöglich machen könnten.
Hätte er eingestanden, die Figur gestohlen zu haben, dann wäre er als Vorsitzender des Kriminalsenats unmöglich gewesen und nicht nur das.
Wie hätte er den Diebstahl einigermaßen vernünftig erklären sollen?
Er konnte doch nicht sagen, er hätte die Figur gestohlen, weil er gleichsam sich selbst in dieser Figur hätte anbeten wollen.
Als Aufklärer und Freund der Vernunft wäre er lächerlich geworden.
Wenn bekannt geworden wäre, daß gerade er in einem Kloster aus der Sakristei eine Heiligenfigur gestohlen hatte, hätte das der Sache der Aufklärung mehr geschadet, als er ihr zuvor hatte nutzen können, und noch schlimmer für ihn, er hätte sein Amt als Vorsitzender des Kriminalsenates mit Sicherheit verloren.

Wie hätte er diese Schande ertragen sollen, er, ein Mann, der von seiner eigenen Bedeutung so sehr überzeugt war?
Mit de Laurant reden und ihn bitten, großzügig über diesen Fehltritt hinwegzusehen? Das war keine Möglichkeit.
Weißenberg kannte den Sekretär des Kriminalsenats zu genau. Er wußte, daß dieser auf keinen Fall bereit gewesen wäre, etwas zu vertuschen."
„So wird es wohl gewesen sein. Und der Pfarrer von Gensingen?"
Jetzt antwortete Soonsfeld: „Der Pfarrer von Gensingen war in Aschaffenburg im Hause Weißenbergs und hat dort die Figur gesehen. Er wollte den Hofrat bei einer Weinprobe durch ein Bild beschuldigen, den Mord an de Laurant begangen oder wenigstens bestellt zu haben."
„Bei einer Weinprobe in Gensingen, an der einige Leute vom Hofe teilgenommen haben, hat Freyenthal gesagt, er kenne den Mörder de Laurants und werde ihm den Mord beweisen. Er hatte auch in Aschaffenburg eine Weinprobe mit Bildern fest geplant, auf der er ein besonderes Bild zeigen wollte. Auf dem Bild wäre Weißenberg als Verdammter in der Hölle zu sehen gewesen genau so, wie in Dantes Inferno ein Verdammter beschrieben ist, der eine Sakristei beraubt hat", ergänzte Pater Anselm, als er merkte, daß der Kurfürst die Bedeutung der Worte Soonsfelds nicht erfaßt hatte. „Indem Freyenthal den Hofrat als schuldig an der Beraubung der Sakristei bezeichnet hätte, hätte er ihn zugleich angeklagt, den de Laurant ermordet zu haben. Schließlich wußte jeder, daß dieser den Raub der Figur aus der Sakristei hatte aufklären wollen."
„Ein schrecklicher, ja geradezu ein abscheulicher Gedanke", sagte der Kurfürst und schüttelte unwillig den Kopf, wobei nun offen blieb, wogegen sich sein Ärger richtete.
Der Kurfürst stand auf.
Mehr wollte er offenbar nicht wissen. Mit den Einzelheiten sollten sich andere befassen.

„Ich bitte mir aus, daß über die ganze Angelegenheit von allen Beteiligten striktes Stillschweigen gewahrt wird", sagte er dann mit einigem Nachdruck.

„Ich behalte mir vor, selbst zu regeln, was da noch zu regeln ist, und versichere euch einstweilen meiner Gnade.
Der Freiherr wird euch zur Terrasse geleiten und dann zu mir zurückkommen.
Ich wünsche eine gute Heimreise."

„Und was wird der Kurfürst da noch regeln?" So fragte ich den Pater, als wir vor der Residenz standen.
„Was soll er noch regeln? Soll er vielleicht die Öffentlichkeit informieren? Dann hätte er uns nicht zur Verschwiegenheit zu ermahnen brauchen. Die Rätsel sind doch alle nun gelöst?"
„Ich weiß nicht recht", sagte ich da. „Mich plagt, seit ich hörte, wo der de Laurant ermordet wurde, die Frage, ob der Freiherr auf der langen Fahrt mit dem Toten nicht doch hätte Verdacht schöpfen müssen."
„Der war doch verliebt!"
Pater Anselm sah mich an und lächelte.
„Du müßtest doch wissen, wie das ist. Glaubst du, er hätte noch für anderes Platz in seinem Kopf gehabt als für Gedanken an seine Bettina?"
„Und wenn er doch Verdacht geschöpft hat?"
„Dann kann ich ganz gut verstehen, daß er ihn für sich behalten hat. Bedenke, daß da drei Soldaten waren. Da konnte es gefährlich sein, einen Verdacht zu äußern."
„Und später?"
„Später hatte er ja wohl seinen zukünftigen Schwiegervater in Verdacht. Was hätte er da tun sollen? Wie hätte sich seine Bettina verhalten, wenn er einen Verdacht gegen ihren Vater geäußert hätte?"
„Besonders heldenhaft war das aber nicht...!"
Da runzelte Pater Anselm die Stirn und schaute mich unwillig an.
„Heldenhaft...?
Was willst du eigentlich. In Trier hat er dich doch gerettet, da in den Ruinen, du wirst mir doch nicht erzählen wollen, daß du da so leicht davon gekommen wärest, wenn dir nicht einer geholfen hätte.
...und wenn das nicht heldenhaft war, so war es doch sehr menschlich, den Verdacht für sich zu behalten.

Denk mal an Maria und überlege, was du gemacht hättest."
Er wendete sich ab und ging.

Wir sind dann heimgefahren.
Irgendwann auf dem Weg sagte Pater Anselm: „Wenn einer hochgestellt ist und glaubt, nur er könnte in einer bestimmten Hinsicht Gutes bewirken, dann ist er immer in der Gefahr, Gesetze, die seinen Absichten entgegenzustehen scheinen, zu mißachten. Das kann soweit gehen, daß er auch mordet, um durchsetzen zu können, was er für gut und richtig hält!"
Auf der Fahrt haben wir sonst nicht viel gesprochen.
Jeder war mit seinen eigenen Gedanken beschäftigt. Nur als wir den Johannisberg schon sahen, nahm Pater Anselm noch einmal das Wort und sagte: „Darf einer zwei Leute umbringen, um hundert zu retten? Darf einer einen Menschen umbringen, um tausend zu retten?
Du sollst nicht töten!
Keiner weiß, was die Zukunft bringt, und keiner weiß, ob er auch nur einen Menschen wird retten können, wenn er, um dies zu können, einen anderen umgebracht hat."

Anmerkungen zum geschichtlichen Hintergrund

(Seite 23)
Ausonius, Decimus Magnus, römischer Weltmann und Gelehrter, 393 gest. in Burdigala (Bordeaux), berühmt als Poet durch ein Preisgedicht auf die Mosel 'mosella', reiste über den Hunsrück und besuchte die Mosel und Trier. Die römische Straße über den Hunsrück, von der Teile noch erhalten sind, wird nach ihm Ausoniusweg genannt.

(Seite 69)
Botticelli, Alessandro Filipepi, geb. 1444 in Florenz, gest. 1510 in Florenz, ital. Maler der Frührenaissance.

(Seite 84)
Coudenhoven, Sophie Gräfin von Coudenhoven, geb. 1747 als Tochter des kurkölnischen Oberhofmarschalls Graf Carl Ferdinand von Hatzfeld-Wildenburg, gest. 1825 in Paris. Friedrich Carl Joseph Freiherr von Erthal, der Erzbischof und Kurfürst von Mainz, war ein Cousin ihrer Mutter. Sophie zog mit ihrer Familie an seinen Hof nach Mainz, an dem sie nach dem Tode ihres Gatten (1786) eine wichtige Rolle spielte. Sie befürwortete den Fürstenbund.

(Seite 13)
Cranach, Lucas d. Ä., geb. 1472 in Kronach, gest. 1553 in Weimar, deutscher Maler der Renaissance.

(Seite 114)
Custine, Adam Philippe, Graf, geb. 1740 in Metz, starb auf der Guillotine in Paris 1793, befehligte 1991 - 1793 die französischen Truppen am Oberrhein.

(Seite 14)
Dante, Alighieri, geb. 1265 in Florenz, gest. 1321 in Ravenna, gilt als der bedeutendste italienische Dichter. Sein bekanntestes Werk ist die 'Göttliche Komödie', in der er die Hölle, das Fegefeuer und das Paradies beschreibt.

(Seite 151)
Devotionalien. Gegenstände zur äußeren Anregung der Andacht wie Heiligenbilder oder Rosenkränze.

(Seite 13)
Dürer, Albrecht, geb. 1471 in Nürnberg, gest. 1528 in Nürnberg, bedeutendster deutscher Maler der Renaissance.

(Seite 74)
Emser Punktationen. Beschlüsse, die die Erzbischöfe von Mainz, Köln, Trier und Salzburg bei einer Zusammenkunft in Bad Ems (Emser Kongreß) 1786 faßten. Sie sollten die Rechte der deutschen Bischöfe

gegenüber den Primatialrechten des Papstes (Rechte, die sich aus der Stellung des Papstes als des Oberhauptes der kath. Kirche ergeben) stärken. Durch die Auswirkungen der französischen Revolution blieben die Emser Punktationen ohne die angezielten Folgen.

(Seite 119)
Detachement. Eine militärische Abteilung, die für einen besonderen Auftrag von einer größeren Truppe abgezweigt wird.

(Seite 84)
Ferrette, Baronin von. Witwe des Oberstjägermeisters des Bischofs von Basel. Der österreichische Gesandte am Mainzer Hof, Graf von Schlik, nannte sie 1791 eine 'wichtige Person' am Mainzer Hof. Frh. vom Stein bezeichnete sie als 'assez jeune et jolie femme, pour laquelle il parait que l'electeur a des bontés toute particulière. Cette femme a l'esprit le plus delié qu'on puisse trouver' (hinreichend junge und schöne Frau, die, wie es scheint, bei dem Kurfürsten in besonderer Gunst steht. Diese Frau hat den klügsten Kopf, den man finden kann).

(Seite 165)
Fragonard, Jean Honoré, geb. 1732 in Grasse, gest. 1806 in Paris, franz. Maler des Rokoko.

(Seite 82)
Fürstenbund. Verbindung dt. Reichsfürsten, gegr. von Friedrich dem Gr. 1785, gerichtet gegen die Politik des Kaisers Joseph II.

(Seite 17)
Herakles. Griechischer Name des von den Römern Herkules genannten Helden, Sohn des Zeus und der Alkmene, mit riesigen Kräften ausgestattet, kämpfte er gegen eine Reihe von Ungeheuern, so auch gegen die lernäische Hydra.

(Seite 17)
Hydra. Riesige Wasserschlange

(Seite 17)
lernäische Hydra. Hydra von Lerna, eine gewaltige, neunköpfige Wasserschlange, die am Sumpf oder Quell von Lerna lebte, wurde von Herakles erschlagen. Ihr wuchsen für jeden abgeschlagenen Kopf zwei neue Köpfe. Herakles konnte sie erst bezwingen, als sein Gefährte Iolaos mit Holzscheiten die Halsstümpfe ausbrannte.

(Seite 22)
Kreuzgang. Ein von Gängen umgebener rechteckiger oder quadratischer Hof, der sich auf einer Seite an eine Kloster- oder Domkirche anlehnt, auf den drei anderen Seiten von Gebäuden begrenzt wird, die den Mönchen oder Domherren dienen. Die Gänge haben meist eine Gewölbedecke, die

nach der Hofseite hin auf Pfeilern oder einer von großen Fenstern durchbrochenen Wand steht.

(Seite 77)
Machiavelli, Niccolo, geb. 1469 in Florenz, gest. 1527 in Florenz, ital. Politiker und Geschichtschreiber, erläutert in seiner Schrift 'Il Principe' (Der Fürst), wie die Staatsräson jedes Verbrechen recht findet, wenn ein Herrscher damit seine Herrschaft festigen und äußere Feinde abwehren will.

(Seite 42)
Munzerfeld, heute Monzelfeld

(Seite 76)
Nepomuk, Johannes von, geb. in Böhmen (Pomuk) 1345, gilt als Martyrer des Beichtgeheimnisses, wurde wegen seiner Weigerung, das Beichtgeheimnis zu brechen, gefangengesetzt und gefoltert und schließlich 1393 von der Brücke in Prag in die Moldau gestoßen, 1729 heiliggesprochen, bekannt als Brückenheiliger. Auf dem Hochaltar der kath. Pfarrkirche in Gensingen (1751) steht eine Figur des hl. Johann Nepomuk.

(Seite 25)
Obelisk. Hoher, viereckiger, meist schmaler Steinpfeiler, der sich nach oben verjüngt und in einer pyramidenförmigen Spitze endet. Das griechische Wort obeliskos bedeutet kleiner Spieß, Bratspieß

(Seite 20)
Paramente. Liturgische Gewänder und Textilien, die für den Gottesdienst gebraucht werden, z.B. Altartücher und Fahnen.

(Seite 13)
Raffael, eigentlich Raffaello Santi, geb. 1483 in Urbino, gest. 1520 in Rom, ital. Maler und Baumeister der Renaissance.

(Seite 13)
Rembrandt, eigentlich R. Harmenz van Rijn, geb. 1606 in Leiden, gest 1669 in Amsterdam, holländ. Maler des Barock.

(Seite 125)
Rubens, Peter Paul, geb. 1577 in Siegen (Westfalen), gest 1640 in Antwerpen, fläm. Maler des Barock.

(Seite 20)
Sakristan. Küster: Kirchendiener, Kirchenpfleger, der sich häufig in der Sakristei aufhält.

(Seite 20)
Sakristei. Nebenraum einer Kirche, der für die Aufbewahrung der Geräte für den Gottesdienst bestimmt ist, in dem sich auch der Geistliche aufhalten und die liturgischen Gewänder anlegen kann.

(Seite 165)
Schütz, Christian Georg d. Ä., geb. 1718 in Flörsheim, gest. 1791 in Frankfurt, Landschaftsmaler.

(Seite 32)
Spee, Friedrich von Spee von Langenfeld, geb. 1591 in Kaiserswerth, gest. 1635 in Trier, Jesuit, Dichter religiöser Lieder, protestierte mit seiner Schrift 'cautio criminalis' gegen das bei Hexenprozessen angewandte Gerichtsverfahren.

(Seite 13)
Watteau, Jean-Antoine, geb. 1684 in Valenciennes, gest. 1721 in Nogent-sur-Marne, franz Maler des Rokoko.

Das Bild zeigt die „Porta Nigra" am Ende des 18. Jahrhunderts. Die in das Nordtor der alten römischen Stadtbefestigung eingebaute Kirche, das St. Simeonsstift, wurde zu Beginn des 19. Jahrhunderts wieder abgebrochen. Foto: Stadtarchiv Trier

Literatur

Dante Alighieri
Die Göttliche Komödie
Manesse Bibliothek der Weltliteratur, Zürich, 1963

Dante Alighieri
Werke, Italienisch - Deutsch
Die Tempel-Klassiker
Vollmer, Wiesbaden

Dehio, Georg
Handbuch der deutschen Kunstdenkmäler
Rheinland-Pfalz
Saarland
Deutscher Kunstverlag, 1972

Goethe, Johann Wolfgang v.
Campagne in Frankreich
Werke Bd. 10
Hamburger Ausgabe, dtv 1998

Haas, Robert
Rheingauer Geschichts- und Wein-Chronik
Verlag des Publicistischen Bureaus, Wiesbaden, 1854

Hansen, Joseph (Hrsg.)
Quellen zur Geschichte des Rheinlandes im Zeitalter der französischen Revolution 1780-1801
erster und zweiter Band (bis 1793)
Hanstein, Bonn, 1931/1933

Schneider, Caspar und Georg
Arkadien am Mittelrhein
Hrsg.: Landesmuseum Mainz
Wiesbaden (Reichert) 1998

Wagner, P.
Das Tagebuch des Geistlichen Rats Arnoldi vom Emser Kongreß 1786
Nassauische Heimatblätter
19. Jahrgang 1915

Von Trier bis zur Hölle
(Eberhard Kunkel)

Inhalt

Zur Person:

KARL

Karl ist ein Comic-Held!
Als „Spätlesereiter" wurde er bekannt.
Die Geschichte von der Entdeckung der Spätlese im Jahre 1775 ist sein erstes Comic-Abenteuer gewesen.
Mittlerweile hat er bereits neun Abenteuer erfolgreich bestanden und seinen Ruf als Comic-Held gefestigt.

Die Karl-Autoren, Apitz und Kunkel, erzählen Bildergeschichten, die entlang des Rheins vor dem historischen Hintergrund des ausgehenden 18. Jahrhunderts spielen.
Sie arbeiten dabei auf humorvolle Art und Weise geschichtliche Ereignisse auf und vermitteln in der den KARL-Comics als Literaturform eigenen Synthese aus Wort und Bild Wissenswertes über Wein und Geschichte.

Folgende KARL-Comics sind bisher erschienen:

KARL· Der Spätlesereiter
Band 1 · ISBN 3-925771-02-6

KARL· Das Faß der Zisterzienser
Band 2 · ISBN 3-925771-04-2

KARL· Die Revolution
Band 3 · ISBN 3-925771-05-0

KARL· Der Fall Loreley
Band 4 · ISBN 3-925771-10-7

KARL· Das Gold der Nibelungen
Band 5 · ISBN 3-925771-12-3

KARL· Ballon Bonaparte
Band 6 · ISBN 3-925771-14-X

KARL· Lord am Rhein
Band 7 · ISBN 3-925771-17-4

KARL· Die Krönung
Band 8 · ISBN 3-925771-22-0

KARL· Italiänische Reise
Band 8 · ISBN 3-925771-27-1

(KARL-Comics, 48 Seiten farbig 14,80 DM)

Kennen Sie schon die anderen Krimi-KARL-Romane?

Im Jahre 1793 ist die Weinlese im Rheingau abgeschlossen. Karl, der Spätlesereiter, und sein väterlicher Freund Pater Anselm vom Kloster Johannisberg können ihre verdiente Herbstruhe nicht genießen, da sie ein mysteriöser Mordfall in Atem hält. Bei ihren Nachforschungen geraten sie schon bald in erhebliche Schwierigkeiten . . .

KARL-Krimi – Der Tote zu wenig
(ISBN 3-925771-13-1) 14,80 DM

Karl hat sich mit einem Bekannten in der Ruine Ehrenfels bei Rüdesheim verabredet.
Er kommt zu spät und findet seine Leiche. Ist er bei der Suche nach sagenhaften Schätzen verunglückt, die in der alten Ruine verborgen sein sollen?
So scheint es.
Karl ist sich nicht so sicher.
Da findet sein Hund Grandpatte merkwürdige Dinge . . .

KARL-Krimi – Mord hat viele Kleider
(ISBN 3-925771-16-6) 14,80 DM

Karl und Maria besuchen einen Klavierabend im Brentanohaus zu Winkel im Rheingau. Als das Konzert vorbei ist, bleibt einer der Zuhörer regungslos in seinem Sessel sitzen. Er ist tot.
Keiner der Anwesenden scheint ihn jemals zuvor gesehen zu haben. Karl spürt, daß dieser Mann keines natürlichen Todes gestorben ist. Ehe er sich versieht, ist er in seinen dritten Kriminalfall verwickelt...

KARL-Krimi – Der Scharfrichter von Landau
(ISBN 3-925771-19-0) 14,80 DM

Ein Seil reißt . . .
Ein Faß poltert die Kellertreppe im Kloster Johannisberg hinab. Ein französischer Offizier wird zerquetscht. War das ein Unglück, oder war es Mord? Wer war schuld? Wieder ein schwieriger Fall für Karl, der ratlos scheint, aber Tote kennen keine Zeit ...

KARL-Krimi – Tote kennen keine Zeit
(ISBN 3-925771-24-7) 14,80 DM

Auch im Jahre 1790 hat Karl in den Rheingauer Weinbergen viel zu tun. Ein Sommerfest im fränkischen Randersacker und ein rätselhafter Brief, der aus Würzburg in den Rheingau gelangt, können Karl nicht bei seiner Arbeit stören. Wenn aber in seiner unmittelbaren Umgebung Mord die blutige Hand erhebt, dann muß er handeln. Bei der Suche nach dem Mörder gerät er in einen Morast aus Machtgier, Hofintrigen und tödlichen Scherzen, aus denen er sich nur mühsam befreien kann.

KARL-Krimi – Würzburger Affäre
(ISBN 3-925771-26-3) 14,80 DM

Die KARL-Weinbücher

KARL-Weingeschichte

Die Geschichte des deutschen Weinbaus. Das Buch bietet eine geschichtliche Abhandlung der Entwicklung des deutschen Weinbaus von den Römern bis heute, die zum einen durch informative Bilder unterstützt und zum anderen von Karls treuem Hund Grandpatte humorvoll begleitet wird.

KARL-Weinkompendium

Gemeinsam mit Pater Anselm hat Karl einen Vortrag zum Weinbau gehalten, der als önologische Comicographie in Buchform erschienen ist: Im KARL-Weinkompendium erfährt der Leser alles Wissenswerte über die Kunst des Weinbaus.

KARL-Weingeschichte und KARL-Weinkompendium vermitteln so im Duett allen Lesern auf unterhaltsame Weise das Wichtigste vom deutschen Wein und seiner Geschichte.

(KARL-Weinbücher, 96 Seiten farbig, fester Einband, gebunden, 25,80 DM)